A Oportunista

TARRYN FISHER

A Oportunista

TRADUÇÃO
FÁBIO ALBERTI

COPYRIGHT © 2012 BY TARRYN FISHER
COPYRIGHT © FARO EDITORIAL, 2016

Todos os direitos reservados.
Nenhuma parte deste livro pode ser reproduzida sob quaisquer meios existentes sem autorização por escrito do editor.

Diretor editorial **PEDRO ALMEIDA**

Preparação **PATRICIA CALHEIROS**

Revisão **GABRIELA DE AVILA**

Capa e diagramação **OSMANE GARCIA FILHO**

Imagem de capa **COKA | SHUTTERSTOCK**

Dados Internacionais de Catalogação na Publicação (CIP)
(Câmara Brasileira do Livro, SP, Brasil)

Fisher, Tarryn
    A oportunista / Tarryn Fisher ; tradução Fábio Alberti. — Barueri, SP : Faro Editorial, 2016.

    Título original: The opportunist.
    ISBN 978-85-62409-61-5

    1. Ficção norte-americana I. Título. II. Série.

15-10660   CDD-813

Índice para catálogo sistemático:
1. Ficção : Literatura norte-americana 813

1ª edição brasileira: 2016
Direitos de edição em língua portuguesa, para o Brasil, adquiridos por **FARO EDITORIAL**

Alameda Madeira, 162 – Sala 1702
Alphaville – Barueri – SP – Brasil
CEP: 06454-010 – Tel.: +55 11 4196-6699
www.faroeditorial.com.br

A um coração partido

CAPÍTULO 1

Presente

EU SOU OLIVIA KASPEN, E QUANDO AMO ALGUMA COISA eu a arranco de minha vida. Isso não é intencional... Pelo menos, não totalmente. Eu vejo uma dessas coisas neste momento, um sobrevivente do meu amor cáustico e doentio. Ele está a cem metros de mim, conferindo velhos discos.

Caleb. O nome dele invade minha cabeça como uma lâmina, abrindo feridas que já haviam cicatrizado. Meu coração tenta lutar contra esse processo e tudo que consigo fazer é ficar parada, observando-o. Já se passaram três anos desde a última vez que eu o vi. Suas palavras de despedida para mim foram um aviso para que eu ficasse longe dele. Respiro fundo, enchendo meus pulmões de ar úmido, e faço um esforço para controlar minhas emoções turbulentas.

Eu quero ir até ele. Quero ver o ódio surgindo em seus olhos. Mas que idiotice. Começo a me afastar, e quando estou quase atravessando a rua em direção ao meu carro, meus pés vacilam. O arrepio traiçoeiro da agitação me faz cerrar os punhos com força. Volto para perto da vitrine. Esse é o meu lado da cidade... Como ele se atreve a dar as caras *por aqui*?

Sua cabeça está inclinada sobre uma caixa de papelão cheia de CDs, e quando ele se vira para olhar alguma coisa ao seu lado, vejo de relance seu nariz peculiar. Meu coração estremece. Eu ainda amo esse cara. Essa constatação me espanta. Pensei que tivesse superado isso. Pensei que pudesse lidar com algo assim — um esbarrão, um encontro ao acaso. Eu fiz terapia e tive três anos para...

~~Esquecê-lo.~~

Mais uma culpa em minha consciência.

Depois de vasculhar minhas emoções por mais alguns segundos, dou as costas para a loja de música e para Caleb. Não posso fazer isso. Não posso retornar ao mesmo tormento. Quando vou descer o meio-fio, as nuvens que ameaçaram Miami durante uma semana rugem como encanamento antigo. Mal consigo dar dois passos antes que a chuva comece a cair sobre a calçada, ensopando minha camisa branca. Volto rapidamente e busco abrigo debaixo do toldo da loja. Olho para meu velho Fusca através da chuva forte; uma rápida corrida e eu estaria a caminho de casa. Escuto a voz de um estranho no instante em que eu vou partir, interrompendo meu movimento. Eu hesito, sem saber ao certo se ele está falando comigo.

— O céu está vermelho, e isso é um mau sinal.

Viro-me para onde veio a voz e me deparo com um homem parado logo atrás de mim. Ele está mais perto do que se consideraria aceitável do ponto de vista social. Deixo escapar da garganta um ruído que mostra minha surpresa e recuo um passo. O estranho é pelo menos trinta centímetros mais alto que eu e bastante musculoso, embora isso não o torne atraente. Ele mantém suas mãos em uma posição curiosa, com os dedos esticados e afastados entre si. Meus olhos são atraídos por uma mancha que parece um alvo no meio de sua testa.

— Quê? — Balanço a cabeça, confusa. Tento olhar por sobre o ombro dele, a fim de avistar Caleb. *Ele ainda está aqui? Será que devo ir embora?*

— É uma velha superstição de marinheiro. — O estranho encolhe os ombros.

Abaixo meus olhos até o rosto dele, que parece vagamente familiar, e, enquanto eu considero a possibilidade de dizer-lhe para sumir da minha frente, fico me perguntando onde já o havia visto antes.

— Tenho um guarda-chuva. — Ele exibe um objeto com motivos florais e cabo de plástico em forma de flor. — Posso acompanhar você até seu carro.

Olho para o céu, que realmente parece de um vermelho intenso, e estremeço. Quero que o homem me deixe em paz e estou quase dizendo isso a ele, mas então eu penso — *E se isso for um sinal? O céu está vermelho. Mas que droga, era só o que me faltava!*

Avalio o esmalte lascado no dedão do meu pé e considero sua oferta. Não sou dada a presságios, mas ele tem uma maneira de me manter seca.

— Não, obrigada — respondo. Viro com rapidez a cabeça na direção da loja atrás de mim, deixando claro que já havia tomado uma decisão.

— Tudo bem. Vem aí uma tempestade, mas você é quem sabe. — Ele encolhe os ombros mais uma vez e sai sob a chuva, sem abrir o guarda-chuva.

Eu o observo enquanto ele se afasta. Suas costas largas se curvam contra o aguaceiro como uma cobertura para o resto do corpo. Ele é de fato enorme. Em segundos ele é encoberto pela chuva torrencial e eu já não consigo mais vê-lo. Eu o conheço de algum lugar, mas com certeza me lembraria de um sujeito tão grande se já o tivesse encontrado antes. Volto para a loja de música. Na placa sobre a porta se lê o nome *Music Mushroom*, escrito em letras luminosas. Disfarçadamente, procuro os corredores que levam até Caleb. Ele está bem onde eu o vira pela última vez, com a cabeça inclinada sobre o que parecia ser a seção de reggae. Mesmo de onde estou, eu posso perceber uma pequena marca em sua sobrancelha.

Ele não consegue tomar uma decisão. Eu percebo o que estou fazendo e fico envergonhada. Eu não o conheço mais. Não posso tecer suposições sobre o que ele está pensando.

Desejo que ele levante a cabeça e me veja, mas isso não acontece. Como não pretendo mais espiar sob os toldos do lado de fora, como uma criatura das sombras, eu reúno coragem, recomponho-me e passo pela porta. Fico gelada e estremeço quando o ar condicionado do lugar entra em contato com minha pele úmida. À esquerda, vejo uma estante alta que abriga vários objetos, entro atrás dela e pego meu pó compacto para retocar a maquiagem.

Enquanto espio Caleb através das prateleiras da estante, uso os dedos para remover vestígios de rímel sob meus olhos. Tenho de fazer parecer que encontrei Caleb em meu caminho por acaso.

Diante de mim há um *bong* com a forma da cabeça de Bob Marley. Olho dentro dos olhos cristalinos de Bob e ensaio uma expressão de surpresa. Saber que eu posso descer tão baixo me deixa indignada. Beliscando minhas bochechas para deixá-las rosadas, saio de meu esconderijo.

E acontece tudo o que não podia acontecer.

Os saltos dos meus sapatos batem no piso, estalando ruidosamente à medida que me aproximo de Caleb. Talvez fizesse menos barulho se eu tivesse contratado alguém para anunciar minha chegada com uma trombeta. Para minha surpresa, ele não olha para cima. Um estalo escapa do ar condicionado quando estou a apenas alguns metros de distância dele. Alguém havia amarrado fitas verdes na saída de ar. Quando elas começam a dançar, sinto um cheiro conhecido. O cheiro de Caleb: hortelãs e laranjas.

Estou perto o bastante para ver a cicatriz que contorna com gentileza seu olho direito — aquela que eu costumava acariciar com o dedo. Sua presença em qualquer lugar parece causar impacto físico. Para confirmar isso, vejo mulheres — velhas e jovens — lançando-lhe olhares, inclinando-se na direção dele. O mundo inteiro se curva diante de Caleb Drake e ele permanece encantadoramente alheio a isso. É algo desagradável de se testemunhar.

Com cuidado, eu me aproximo dele e procuro um CD. Sem se dar conta de minha presença, Caleb se abaixa enquanto confere os nomes dos artistas por ordem alfabética. Acompanho seus movimentos, e quando estou atrás dele, seu corpo se volta em minha direção. Eu fico paralisada e, por um breve instante, sinto vontade de sair correndo. Finco os saltos no chão e observo enquanto ele examina meu rosto como se nunca tivesse me visto antes. Começo a apertar o objeto quadrado de plástico em minha mão. E, então, depois de três longos anos, eu escuto sua voz.

— Eles são bons?

Sinto um abalo percorrer meu corpo da cabeça aos pés e atingir meu estômago como chumbo.

Ele ainda fala com o leve sotaque britânico de que eu me lembro, mas não há resquício da aspereza que eu esperava ouvir. Alguma coisa está errada.

— Hummm...

Ele volta sua atenção para mim e seus olhos examinam minhas feições como se as vissem pela primeira vez.

— O que disse? Desculpe-me, eu não entendi.

Merda, merda, merda!

— Hã... Eles são legais — respondo, enfiando o CD de volta em sua prateleira.

Ficamos em silêncio por um longo momento. Chego à conclusão de que ele está esperando que eu diga algo.

— Esse não é exatamente o seu tipo de música.

Ele parece confuso.

— Não é meu tipo de música?

Faço que sim com a cabeça.

— E qual tipo você acredita que seja o meu? — Ele me olha com expressão risonha e sua boca se curva num leve sorriso.

Examino seu rosto com atenção, buscando alguma dica para entender o jogo que ele está fazendo. Caleb sempre foi muito bom com expressões faciais; sempre exibia a expressão certa no momento certo. Ele parece tranquilo e pouco interessado em minha resposta. Eu lhe respondo com naturalidade:

— Bem, o seu estilo musical é mais o rock clássico... Mas eu posso estar enganada. As pessoas mudam.

— Rock clássico? — ele repete, olhando para os meus lábios.

Sinto um estremecimento involuntário ao recordar que ele olhava para os meus lábios desse mesmo jeito no passado. Não foi com esse olhar que tudo havia começado?

— Desculpe-me — ele diz, desviando o olhar para o chão. — Isso é embaraçoso, mas eu... hum... eu não sei qual é o meu estilo. Não lembro de nada a esse respeito.

Fico boquiaberta diante dessa resposta. Seria algum tipo de brincadeira de mau gosto, uma tentativa de se vingar de mim?

— Você não se lembra? Mas como é possível que não se lembre?

Caleb passa a mão pela nuca e esse movimento faz com que os músculos de seu braço se contraiam.

— Perdi a memória em um acidente. Sei que isso parece meio batido. Mas a verdade é esta: acho melhor avisar que eu não tenho ideia do que gosto ou do que gostava. Sinto muito. Não sei por que estou lhe dizendo isso.

Caleb se volta para ir embora, provavelmente porque a expressão de choque em meu rosto é tão clara que isso o deixa constrangido. Parece que meu cérebro foi transformado em purê de batatas. Nada faz sentido. Nada se encaixa. Caleb não sabe quem eu sou. *Caleb não sabe quem eu sou!* Cada passo que ele dá em direção à porta me deixa mais desesperada. Em algum lugar em minha cabeça eu ouço uma voz gritar: *"Faça-o parar!"*

— Espere — eu digo com a voz fraca. — Espere... *espere!* — Dessa vez eu grito e várias pessoas se voltam para mim surpresas. Eu as ignoro e me concentro em fazer Caleb voltar. Ele está quase alcançando a porta de saída quando se vira para me encarar. Pense rápido. *Pense rápido!* Levanto a mão para indicar que me espere no lugar onde está e saio apressada rumo à seção de rock clássico. Em menos de um minuto consigo achar o CD que costumava ser o favorito de Caleb. Volto com o objeto apertado nas mãos e paro perto de onde ele está.

— Você vai gostar deste — digo, atirando-lhe o CD. Meu arremesso não é dos melhores, mas ele pega o disco com elegância e sorri com certa tristeza.

Observo-o enquanto ele caminha até a caixa registradora, assina o recibo de seu cartão de crédito e então cai fora, desaparecendo mais uma vez de minha vida.

"Olá! Adeus."

Por que eu não disse a ele quem sou? Agora é tarde demais; o momento de agir com sinceridade já passou. Fico ali olhando fixamente para o ponto em que ele havia sumido, o coração batendo muito devagar em meu peito, como se eu tentasse processar o que havia acontecido. Ele me esqueceu.

CAPÍTULO 2

NA ÉPOCA EM QUE EU CURSAVA A QUINTA SÉRIE, ASSISTI na TV a um filme sobre investigação criminal. O detetive, por quem eu nutria uma paixonite, chamava-se Follagyn Beville. Havia um "Jack, o Estripador" dos tempos modernos atacando prostitutas. Follagyn o caçava sem trégua. Ele interrogou uma prostituta de aparência lamentável, que exibia um cabelo loiro viscoso e as raízes escuras. Ela estava encolhida numa poltrona cor de mostarda e seus lábios sugavam um cigarro avidamente. *Uau, que atriz incrível!*, lembro-me de ter pensado na ocasião. *Ela merecia um Emmy por dar vida a um personagem tão patético!* A mulher tinha um copo de uísque na mão e tomava pequenos e rápidos goles da bebida. Eu observava seus movimentos, ávida por drama, e memorizava todas as coisas que ela fazia. Mais tarde, naquela mesma noite, eu enchi um copo com gelo e Pepsi. Colocava meu drinque sobre o peitoril da janela e levava um cigarro imaginário até meus lábios.

— Ninguém me dá ouvidos — eu sussurrava, embaçando com meu hálito o vidro do copo. — Este mundo é frio... muito frio. — E eu tomava um gole do refrigerante depois de sacudir o gelo.

Uma década e meia se passou desde então e o meu apego ao drama permanece. No dia seguinte ao de meu encontro com Caleb, o furacão

Phoebe arrasou a cidade; assim, não precisei telefonar para o meu trabalho a fim de avisar que estava doente. Estou na cama, com o corpo arqueado possessivamente em torno de uma garrafa de vodca.

Por volta de meio-dia, rolo para fora do colchão e me arrasto até o banheiro. Ainda há eletricidade, apesar do furacão de categoria três que castiga minhas janelas. Já me dou por satisfeita por conseguir encher a banheira com água quente. Enquanto me acomodo dentro da água fumegante, recordo-me, pela milésima vez, de tudo o que havia acontecido. E tudo termina com o mesmo pensamento: *ele me esqueceu*.

Pickles, minha cachorrinha da raça pug, senta-se no tapete do banheiro e me observa com atenção. Ela é tão feia que me faz sorrir.

— Caleb, Caleb, Caleb — digo em voz alta para ter certeza de que ainda soa da mesma maneira.

Ele tinha o estranho hábito de inverter o nome das pessoas quando os escutava pela primeira vez. Eu era Aivilo e ele era Belac. Eu achava isso ridículo, mas, no final das contas, apanhei-me fazendo a mesma coisa. Tornou-se um código secreto que usávamos para fazer fofoca.

E agora ele nem se lembra de mim. Como você pode esquecer alguém que amou, mesmo que essa pessoa tenha despedaçado o seu coração? Derramo um pouco de vodca na água da banheira. E agora, como conseguirei tirar esse homem da minha cabeça? Eu poderia fazer da depressão o meu trabalho em tempo integral. É o que fazem os cantores de música country. Eu poderia ser uma cantora country. Canto a plenos pulmões alguns trechos de *Achy Breaky Heart* e bebo mais um gole.

Com o dedão, puxo a corrente da tampa da banheira e escuto a água descer pelo ralo. Visto-me e caminho penosamente até a geladeira. Em meu estômago não há mais nada a não ser bebida alcoólica barata. Meu suprimento emergencial de comida para ocasiões de furacão consiste de duas garrafas de molho para saladas, uma cebola e um pedaço de queijo cheddar endurecido. Pico o queijo e a cebola, os atiro dentro de uma vasilha e, então, derramo molho sem gordura por cima de tudo. Apanho o bule de café e ligo o aparelho de som. Dentro dele está o mesmo CD que dei a Caleb no Music Mushroom. Bebo um pouco mais de vodca.

Acordo no chão da cozinha com meu rosto em cima de uma poça de baba. Seguro na mão uma foto de Caleb que foi rasgada e depois colada com fita adesiva. Eu me sinto ótima, embora minhas têmporas estejam latejando um pouco. Tomo uma decisão. A partir de hoje, vou começar tudo do zero. Vou esquecer o sujeito — qual é mesmo o nome dele? —, comprar alguma porcaria saudável para comer e seguir em frente com a droga da minha vida. Limpo minha bagunça de bêbada, parando um pouco para atirar no lixo o retrato rasgado e colado. Adeus, ontem. Agarro a bolsa e me dirijo ao mercado de produtos naturais mais próximo, em busca de comida saudável.

A primeira coisa que a loja de porcarias saudáveis me proporciona é uma lufada de cheiro de patchouli bem na minha cara. Eu franzo o nariz e seguro a respiração até passar pelo balcão de atendimento, onde uma garota da minha idade mascava chiclete, pensativa.

Apanho um carrinho e vou para a parte de trás do lugar; passo direto pelas embalagens do Limpador Astral Madame Deerwood (não funciona), pelo Olho de Salamandra e pelos sacos de Gotu Kola.

Pelo que eu sei esse é um mercado como qualquer outro, não um paraíso de mercadorias para todos os birutas que moram num raio de trinta quilômetros. Caleb e eu nunca havíamos entrado juntos nesse lugar, o que faz do Mecca Market um lugar sem lembranças para mim.

Coloco alguns bolinhos de algas e batatas chips no carrinho e rumo para a seção de sorvetes. Passo por uma mulher e a ouço dizer "sou uma *wicca* e vou levar uma vassoura". Ela usa uma camiseta e não está calçando sapatos.

Desisto da seção de sorvetes. Eu estava tremendo de frio.

— Frio?

Eu me viro tão rápido que meu ombro se choca contra uma pilha de cones de waffle, derrubando-a. Observo horrorizada enquanto eles despencam no chão, espalhando-se para todos os lados — como os meus pensamentos.

Caleb!

Vejo-o recolher as embalagens uma por uma e juntá-las em sua mão livre. Ele sorri para mim e eu tenho a impressão de que acha a minha reação engraçada.

— Desculpe-me, eu não quis assustá-la.

Tão educado. E de novo aquele bendito sotaque...

— O que você está fazendo aqui? — As palavras saltaram da minha boca antes que eu pudesse detê-las.

Ele riu.

— Não estou seguindo você, eu juro. Na verdade, eu queria agradecer pela sugestão da música na loja, no outro dia. Gostei da sugestão. Para ser sincero, adorei!

As mãos dele estão nos bolsos e ele fica se levantando e se abaixando na ponta dos pés.

— Vinho — ele diz, girando com o dedo indicador o anel que usa no polegar. Ele costumava fazer isso quando estava nervoso.

Sem entender o que quis dizer, olho para ele com uma expressão de dúvida.

— Você me perguntou o que eu estou fazendo aqui — ele disse com calma, como se estivesse conversando com uma criança. — Minha namorada gosta de um vinho que eu só encontro aqui... orgânico. — A última palavra o fez rir.

Namorada? Meus olhos se semicerram. Como é que ele pode se lembrar dela e não de mim?

— Então — digo casualmente, abrindo um dos refrigeradores e pegando a primeira coisa que vejo —, você se lembra de sua namorada? — Tentei me mostrar indiferente, mas minha voz acabou soando sufocada, como se alguém estivesse me esganando.

— Não, não depois do acidente. Eu não me lembrava dela.

Essa resposta me faz sentir um pouco melhor.

No mesmo instante me recordo da primeira vez que direcionei meu infortúnio a essa mulher, três anos atrás, quando estava executando o ritual de espionagem pós-rompimento. Decidi que precisava ver quem tinha me substituído. Era mesmo uma maluquice, mas todos temos um pouco desse comportamento de perseguição.

Na ocasião, usei um extravagante chapéu vermelho que havia sido de minha avó. A aba do chapéu era ridiculamente larga e escondia meu rosto, o que combinava de maneira perfeita com minha personalidade melodramática. Levei Pickles comigo para me dar apoio.

A pequena mocreia atendia pelo nome de Leah Smith. Ela era tão rica quanto eu era pobre, tão feliz quanto eu era miserável, tão ruiva quanto eu era morena. Caleb a conheceu em alguma festa elegante cerca de um ano depois que rompemos. Parece que eles se deram bem logo de cara, ou talvez ele tenha dado "algo mais" a ela logo de cara, eu não tenho certeza.

    Leah trabalhava em um prédio de escritórios que ficava a dez minutos de meu apartamento. Quando parei meu carro em uma vaga no estacionamento do prédio, faltava uma hora para que ela terminasse seu turno. Aproveitei esse tempo livre para tentar me convencer de que meu comportamento era normal.

    Leah saiu do edifício às seis e cinco da tarde, com uma bolsa Prada balançando alegremente em seu antebraço. Ela andava como uma mulher que sabia que o resto do mundo não tirava os olhos dos seus seios. Observei-a caminhar ao longo da calçada em seus sapatos de salto alto verdes enquanto eu estrangulava o volante do carro. Eu odiei seu cabelo ruivo longo que cobria suas costas em ricas curvas. Odiei o modo como ela se despedia de seus colegas movendo a ponta dos dedos. Odiei o fato de gostar dos sapatos dela.

    Buscando respostas nos olhos de Caleb, e tentando manter minha mente longe do passado, eu lhe pergunto:

— Quer dizer então que vocês dois continuam juntos, embora você não saiba quem ela é?

    Eu espero que ele reaja na defensiva, mas, em vez disso, ele sorri com malícia.

— Ela realmente passou por maus bocados quando tudo aconteceu e é uma grande garota que ficou ao meu lado para me ajudar a superar tudo isso. — Caleb não olha para mim quando diz "tudo isso".

    Nenhuma garota em seu juízo perfeito abriria mão de Caleb — exceto eu, é claro; mas eu nunca tive a pretensão de estar em meu juízo perfeito.

— Que tal se tomássemos um café? — ele perguntou. — Assim eu poderia contar a você toda a minha história triste.

    Sinto um formigamento que começa em meus pés e avança pelo meu corpo. Se ele se lembrasse de alguma coisa sobre mim, essa conversa não estaria acontecendo. Era uma verdadeira loucura — o tipo de situação da qual eu poderia tirar ampla vantagem.

— Não posso. — Estou tão orgulhosa de mim mesma que até fico um pouco mais alta. Ele recebe minha resposta do mesmo modo que havia recebido todas as minhas negativas durante nossos anos de namoro: rindo como se eu não estivesse falando sério.

— Sim, você pode. Pense nisso como um favor que me faria.

Fico em silêncio, com a cabeça erguida, aguardando uma explicação.

— Eu preciso de alguns novos amigos. De boas influências.

Minha boca se abre e deixa escapar um demorado suspiro.

Caleb ergue uma sobrancelha.

— Eu não sou uma boa influência — respondo, piscando rapidamente.

Eu me apoio ora num pé ora no outro, distraindo-me com um pote de cerejas ao marrasquino. Eu podia pegar o pote, jogá-lo na cabeça de Caleb e sair correndo, *ou* podia aceitar o convite e ir tomar café com ele. Não se tratava de sexo, não era um relacionamento; apenas seria um bate-papo amigável entre duas pessoas que para todos os efeitos não se conheciam.

— Está certo, vamos ao café. — Ouço o entusiasmo em minha própria voz e cerro os punhos. *Eu nunca vou aprender!*

— Ótimo. — Ele sorri.

— Há uma cafeteria a dois quarteirões daqui, do lado direito da rua. Posso encontrá-lo lá em trinta minutos — eu disse, calculando o tempo que levaria para chegar em casa e dar uma geral na aparência. *Diga que você não pode ir. Diga que tem outras coisas para fazer...*

— Trinta minutos — ele repete, olhando para os meus lábios. Eu os contraio para fazer charme e Caleb abaixa a cabeça para disfarçar um sorriso. Eu me viro e ando calmamente pelo corredor. Posso sentir os olhos dele em minhas costas e a sensação faz minha pele formigar.

Assim que saio de seu campo de visão, eu abandono meu carrinho de compras e corro para a frente do mercado. Minhas sandálias de dedo batem em meus calcanhares enquanto eu corro.

Chego em casa em tempo recorde. Rosebud, minha vizinha, está batendo em minha porta com uma cebola na mão. Se ela me encontrar, terei de ouvi-la falar sem parar, por duas horas, sobre seu querido Bertie e sua luta contra a gota. Escondo-me nos arbustos. Quando ela se dá por vencida e vai embora, cinco minutos depois, minhas pernas estão dormentes devido ao tempo que fiquei agachada e preciso fazer xixi.

A primeira coisa que faço quando passo pela porta de casa é resgatar a foto de Caleb que eu tinha jogado no lixo. Sacudo-a para tirar algumas cascas de ovo de cima dela e a enfio numa gaveta da cozinha.

Em quinze minutos eu saio de casa e estou tão nervosa que preciso de um esforço de concentração para não tropeçar em minhas próprias pernas. O percurso de três quadras é torturante. Praguejo baixinho e por duas vezes quero desistir, dou meia-volta e sigo para casa. Quando chego ao local combinado, já devo ter ganho uma lesão na coluna de tanto girar de um lado para outro.

Em toda a cafeteria há paredes azul-escuras e padrões de mosaico. É intensa, depressiva e calorosa, tudo ao mesmo tempo. Há uma Starbucks a apenas três quarteirões daqui, mas esta cafeteria em que estou se destina a um público mais seleto — tipos com pretensões artísticas, pessoas mais intelectualizadas.

— Olá, Livia! — O jovem punk que trabalha no balcão acena para mim.

Sorrio para ele. Quando passo pelo quadro de avisos, alguma coisa chama a minha atenção. Uma cópia impressa do rosto de um homem está pregada entre os folhetos de propaganda. Eu me aproximo da imagem e começo a perceber que ela não me é estranha. Na parte inferior do rosto do homem, a palavra "PROCURADO" destaca-se em negrito. É o sujeito do Music Mushroom — o cara com o guarda-chuva!

Dobson Scott Orchard, nascido em 7 de setembro de 1960.
Procurado por sequestro, estupro e assalto.
Traço marcante: sinal de nascença na testa.

A mancha! É o sinal de nascença mencionado no cartaz. O que teria acontecido se eu tivesse ido com ele? Sacudo a cabeça, como se tentasse expulsar esse pensamento da mente e memorizo o número de telefone no pé da página. Se não tivesse visto Caleb naquele dia, eu poderia ter permitido que o criminoso me acompanhasse até meu carro.

Dobson desaparece de minha cabeça quando avisto Caleb.

Ele está esperando por mim em uma mesa pequena num canto mais ao fundo da cafeteria, olhando distraidamente para o tampo da mesa. Ele leva uma xícara até os lábios e esse gesto me traz à lembrança a imagem de Caleb fazendo a mesma coisa em meu apartamento, anos atrás. Meu coração acelera.

Ele me avista quando estou chegando perto dele.

— Olá. Pedi um café para você — Caleb disse, levantando-se. Seus olhos deslizam dos meus pés até meu rosto num rápido movimento. Sei me arrumar bem. Tiro um cacho de cabelo de cima de meus olhos e sorrio. Estou agitada; minhas mãos tremem. Quando ele estende uma mão na minha direção, eu hesito antes de erguer o braço para cumprimentá-lo.

— Caleb Drake — ele diz. — Eu gostaria de acreditar que costumo dizer às mulheres o meu nome antes de convidá-las para sair, mas a verdade é que não me lembro.

Nós forçamos um sorriso diante da péssima piada de Caleb e por alguns momentos permito que minha pequena mão fique toda encoberta pela dele. A sensação de tocar sua pele é tão familiar. Fecho meus olhos por um breve segundo e me deixo levar pelo absurdo da situação.

— Olivia Kaspen. Obrigada pelo café.

Nós nos sentamos desajeitadamente e eu começo a pôr açúcar em minha xícara. Olho para o rosto dele. Caleb costumava caçoar de mim a respeito do açúcar; dizia que eu adoçava tanto meu café que seus dentes chegavam a doer. Ele bebe chá quente, assim como fazem os ingleses. Eu achava esse hábito charmoso e distinto. Ainda acho, na verdade.

— O que você disse para a sua namorada? — pergunto, tomando um gole da bebida.

Começo a balançar o sapato para lá e para cá, num movimento que costumava irritá-lo quando estávamos juntos. Vejo seus olhos se voltarem na direção do meu pé e por um segundo penso que ele vai chamar minha atenção para que eu pare.

— Eu disse a ela que precisava de algum tempo para pensar. É uma coisa terrível para se dizer a uma mulher, não é?

Concordei com um aceno de cabeça.

— Seja como for, ela desatou a chorar no instante em que me ouviu dizer essas palavras e eu não sei o que fazer.

— Sinto muito — minto.

Bem, parece que uma certa garota sardenta vai dormir essa noite de conchinha com a rejeição. Não poderia ser mais perfeito!

— Então... — eu digo. — Amnésia.

Caleb faz que sim com a cabeça e abaixa o olhar. Com o dedo, traça círculos imaginários na mesa.

— É isso mesmo. O nome é amnésia seletiva. Os médicos — oito deles — disseram-me que se trata de um problema temporário.

Avalio cuidadosamente a palavra "temporário". Isso poderia significar que ter a companhia de Caleb seria tão temporário quanto tintura para cabelo ou quanto uma descarga de adrenalina. Decido seguir em frente e ver onde as coisas iam dar. Eu estou tomando café com um homem que até pouco tempo atrás me odiava; então, "temporário" não precisa ser uma palavra desagradável.

— Como isso aconteceu? — pergunto.

Caleb pigarreia e olha a nossa volta como se verificasse se alguém poderia nos ouvir.

— É uma questão muito pessoal? — Minha voz soa mais animada do que eu gostaria.

É estranho que ele hesite em me contar. Quando nós estávamos juntos, Caleb me contava tudo — até mesmo as coisas que a maioria dos homens tem vergonha de compartilhar com as namoradas. Eu ainda consigo interpretar suas expressões faciais, mesmo depois de tanto tempo, e percebo que é difícil para ele revelar os detalhes de sua amnésia.

— Não sei, Olivia. Talvez seja melhor começar com alguma coisa simples antes de lhe contar meus segredos. Como minha cor favorita, por exemplo.

Eu sorrio.

— E qual é sua cor favorita? Você se lembra disso?

Caleb balança a cabeça numa negativa. Nós dois rimos.

Eu suspiro e mexo com nervosismo em minha xícara de café. Na época em que começamos a namorar, eu perguntei a ele qual era a sua cor favorita. Em vez de simplesmente me responder, ele insistiu para que eu entrasse no carro, dizendo que teria de me mostrar do que se tratava.

— Isso é ridículo. Preciso estudar para um exame — queixei-me na ocasião.

Ele dirigiu por vinte minutos, tocando num volume alto o rap terrível que gostava de ouvir, até chegarmos ao Aeroporto Internacional de Miami.

— É esta! — ele disse, apontando para as luzes que se estendiam pela pista de decolagem. — Esta é minha cor favorita.

— Esta é a cor azul — respondi. — E daí?

— Mas não é um azul qualquer: é azul-aeroporto — ele disse. — Nunca se esqueça disso.

Virei-me para a pista de decolagem e observei as luzes com atenção. Elas tinham uma cor impressionante; lembravam fogo quando queima até o ponto máximo e se torna azul. Onde eu encontraria uma blusa daquela cor?

Olho para Caleb agora e me ocorre que trago viva em minha memória a lembrança desse acontecimento, enquanto ele já não a tem mais. Qual seria a sensação de esquecer a sua cor favorita? Ou a garota que despedaçou seu coração?

O azul-aeroporto me assombra. Tornou-se uma marca para mim, a marca de nosso relacionamento desfeito e de meu fracasso em virar as costas e seguir com a vida. Filho da puta do azul-aeroporto.

— Sua cor favorita é o azul — eu digo —, e a minha é o vermelho. E agora que já somos bons amigos, você pode me contar o que aconteceu.

— Que seja então o azul — ele comenta sorrindo. — Foi um acidente de carro. Um colega e eu fizemos uma viagem de negócios a Scranton. Estava nevando muito e nós seguíamos a caminho de uma reunião. O carro derrapou na estrada e bateu contra uma árvore. Eu tive lesões sérias na cabeça... — Ele falava mecanicamente, como se a história o entediasse. Imagino que ele já tenha repetido a mesma coisa centenas de vezes.

Não preciso perguntar o que Caleb faz para ganhar a vida. Ele é um banqueiro de investimentos. Trabalha para a companhia de seu padrasto e é um homem rico.

— O que aconteceu com seu colega?

— Ele não sobreviveu. — Caleb deixa os ombros caírem tristemente.

Eu hesito e meus lábios se contraem. Não lido bem com questões de morte e não sou boa em encontrar palavras para oferecer como pêsames. Quando minha mãe morreu, as pessoas disseram coisas estúpidas e me deixaram zangada. Palavras bobas e irrelevantes: "Me desculpe", quando ninguém tinha culpa do que acontecera; e "se houver alguma coisa que eu possa fazer...", quando estava mais do que claro que nada podia ser feito. Assim, em vez de lançar palavras vazias, resolvo mudar de assunto.

— Você se lembra do acidente?

— Só me lembro de ter acordado depois que tudo aconteceu. Não me recordo de nada do que houve antes disso.

— Nem mesmo de seu nome?

Ele balança a cabeça indicando que não.

— A boa notícia é que os médicos afirmam que vou recuperar a memória. É apenas uma questão de tempo e é preciso ter paciência.

Para mim, porém, a boa notícia é que ele perdeu a memória. Caso contrário, nós não estaríamos conversando.

— Eu encontrei um anel de noivado em minha gaveta de meias — ele revelou sem aviso.

Essa confissão me apanha de surpresa e eu engasgo com o café.

— Desculpe-me. — Ele me dá alguns tapinhas nas costas e eu tusso, com os olhos marejados. — Eu realmente precisava dizer isso a alguém. Eu estava me preparando para pedi-la em casamento e agora nem mesmo sei quem ela é.

Nossa... nossa! Sinto-me como se alguém tivesse me ligado na eletricidade e me atirado numa banheira cheia d'água. Eu já sabia que Caleb havia seguido em frente com sua vida — espionei-o o suficiente para saber disso —, mas casamento? Só de pensar nessa possibilidade já me causa alergia.

— O que seus pais acham de sua condição? — pergunto, conduzindo a conversa para uma direção mais tolerável. A imagem de Leah num

23

vestido branco me dá vontade de rir. Ela combina mais com uma lingerie de piranha e um poste de pole dance.

— Minha mãe me olha como se eu a tivesse traído de alguma maneira. Meu pai sempre bate em meu ombro e diz: "Logo você voltará a ser como antes, amigão, tudo vai ficar bem, Caleb".

Sua ótima imitação de seus pais me faz sorrir.

— Sei que parece egoísmo de minha parte, mas eu quero apenas que me deixem sozinho para que eu consiga descobrir as coisas. Você entende, Olivia?

Não, eu não entendo; de qualquer maneira, concordo com a cabeça.

— Eu fico me perguntando por que não consigo me lembrar. Se a minha vida era tão maravilhosa assim, como todo mundo insiste em me dizer, por que então nada disso me parece familiar?

Fico sem saber o que dizer. O Caleb que eu conhecia estava sempre no controle. Tinha elegância e sensibilidade, mas era legal demais para prestar atenção nisso. O Caleb que se encontra diante de mim agora está confuso, perdido e contando detalhes de sua vida a uma pessoa que ele julga ser uma total desconhecida. Sinto vontade de beijar seu rosto e aliviar a preocupação que o persegue. Em vez disso, fico sentada em minha cadeira, bem quieta, lutando contra o impulso de falar a ele sobre todas as coisas que nos dilaceraram.

— Mas e quanto a você, Olivia Kaspen? Qual é a sua história?

— Minha história? Ah... Bem, eu não tenho nenhuma. — Ele me pega desprevenida com essa pergunta. Minhas mãos começam a tremer.

— Ora, vamos lá. Eu estou contando tudo a você! — argumenta Caleb.

— Só o que você consegue se lembrar — observo. — Há quanto tempo você está com amnésia?

— Faz três meses.

— Bem, nos últimos três meses da minha vida eu não fiz outra coisa a não ser trabalhar e ler. Aí está a sua resposta.

— De alguma maneira, acho que você tem mais para contar sobre si mesma do que isso. — Ele examina meu rosto e eu tenho a impressão de que ele está elaborando uma história a partir do que vê.

Não me agrada que Caleb faça isso — tentar enxergar através de meus muros. Eu nunca fui boa em fingir para ele.

— Olhe, quando você recuperar a memória e puder revelar todos os seus segredos do passado, nós ficaremos uma noite inteira acordados e eu lhe contarei tudo sobre mim; para todos os efeitos, porém, até que essa ocasião chegue, nós dois estamos sofrendo de amnésia.

Caleb dá uma sonora gargalhada e eu escondo um sorriso de satisfação atrás de minha xícara de café.

— A princípio, essa proposta não me parece ruim — ele provoca.

— Ah, é mesmo? E por quê?

— Bem, porque você acaba de me dar permissão para vê-la de novo e, a partir de agora, eu vou esperar ansiosamente pela noite que passaremos juntos.

Eu enrubesço e decido que jamais contarei a verdade a ele. Mais cedo ou mais tarde ele irá se lembrar e essa farsa toda irá desmoronar a minha volta como um castelo de cartas ao vento. Por enquanto, eu o tenho de volta e vou me agarrar a essa situação até o último momento.

CAPÍTULO 3

PASSADO

NO DIA EM QUE CONHECI CALEB DRAKE, O SOL ILUMINOU o meu mundo com mais intensidade. Aconteceu durante a insuportável época do ano em que os exames finais se aproximam e o cansaço parece deixar os estudantes com os olhos fundos. Eu tinha acabado de sair de uma sessão de estudos na biblioteca e me deparei com um céu repleto de ameaçadoras nuvens de chuva. Aborrecida, caminhei com rapidez na direção de meu alojamento, praguejando por não ter levado um guarda-chuva comigo. Quando eu estava na metade do caminho, começou a chuviscar. Busquei abrigo debaixo de um salgueiro e lancei um olhar zangado para os galhos da árvore, como se a culpasse pela chuva. Nesse momento ele passou por ali, todo arrogante, como se estivesse encantado com sua própria beleza.

— Por que está zangada com a árvore?

Fiz careta quando vi quem era. Ele riu e levantou as mãos, num gesto brincalhão de paz.

— Eu só fiz uma pergunta, luz do sol, não me ataque.

— Posso ajudá-lo em alguma coisa? — respondi, olhando furiosa para ele.

Por um instante eu pensei ter visto uma sombra de dúvida passar pelo seu semblante, mas então essa impressão se foi e ele voltou a sorrir para mim.

— Eu fiquei me perguntando o que essa árvore fez para você fechar a cara — ele disse, repetindo o que já havia dito em sua abordagem inicial.

Não longe dali, atrás dele, avistei um grupo de idiotas que jogavam basquete e nos observavam de um jeito suspeito. Seguindo meu olhar, ele se voltou e deve ter fuzilado seus parceiros com os olhos, porque em segundos o grupo se dispersou. Ele, então, voltou a atenção para mim.

Ah, sim... Acho que esperava que eu respondesse a sua pergunta.

Olhei para o tronco da árvore, que lembrava massa de pão retorcida, e me dei conta da intensidade com que devia tê-lo fitado antes.

— Você está tentando me cantar?

— Caleb Drake — ele disparou, com uma voz meio estrangulada.

— Perdão... O que disse?

— Meu nome — ele explicou, oferecendo-me a mão.

O nome de Caleb Drake era conhecido no campus e eu não tinha intenção de me juntar ao seu fã-clube. Apertei sua mão com firmeza, para que ele entendesse sem sombra de dúvida que não me hipnotizaria.

— Sim, eu estava tentando cantá-la, até que você me deu um fora...

Eu ergui as sobrancelhas e forcei um sorriso. Certo, eu precisava ser rápida. Atletas tinham uma capacidade bastante limitada de manter a atenção.

— Escute, eu adoraria continuar alimentando o seu ego com essa conversinha mole, mas tenho que ir embora.

Comecei a andar e o deixei para trás, aliviada por ir ao encontro de um sorvete com creme de chantilly em minha geladeira.

A risada dele chegou aos meus ouvidos quando eu me aproximava do meio-fio. Fiquei constrangida, mas continuei andando.

— Se você fosse um animal, seria uma lhama — ele disse, referindo-se a mim.

Isso me fez parar. O bobalhão estava realmente me comparando a um bicho peludo?

— Por quê? — Continuei de costas para ele, mas a curiosidade foi mais forte.

— Procure no Google.

Isso estava mesmo acontecendo? Girei minha cabeça ao máximo, no melhor estilo "exorcista", e fitei-o furiosa. Ele parecia tão seguro de si.

— Vejo você por aí — ele disse, enfiando as mãos nos bolsos e se afastando na direção de seus amigos.

E eu espero não ter o azar de voltar a vê-lo!, pensei, bufando. Percorri todo o caminho até meu dormitório espumando de raiva. Antes que eu chegasse a tocar a maçaneta da porta, alguém a abriu com um puxão. Era a minha colega de quarto, uma caloura.

— Por que ele estava falando com você?

Ela era meiga, cheia de vida e loira. Por mais que eu quisesse odiá-la, não conseguia, porque ela era uma coisinha terrivelmente fofa.

— Ele estava recrutando membros para o seu fã-clube. Dei ao cara o seu nome, Cam.

— Sem brincadeira, Olivia, o que foi que ele disse?

A garota me seguiu enquanto eu organizava meus livros sobre a mesa. Tentei ignorá-la, mas ela começou a sacudir um pacote de M&Ms bem ao lado da minha cabeça.

— Ele estava apenas se exibindo para os amigos, mais nada. Não aconteceu nada, pode acreditar!

Ela me deixou passar. Eu estava indo direto para o meu sorvete com creme, preparando-me para atacá-lo sem dó, quando ela entrou na minha frente.

— Você é tão... difícil!

— Difícil? — Coloquei as mãos nos quadris, com impaciência. — Está dizendo que sou complicada ou que sou estúpida? — Olhei com ansiedade para a geladeira logo atrás de Cam.

— Caleb Drake não vai atrás das meninas, as meninas é que vão atrás de Caleb Drake. Quando ele enfim abandona sua zona de conforto para conversar com você... você o manda pastar!

— Ele não está interessado em mim — eu disse, suspirando. — Está só se exibindo.

— Certo, digamos que Caleb esteja se mostrando. Quem liga? Ele tem esse direito. Ele é lindo!

Abri a boca e fingi que estava vomitando.

— Olivia — ela insistiu solenemente. — A vida não se resume apenas aos livros e aos estudos! — Ela empurrou meus livros da mesa para ilustrar seu ponto. — Garotos são... eles podem... fazer coisas — concluiu, com um gesto de cabeça.

— Você — eu disse, cutucando-a nas costelas —, você é uma piranha.

Recolhi um livro do chão e comecei a lê-lo.

— O-li-vi-a!

Fechei os olhos com força. Eu odiava quando ela dizia meu nome assim.

— Hummmm?

Cam arrancou o livro de minhas mãos.

— Ouça bem o que vou dizer, sua puritana ingrata. — Ela agarrou meu queixo em uma mão e o puxou até que eu a encarasse. — Caleb vai falar com você de novo, só porque você o rejeitou. Ele meio que gosta disso. Bem, quando isso acontecer — ela tampou minha boca com a mão para que eu não protestasse —, você irá conversar com ele, e flertar também. Fui clara?

Eu balancei os ombros.

— Aaargh! — Cam deu um grito e foi se trancar no banheiro.

Eu não ligava a mínima para o fascínio que esse cara exercia sobre as fêmeas do campus. Caleb Drake não significava nada para mim. Aliás, *nunca* significaria coisa alguma para mim. Eu era à prova de azaração barata. E ponto-final.

No fim das contas, Cam teria razão. Ainda naquela semana, depois de um dia inteiro de estudos que me deixou cansada, ela me infernizou para que eu a acompanhasse a um jogo de basquete.

— Vou comprar chocolate quente para você.

— Com creme de chantilly?

— Até com nuvens de creme, se você andar mais depressa!

Dez minutos mais tarde, eu estava sentada nas arquibancadas da quadra, bebericando chocolate quente com chantilly num copo de isopor. Cam me ignorava e eu estava quase me arrependendo de ter tomado a decisão de ir ao jogo. Caleb Drake pulava e girava na quadra como uma batedeira de ovos. Falando francamente, observá-lo enquanto ele jogava estava me deixando zonza.

No intervalo do jogo, levantei-me para ir ao banheiro. Eu estava tentando abrir caminho entre as pessoas quando o presidente do grêmio estudantil entrou na quadra e ergueu as mãos, pedindo silêncio.

— Laura Hilberson, uma de nossas estudantes, não aparece em seu dormitório há mais de cinco dias — disse ele ao microfone. Parei para escutar. — Seus pais, bem como a equipe do grêmio, solicitam encarecidamente que as pessoas que tiverem alguma informação sobre ela se apresentem com urgência. Obrigado, pessoal, e aproveitem o resto do jogo.

Em meu primeiro ano na faculdade, eu assisti a algumas aulas com Laura. Estudantes de faculdade às vezes gostam de desaparecer por alguns dias para escapar um pouco de toda a pressão. Ela, provavelmente, estava escondida na casa de amigos em algum lugar, comendo chocolate e falando mal dos professores. As pessoas viviam fazendo drama sem motivo nenhum.

— Ela namorou Caleb Drake quando estava no primeiro ano — sussurrou Cammie. — Eu me pergunto se ele será capaz de se concentrar no resto do jogo agora.

Olhei para Caleb, que estava sentado no banco de reservas, bebendo água de uma garrafa. Ele parecia tranquilo. Que idiota. Quando faltava um minuto para o fim da partida, o time adversário conseguiu empatar com os Cougars: 72 a 72. Eu não saberia disso se Cammie não me dissesse, já que eu havia passado os últimos vinte minutos catando bolinhas de algodão em meu suéter.

Posicionado na linha de lance livre, Caleb Drake preparava-se para o arremesso mais importante da noite. Ele parecia calmo, como se já soubesse que conseguiria acertar. Pela primeira vez naquela noite, o ginásio estava estranhamente silencioso. Intrigada, eu deixei de lado minhas bolinhas de algodão e me endireitei no assento para observar os acontecimentos na quadra. Queria que ele tivesse sucesso no lance. Odeio admitir isso, mas eu queria. Pela primeira vez eu compreendi por que Caleb despertava tanto interesse por onde passava. Ele era como o jalapeño, uma espécie de pimenta mexicana brilhante e lisa, mas perigosamente ardida. Uma pequena parte de mim queria mordê-lo.

Eu me virei para Cammie, que estava com os olhos arregalados pela expectativa. Ali, naquele momento, nada era mais importante. Meu olhar deslizou de volta para a quadra. Levei um susto: Caleb me observava. Todos os estudantes o observavam e ele me encarava. Antes que o juiz pudesse apitar, Caleb enfiou a bola debaixo do braço e caminhou na direção de seu treinador.

— O que está acontecendo? O que está havendo? — Cam saltitava sem parar, num pé e no outro.

Alguma coisa estava errada. Inquieta, eu não parava de me mexer em meu lugar, cruzando e descruzando as pernas. Caleb entregou a bola ao seu treinador. De uma hora para a outra, eu me senti como se estivesse sentada em uma sauna.

— Ele está subindo as escadas, Olivia! E está vindo para cá! — Cammie gritou.

Eu me afundei em meu assento. Isso não podia ser verdade! Caleb vinha bem em minha direção! Fingi estar ocupada vasculhando minha bolsa em busca de alguma coisa. Quando ele parou bem ao meu lado, olhei para cima, surpresa.

— Olivia — ele disse, inclinando-se para me encarar. — Olivia Kaspen.

Minha colega de quarto me fitou totalmente pasma e uma multidão de cabeças se voltou para nos observar.

— Parabéns, você descobriu meu nome! — eu disse e, abaixando o tom de voz, continuei: — Que diabos você está fazendo?

Ele ignorou minha pergunta.

— Você é um enigma e tanto aqui no campus, Olivia. — A voz dele era áspera; o tipo de voz que causa arrepios quando é sussurrada ao ouvido de alguém.

Fechei a cara e fiz o possível para parecer irritada.

— Você pretende me dizer algo, em algum momento, ou está retardando o jogo para se gabar de suas habilidades de detetive?

Ele riu, abaixou a cabeça, e então voltou a me encarar.

— Se eu acertar esse arremesso, você sai comigo? — Seu olhar se movia dos meus lábios para os meus olhos continuamente.

Senti meu rosto tomado pelo rubor e logo abaixei a cabeça. Eu não gostava do modo como ele me fitava. Era como se ele já estivesse planejando nosso primeiro beijo, avaliando meus lábios. Sacudi a cabeça. Era ridículo. Ele estava fazendo cena por causa de seu ego ferido e eu não dava a mínima para a droga do seu arremesso.

— Se você fosse um animal — eu disse, erguendo as sobrancelhas —, sabe qual você seria?

Um momento de hesitação passou pelo rosto dele. Depois de nosso rápido encontro sob a chuva, eu fiz uma busca pela palavra "lhama" no Google. Aparentemente, os lhamas eram bastante rudes; cuspir, chutar e dar coices eram atitudes comuns em seu convívio social.

— Bem, você seria um pavão.

Ele deu uma risadinha forçada.

— Você levou a semana inteira para inventar isso, não é? — ele respondeu, e voltou a olhar para os meus lábios.

— Pode acreditar que sim — eu disse, erguendo as sobrancelhas.

— Então, é correto dizer que você pensou em mim durante a semana inteira?

Agora foi a minha vez de estampar a hesitação no rosto. Que droga! Eu estava me saindo tão bem...

— Não mesmo... E quer saber? Eu não vou sair com você.

Recostei-me em minha cadeira e decidi olhar para o placar. Se eu ignorasse Caleb, talvez ele fosse embora. O sistema de som do ginásio tocava Black Eyed Peas bem alto. Comecei a marcar o ritmo da música com os pés.

— Por que não? — ele perguntou, e parecia agitado. Eu gostei disso.

— Porque eu sou um lhama e você é um pássaro e NÓS não somos compatíveis.

A curiosidade das pessoas presentes no ginásio era crescente; elas se levantavam para conferir o que estava acontecendo. Comecei a ficar nervosa.

— Certo — ele disse sem rodeios. — Então, o que terei de fazer?

Ele estava agachado, e tão perto de mim que eu podia sentir seu hálito em meu rosto. Parecia menta. Segurei a respiração e tentei acalmar meu coração acelerado.

E então pensei em algo genial:

— Erre o arremesso.

Ele ergueu a cabeça. Eu me inclinei para mais perto dele, com expressão séria. Falei mais devagar dessa vez, para que não houvesse confusão.

— Erre o arremesso e eu sairei com você.

Eu vi a gentileza abandonar completamente os olhos dele. Pedir a um pavão que tire fora as suas penas é uma coisa difícil de se fazer.

Ele se ergueu rápido, muito rápido, e voltou para a quadra, descendo as escadas de dois em dois degraus. Eu me acomodei em meu assento com um sorriso orgulhoso no rosto. Aposto que ele não esperava por isso. O grande astro se deu mal. Bobalhão.

Cam olhava ora para mim, ora para Caleb. Havia uma espécie de temor no semblante dela. Ela abriu a boca para dizer alguma coisa, mas eu levantei um dedo para silenciá-la. Não era hora para sermões.

— Guarde para você, Camadora — avisei.

Concentrei toda a minha atenção na figura de pé que se preparava para o arremesso. Ele já não se mostrava tão seguro de si quanto parecia alguns minutos atrás.

O juiz apitou, Caleb ergueu os braços segurando negligentemente a bola nas mãos. Tentei imaginar o que se passava pela sua cabeça. Ele na certa não iria mais querer saber de mim. Era provável que sentisse até raiva porque tive a audácia de... Eu me distraí e perdi a linha de pensamento. O momento decisivo se aproximava.

Os músculos de seu braço se contraíram quando a bola saiu girando de suas mãos e voou na direção da cesta. Nesses poucos segundos, foi possível perceber que havia algo de estranho na situação. E então aconteceu: a bola passou a meio metro de distância do cesto e bateu no chão com um baque deprimente. Observei horrorizada a confusão começar de repente no ginásio.

— Não, não, não, não — sussurrei. — Como ele pôde fazer isso? Por que ele faria isso? Mas que grande idiota!

— Olivia, vou fingir que não ouvi nada disso — disse Cam asperamente, agarrando-me pelo pulso. — Nós temos de ir embora daqui antes que alguém mate você.

Enquanto ela me puxava em meio à multidão, voltei os olhos para a quadra uma última vez, a fim de ver o que estava acontecendo. Caleb já havia desaparecido.

Não tive nenhuma notícia dele por mais de uma semana. A culpa começava a penetrar meus ossos pretensiosos, causando-me uma dor profunda e aguda. Eu não queria admitir que Caleb Drake havia me surpreendido e se humilhado. Alguém como ele não poderia surpreender alguém como eu... Não é?

De certo modo, a notícia de que ele tinha sabotado o jogo por causa de uma garota havia se espalhado por todo o campus. Levando-se em conta que era comigo que ele estava conversando minutos antes de seu fracasso, eu era a principal suspeita. Garotas sussurravam quando me viam e os integrantes do time de basquete passaram a me lançar olhares zangados e ameaçadores.

— Ela nem é tão bonita assim — escutei uma líder de torcida dizer a outra. — Se ele queria tanto sabotar sua carreira como jogador de basquete, pelo menos poderia ter escolhido uma garota mais gostosa.

Envergonhada, eu abaixei a cabeça e desapareci dentro da biblioteca. Ora, eu nem fazia ideia de que haveria olheiros naquele jogo. Como iria saber disso? Meu conhecimento sobre esportes era quase nenhum; saber distinguir uma bola de futebol de uma bola de basquete já era o suficiente para mim. De qualquer maneira, quem teria imaginado que ele pudesse fazer o que fez?

Durante as manhãs, eu vinha gastando um pouco mais de tempo diante do espelho, aplicando maquiagem e enrolando o cabelo. Já que eu havia me tornado o centro das atenções, por que não tentar ser uma gostosa bem produzida?

Eu era bonita demais para ser comum, e os traços do meu rosto eram arredondados demais para serem exóticos. Os homens me evitavam. Cammie me dissera certa vez que havia em meus olhos um tipo de ferocidade que espantava as pessoas. Caleb Drake, porém, não se espantara. Ele havia errado a cesta de propósito. Ele jogara meu jogo e eu havia perdido.

— Olivia, chegou uma... hummm... entrega para você — chamou Cam através da porta do banheiro, certa noite.

Quando saí do banheiro, vi uma caixa sobre a minha cama impecavelmente arrumada. No mesmo instante eu retirei o objeto de cima dela e alisei o local onde ele havia sido deixado. Cam ergueu as duas mãos para o alto numa atitude de súplica e desabou sobre a sua cama, que ela não arrumava fazia uma semana.

— Não vai abrir essa coisa, Olivia? Foi entregue pessoalmente por aquele cara sinistro da agência de correio do campus. Ele até tentou cheirar meu cabelo quando me deu a caixa.

— Ele tem rinite alérgica — eu disse, apanhando a tesoura. — Não fique se gabando.

Abri a caixa e olhei dentro dela. Levei alguns instantes para identificar o que havia ali.

— É uma bola de basquete vazia — anunciei, erguendo-a para mostrá-la.

Havia um envelope preso a ela. Cammie se sentou, e seus olhos se arregalaram de espanto.

— Não, gênio! Esta é a bola de basquete *daquele jogo*!

Eu engoli em seco quando li o bilhete:

Olivia,

Chegou a hora de cumprir o trato. Encontre-me na biblioteca em dez minutos.

Caleb

— Inacreditável! — eu disse, segurando a bola na mão. — Nem mesmo pediu por favor! Ele praticamente me mandou seguir suas ordens e ir encontrá-lo!

— E você irá. — Cammie se levantou e pôs as mãos nos quadris.

Estalei os lábios com aborrecimento e balancei a cabeça numa negativa veemente.

— OLIVIA! Você arruinou o jogo mais importante da temporada para Caleb! Você *deve* isso a ele.

É, talvez devesse mesmo.

— Está bem. ESTÁ BEM! — gritei no mesmo tom que ela. Peguei um agasalho com capuz em meu armário e o vesti por cima da cabeça, puxando-o com raiva. — Mas depois disso, chega, entendeu? — ralhei, com o dedo indicador apontado para Cam. — Vou encontrá-lo na biblioteca e depois não quero ouvir mais nada a respeito disso... Você, ele e aquele pelotão de líderes de torcida não vão me dizer mais uma palavra sobre esse assunto!

Cammie sorriu, satisfeita.

— Certifique-se de guardar todos os detalhes, Olivia, e tente mencionar o meu nome.

Saí batendo a porta do apartamento.

Eram nove e meia da noite de uma quinta-feira e a Biblioteca Dart estava praticamente vazia. Uma mulher sisuda encontrava-se atrás do balcão de atendimento, olhando com desgosto para dois calouros que namoravam. Passei por um retrato de Laura Hilberson na parede, com dados de contato das autoridades; quem tivesse informações sobre Laura deveria entrar em contato o quanto antes. Ela era linda e tinha um jeito sexy — loira, com muita maquiagem, e lábios carnudos. Fazia já dezesseis dias que a garota desaparecera, e Nancy Grace — minha heroína — estava cobrindo a história dela.

Já que eu havia chegado antes da hora, decidi dar uma volta pela seção de ficção para ver se havia algum livro que valesse a pena conferir.

Alguns minutos mais tarde, Caleb me encontrou ali.

Ele caminhou com uma confiança tão ridícula em minha direção que eu desejei esticar o pé na frente dele para fazê-lo tropeçar.

— Olá, Olivia.

— Caleb — respondi, acenando de maneira rude com a cabeça.

Ele usava uma jaqueta de marinheiro preta sobre um suéter de cor creme que parecia caro. Senti um ligeiro sobressalto no coração. Depois de controlar e aquietar o meu coração, eu o encarei. Ele enfiou casualmente as mãos nos bolsos de sua calça de veludo. Eu esperava que ele aparecesse vestindo uma daquelas jaquetas de basquete idiotas e jeans encardidos.

— Por que você está tão bem vestido? — disparei, depositando um romance sobre a crescente pilha de livros na mesa.

— Como você consegue encontrar tempo para ler? — ele perguntou, pegando o livro e examinando a capa.

Eu não iria contar a Caleb que não tinha vida social e que passava os fins de semana lendo. Fuzilei-o com os olhos, esperando que ele mudasse de assunto. O estúpido jogador, provavelmente, nunca havia lido um livro do início ao fim. Eu ia dizer-lhe isso, mas antes que eu pudesse fazê-lo ele desceu por um corredor próximo e quando voltou trouxe um volumoso romance na mão.

— Tente este. É o meu livro favorito.

Olhei para o volume com cautela antes de pegá-lo de sua mão. *Grandes Esperanças*. Eu nunca havia lido aquele livro.

— Isso é alguma brincadeira?

Ele deu uma risada.

— Você pensa que eu sou ignorante só porque jogo basquete?

Torci o nariz. Sim, era exatamente o que eu pensava.

— Por que me convidou para vir aqui? — perguntei.

— Bem, achei que você se sentiria mais tranquila se me encontrasse *aqui*. — Ele se sentou na ponta da mesa. — Pensou que eu não fosse reclamar a minha parte na aposta?

Eu percebi um sotaque em sua fala pela primeira vez. *Inglês*, eu pensei, mas não tive certeza absoluta. Fosse o que fosse, exercia em mim o mesmo efeito que vodca.

— Eu lhe pedi que errasse o arremesso. Não disse que sairia com você se fizesse isso.

— Ah, é mesmo? Engraçado, não consigo me lembrar direito disso. — Ele franziu as sobrancelhas e curvou a cabeça para o lado, fingindo estar confuso.

Eu era a única pessoa autorizada a ser sarcástica ali!

— Você sairá comigo, sim, Olivia, porque *estava errada* a meu respeito, por mais que odeie admitir.

Abri a boca, apenas para fechá-la em seguida. Minha esperteza! Onde estava minha esperteza?

— E-eu... hã...

— Nada disso — ele me interrompeu. — Nada de desculpas. Vou levar você para sair.

— Tudo bem. — Fechei os olhos e respirei fundo. — Trato é trato.

Cammie ia me amar por isso. Ela ia me amar!

— Quarta-feira, às oito da noite.

Caleb ficou de pé. Como era alto! Eu dei um passo para trás. Ele começou a caminhar para a saída, mas, então, parou.

— Olívia?

— O quê? — eu disse secamente.

— Eu vou beijar você. Só queria que soubesse.

Ouvi sua risada ecoar pela biblioteca quando ele se foi. Nem morta eu deixaria que isso acontecesse! Por que ele tinha de ser tão bonito? E por que meu nome soava tão bem quando ele o dizia?

Peguei meus livros e também fui para a saída.

CAPÍTULO 4

EU TINHA MEDO DELE. ELE ESTAVA ME SUPERANDO, arrancando-me das mãos todas as minhas armas; eu já me sentia como um tigre sem dentes. A solução que encontrei foi esconder-me em meu quarto até quarta-feira para evitar uma discussão com ele. Cammie me manteve viva com burritos e com seu estoque particular de feijoada à moda de Boston. Eu li *Grandes Esperanças* que, confirmando as expectativas, mostrou-se um livro muito bom. Fiz pesquisas no Google sobre regras de basquete, a fim de entender claramente o que aconteceu quando Caleb errou aquele arremesso.

Quando o dia do encontro enfim chegou, eu quase aguardava com ansiedade por ele. Quase. Cammie reuniu uma bateria de produtos de beleza em sua escrivaninha (que ela nunca usava para estudar), e eu fiquei sentada diante dela, obediente como um chimpanzé, enquanto minha amiga me embelezava. Ela cuidou do meu penteado e de minhas unhas e untou meu rosto com cremes de cheiro estranho. Quando ela começou a me passar sermão sobre sexo seguro, eu encaixei melhor meus fones de ouvido e pus o volume no máximo.

Exatamente às sete e cinquenta e cinco da noite, batidas leves soaram à porta. Cammie se levantou de um pulo, com seu rosto grotescamente congelado por gritos mudos.

— Ele está *mesmo* no nosso alojamento! — Cammie vibrou com voz abafada, dançando pelo dormitório todo. Ela passou brilho nos lábios antes de abrir a porta.

Fiquei observando enquanto a mãe-caloura-devoradora-de-homens deixava Caleb entrar.

— Oh, olá — ela disse de maneira casual. — Eu sou Cammie. — Ela lhe estendeu a mão, que Caleb apertou, sorrindo com gentileza.

Quando ele me viu, ficou espantado. Eu parecia impecável. Cammie havia se superado. Eu vestia jeans e um suéter de caxemira justo, que deixava um ombro à mostra. Meu cabelo, como de costume, caía entrelaçado até a altura da cintura, mas Cammie tivera a paciência de fazer um pufe e de borrifá-lo com quantidades obscenas de laquê.

— Bem, podemos ir, então — eu disse, passando por ele e saindo para o corredor. Voltei-me e o vi despedir-se de Cammie.

— Não vou trazê-la de volta muito tarde — eu o ouvi dizer.

— Oh, fique fora com ela o tempo que quiser — respondeu minha colega com seu sotaque arrastado típico do sul. — Ela precisa de uma mão firme, então, não tenha receio de usar a sua. — Cam olhou diretamente para mim, como se dissesse "peguei você!".

Fiz planos para sabotar seu trabalho sobre gramática inglesa quando voltasse do encontro.

— Ela é uma figura — disse Caleb depois que a porta se fechou atrás de nós.

Eu fiz uma careta. Sem muita ênfase.

— Ela é do Texas — revelei, como se isso explicasse o comportamento dela; e então fiquei envergonhada. Por que eu fui dizer isso? Olhei para o rosto de Caleb e vi que ele sorria discretamente para mim.

Precisei usar todo o meu autocontrole para não dar meia-volta e retornar ao dormitório. No final das contas, o que me fez seguir em frente foi meu orgulho. Eu não queria que ele pensasse que eu era incapaz de cuidar de mim mesma.

Passamos por duas líderes de torcida quando seguíamos para o elevador. Quando avistaram Caleb, os olhos delas se arregalaram. Ele acenou para as garotas, mas não parou, e sua mão permaneceu em minhas costas. Tentei me afastar desse contato, mas ele era perito em manter a mão nessa região.

— Você aceita elogios? — ele perguntou quando nós entramos no elevador e eu apertei o botão do andar térreo antes que ele tivesse a chance de fazer isso.

— Sim, se forem criativos.

Ele pôs a mão na frente da boca para abafar uma risada.

— Certo, certo — disse Caleb. Ele estava tentando não rir da expressão em meu rosto. — Vejamos. Você poderia matar com um sorriso, você poderia ferir com seus olhos...

— Isso não é original, é uma canção de Billy Joel — eu comentei, interrompendo-o. — E que tipo de elogio é esse, afinal?

Nós fomos na direção do carro dele. Caleb havia enfiado as mãos nos bolsos e nós caminhávamos despreocupadamente.

— Eu diria que a canção parece ter sido escrita para você, mas se você vai ser tão exigente... — A voz dele sumiu. — Você quer o atleta que a elogia ou o cara que lê *Grandes Esperanças*?

— Os dois.

Eu tentava mostrar a Caleb que não estava apreciando o nosso pequeno diálogo, mas eu já podia sentir meus ombros relaxarem; e agora que ele não estava mais com a mão em meu ombro eu conseguia pensar novamente. Nós chegamos ao carro e eu parei diante da porta de costas para Caleb, esperando que ele a destrancasse.

— Tanto faz se eu estiver atrás de você ou olhando-a de frente, a visão é linda — ele disse.

Senti meu rosto queimar quando ouvi o "clique" das travas automáticas e Caleb segurou a porta aberta para que eu entrasse. Ouvi a risada abafada na voz dele, então eu entrei no veículo sem dizer uma palavra. Eu jamais havia encontrado alguém tão determinado a me constranger. Ele contornou o carro para chegar ao banco do motorista e durante esse tempo eu o observei com atenção. Ele usava um daqueles trajes incrivelmente bem elaborados.

Afundei no banco e inalei a fragrância de sua colônia. O perfume penetrava nos assentos de couro como se fossem pele, espalhando por toda a parte o cheiro de Caleb. O aroma fazia lembrar o Natal, como pinheiros e laranjas. Eu gostei.

— Coloque o seu cinto de segurança — disse Caleb, deslizando para o assento do motorista.

Eu contraí os lábios. De jeito nenhum. Ele não tinha o direito de me dar ordens.

— Eu não vou colocar isso.

O meu Fusca restaurado nem mesmo tinha cintos de segurança. Uma de suas donas anteriores os removera. Eu me repreendi silenciosamente por não ter saído com meu próprio carro.

Caleb ergueu uma sobrancelha. Eu comecei a perceber que ele fazia isso com muita frequência.

— Faça como quiser — ele respondeu, dando de ombros. — Mas sempre que precisar fazer uma parada brusca, eu simplesmente vou estender o braço dessa maneira para evitar que você seja arremessada para a frente. — Ele ilustrou seu argumento esticando o braço ao longo do meu peito e acabou roçando em meu sutiã.

Coloquei o meu cinto de segurança. Dessa vez, ele nem mesmo tentou disfarçar o riso.

— Aonde estamos indo, afinal? — perguntei com irritação.

Com sorte, tudo terminaria rápido e eu conseguiria voltar ao meu dormitório a tempo de assistir a *Grey's Anatomy*. Belos homens do mundo da ficção eram bem mais fáceis de digerir do que aqueles da vida real que cheiravam a Natal e pareciam um modelo da Calvin Klein.

— Para o meu lugar de encontros favorito. — Ele olhou para mim enquanto mudava de marcha e eu senti um calor indesejável na boca do estômago. Eu tinha fetiche por mãos. As mãos dele eram grandes e, em parte, isso, provavelmente, se devia ao estúpido esporte que ele praticava. Ele tinha o tipo de mão que fazia uma aliança de casamento parecer sexy — bronzeada, com veias que serpenteavam como rios até seu pulso e desapareciam sob a manga da roupa.

— Isso não é um encontro — observei. — E é, sem dúvida, lamentável que você diga que vai me levar a um lugar onde costuma se encontrar com outras garotas.

— Entendi. Bem, eu prometo que na próxima vez me lembrarei de mentir para você — ele respondeu, olhando-me meio de lado.

— E o que leva você a pensar que haverá uma próxima vez?

— E o que a leva a pensar que não haverá?

Não perdi meu tempo olhando para ele; simplesmente bufei como resposta, virei-me para a minha janela e olhei para fora.

A Jaxson's Ice Cream localizava-se em uma das ruas mais movimentadas de Dania. Seu letreiro luminoso personalizado piscava de maneira frenética no centro de compras, a fim de atrair a atenção das pessoas que passavam. Apesar das luzes brilhantes, das figuras de animais onde os turistas encaixavam suas cabeças e da retumbante música de órgão, eu nunca havia reparado no lugar.

— Oh — eu disse, tentando disfarçar minha surpresa. — Isso é interessante.

— Você tem intolerância à lactose? — Caleb perguntou, conduzindo o seu carro até uma vaga de estacionamento.

— Não mesmo.

— Está de dieta?

— Não esta semana.

— Ótimo. Então você vai adorar isso aqui. — Caleb contornou o veículo para abrir a minha porta e me ofereceu a mão para eu sair do carro.

Nós entramos no saguão e fomos imediatamente recebidos por um homem idoso com cabelo algodão-doce. Ele assobiou de contentamento quando viu Caleb e se aproximou arrastando os pés para cumprimentá-lo.

— Que bom vê-lo de novo, Caleb — o homem disse com voz rouca. Ele vestia um macacão vermelho listrado com botões que se pareciam com pirulitos.

Isso me deixou embaraçada.

Caleb pôs uma mão no ombro de nosso anfitrião quando ele o saudou. Ambos trocaram gentilezas por alguns momentos e, então, para a minha irritação, a mão de Caleb deslizou para as minhas costas de novo.

— Harlow, minha mesa está livre?

Ele fez que sim com a cabeça e saiu caminhando vagarosamente a nossa frente. Seguimos logo atrás dele, passamos pelo primeiro salão e continuamos por uma pequena passagem entre os refrigeradores para sorvete, até sairmos num segundo salão, maior que o primeiro. Enquanto andávamos sem pressa até nossa mesa, eu olhava a minha volta, espantada. O lugar reunia uma miscelânea dos anos 1920. De fato, havia tantos adornos e acessórios pendurados nas paredes que eu mal sabia para onde olhar. A "mesa de Caleb" era pequena e acanhada e havia um carrinho de bebê torto pendurado sobre ela. Eu torci a boca, nem um pouco impressionada. Caleb olhou para mim e sorriu, como se pudesse ler meus pensamentos.

Enquanto se esforçava para puxar a minha cadeira, Harlow começou a assobiar de novo.

— Eu posso fazer isso, obrigada — eu disse.

Ele encolheu os ombros e se foi, deixando-nos a sós.

Jovens ingleses ricos não tomavam sorvete em lugares como aquele. Eles comiam caviar em iates e namoravam loiras ricas. Devia haver algum problema sério com Caleb, um problema bem camuflado. Enumerei as possibilidades em minha mente: mau humor, carência, doença mental...

— Suponho que você esteja surpresa com relação à mesa? — ele indagou, sentando-se diante de mim.

Fiz um aceno afirmativo com a cabeça.

— Eu trago garotas aqui desde os tempos da escola. — Ele juntou as mãos sobre o tampo e se reclinou em seu assento despreocupadamente. — De qualquer maneira, você vê aquela mesa ali?

Voltei-me para olhar a que ele indicou, mais ao canto. Sobre ela havia um velho semáforo que mudava da luz vermelha para verde, vermelha, verde, continuamente.

— *Aquela* é a mesa do azar, eu jamais me sentarei ali de novo. Principalmente se estiver acompanhado.

Voltei-me para ele com um ar satisfeito. Ele era supersticioso. Que coisa cafona. Eu me senti superior.

— Por quê? — perguntei.

— Bem, porque sempre que eu me sento naquela mesa alguma coisa desastrosa acontece. Como, por exemplo, estar com minha namorada e ser visto pela ex e, então, receber um banho de sorvete... Ou descobrir que sou alérgico a amoras bem na frente da garota mais gata da escola...

— Ele riu da própria situação e eu não pude evitar que um sorriso se insinuasse em minha expressão de durona.

Alergia a amoras era mesmo tudo de bom!

— E esta mesa em que estamos? — perguntei.

— Boas coisas acontecem nesta mesa — ele disse simplesmente.

Quis perguntar o que acontecia de bom, mas fiquei com receio de fazer isso. Levar uma garota a uma sorveteria que parecia ter sido decorada em 1920 contava muitos pontos. Cammie ia delirar de alegria quando eu lhe contasse. Decidi que Caleb merecia uma recompensa por isso.

Eu estava bastante aliviada quando nosso garçom apareceu com dois copos de água e uma tigela de pipocas murchas.

Eu ainda examinava o meu cardápio no momento em que ouvi Caleb fazer um pedido para mim.

— Está brincando comigo? — eu disse quando o garçom se retirou. — Já informaram a você que agora as mulheres podem votar *e* pedir sua própria comida?

— Você não faz nenhuma concessão, nunca — ele disse. — Gosto disso.

Lambi o sal de meus dedos e o encarei.

— Eu notei que você estava olhando para isto. — Ele deu um tapinha na foto de uma banana *split*. — E isso foi antes de você começar a olhar para o sorvete com baixo teor de gordura.

Eu tinha de reconhecer: Caleb era observador.

— E daí se eu preferir alguma coisa com pouca gordura?

Ele balançou a cabeça.

— Essa noite é minha, Olivia. Eu venci. Eu estabeleço as regras.

Eu quase sorri. Quase.

Caleb me falou sobre a sua família enquanto esperávamos. Ele havia crescido em Londres, com sua mãe e seu padrasto. E tivera o tipo de infância mágica que toda criança sonhava ter — férias cheias de luxo, Natais com os primos na Suíça, e até um pônei para comemorar seu aniversário. A família se mudou para os Estados Unidos quando Caleb tinha catorze anos. Primeiro foram para Michigan; depois sua mãe decidiu que o frio não fazia bem a sua pele e foram para a Flórida. A vida era fácil, dinheiro não era problema e ele tinha um irmão mais velho que em seu tempo livre fazia coisas como escalar o Everest. Seu pai biológico, o qual Caleb ainda via de vez em quando, era um mulherengo que costumava enfeitar as capas dos tabloides britânicos por namoros e rompimentos com modelos famosas.

Quando chegou a minha vez de falar, resolvi "filtrar" algumas informações, omitindo, por exemplo, meu pai alcoólatra; eu simplesmente disse a Caleb que ele havia falecido. Não vi razão nenhuma para bombardeá-lo com os feios detalhes de minha vida sem graça. Eu não queria sabotar o seu mundo de felicidade sem fim. Ele ouviu com atenção e me fez perguntas. Em minha opinião, era possível avaliar a capacidade de concentração de uma pessoa pela quantidade de perguntas que ela não faz. Caleb parecia interessado em mim de verdade. Eu não sabia ao certo o que pensar disso. Ou era uma estratégia para levar garotas para a cama ou ele era mesmo um cara legal.

Quando falei sobre a minha mãe e contei-lhe como ela havia morrido de câncer no meu último ano na escola, enxerguei compaixão verdadeira em seus olhos; isso me tocou e eu me remexi na cadeira, inquieta.

— Então você é completamente só no mundo, Olivia?

Essa pergunta me atingiu em cheio. Não é fácil ouvir uma coisa dessas.

— Bem... Sim, pode-se dizer que sim, se você estiver se referindo ao fato de que eu não tenho nenhum parente vivo.

Enchi a boca com sobremesa para não ter que dizer mais nada.

— Você é feliz, Olivia?

Mas que pergunta estranha. Será que Caleb estava me perguntando se eu ainda chorava à noite porque minha mãe havia morrido? Ele ficava brincando com sua colher, deixando pingar chocolate por toda a mesa sem perceber. Eu respondi da maneira mais honesta que consegui.

— Às vezes. Você não?

— Não sei.

Olhei para ele, surpresa. Atleta de destaque, bonito, mimado — como ele poderia não ser feliz? Pior ainda: como era possível que ele não soubesse se era feliz ou não?

— O que você quer dizer com isso? — perguntei, abaixando a minha colher. Eu já não sentia vontade de estar ali tomando sorvete. Toda aquela conversa estava me deixando doente.

— Eu não sei o que me faz feliz hoje. Acho que estou tentando encontrar alguma coisa que me traga felicidade. Sempre quis encontrar alguém, casar e ter uma família, e ficar junto dessa família até envelhecer, ter cabelos brancos e a pele enrugada... e uma minivan cheia de netos.

— Uma minivan? — eu disse com incredulidade, pensando no lindo carro esporte estacionado lá fora. — Está brincando comigo?

— Eu não sou tão ruim quanto você pensa.

Dei um leve empurrão no ombro dele.

— Você não quer uma minivan, quer um Porsche. Se ficar quinze anos casado, vai trocar a esposa e a minivan por outra coisa que traga emoção a sua vida novamente. Você é maluco?

— Ah, sem essa! — ele disse, rindo. — Você não queria nada comigo. Se eu tivesse de me esforçar um pouco mais para tê-la aqui, eu estaria em uma cama de hospital...

— De qualquer modo, você escreveu o livro e agora está se queixando da minha análise crítica sobre ele — respondi com sarcasmo.

— Muito justo. — Ele levantou as mãos. — Vou começar a escrever a sequência, que será consideravelmente menos narcisista. Você a lerá?

— Sim, contanto que nenhuma outra garota no campus a leia.

Ele riu tão alto que várias pessoas se voltaram para olhar para nós.

Peguei alguns grãos de pipoca da tigela e os comi, distraída. Aquele encontro não estava sendo tão terrível quanto eu tinha imaginado. Na verdade, eu até começava a me divertir. Quando me dei conta, Caleb estava me encarando.

— Que foi? Por que está olhando para mim assim?

Ele suspirou.

— Por que você é tão hostil, Olivia?

— Preste atenção, amigo... Não pense nem por um instante que me enrola com esse seu papo de cara sensível. Sei reconhecer uma conversa mole a quilômetros de distância.

— Eu não sabia que estava usando um papo de cara sensível — Caleb respondeu, e pareceu bastante sincero.

Observei bem seu belo rosto, tentando enxergar, através de seus olhos, dentro de sua alma.

Os olhos dele eram cor de âmbar e pareciam estar sempre sorrindo para você, com os cantos se vincando como delicadas dobras de papel.

— Ah, não me venha com essa — respondi. — Você me traz a esse lugar fofinho para um sorvete, como se estivéssemos na escola. Você conhece aquele senhor pelo nome; você fica me lançando olhares... — Eu me calei porque Caleb me fitou com uma expressão nada satisfeita.

— Você não é muito boa em avaliar pessoas. — Ele deu um peteleco num grão de pipoca desgarrado que veio em minha direção e acertou a minha testa.

Esfreguei o lugar atingido, sentindo-me insultada. Eu era ótima em avaliar pessoas.

— Talvez eu seja um cara legal, Olivia.

Dei uma risada de deboche.

— Você pode deduzir muitas coisas sobre uma pessoa observando as características dela e o que ela faz com essas características. Mas leva tempo para se familiarizar com uma pessoa, para saber quem ela é realmente.

— E o que você pode dizer a meu respeito? — perguntei. — Afinal, é um mestre nessa matéria.

Caleb inclinou um pouco a cabeça e ergueu as sobrancelhas, olhando para mim como se não acreditasse que eu estivesse preparada para a sua avaliação.

— Vamos lá! — insisti. — Vamos ver se tem motivos para se vangloriar assim.

— Hum... Está bem então. Vejamos...

Eu imediatamente me arrependi de minha pergunta. Eu havia acabado de dar a ele permissão para me avaliar e já começava a ficar com vergonha.

— Vejo uma certa tristeza em seus olhos, talvez por serem grandes, talvez por se inclinarem para baixo, como se indicassem desapontamento. Eles são definitivamente vulneráveis, mas também destemidos, porque você olha para tudo em atitude de desafio. Além disso, esse seu modo de segurar o queixo é muito sugestivo. Você é rebelde e persistente, e tem um narizinho orgulhoso que aponta sempre para o norte. Acho que você finge ser esnobe para manter as pessoas longe.

Eu me senti mal. Sorvete demais. Verdade demais...

— E eu não poderia deixar de mencionar os seus lábios, que são a parte de você que eu mais gosto. — Ele sorriu e um leve rubor subiu por meu pescoço. — São cheios e sensuais, franzidos, e sempre virados para baixo nos cantos. Dá vontade de beijá-los até fazê-los sorrir.

Eu hesitei. Ele estava pensando em me beijar? Claro que sim. Homens pensavam nessas coisas o tempo todo; coisas que levavam ao sexo. Debaixo da mesa, pressionei minhas unhas contra as palmas das mãos.

— Estou deixando você constrangida? — Caleb estava reclinado em sua cadeira, com um cotovelo pousado descontraidamente na mesa.

Engoli em seco, com dificuldade, como se tentasse engolir uma bola de basquete.

— Não.

— Isso é bom, porque eu não a considero uma mulher que nunca se surpreende realmente, sobretudo quando um atleta escolar prova que você está errada.

De repente, eu comecei a achar que fosse desmaiar.

Tudo bem, talvez aquele miolo mole fosse um pouco mais esperto do que eu pensava. Cruzei os braços na frente do corpo e estreitei os olhos como faziam os caubóis dos velhos faroestes.

— Diga-me uma coisa: por que você errou o arremesso?

— Por que errei o arremesso? — ele repetiu. — Porque conhecer você era mais importante para mim do que ganhar mais um jogo.

Dessa vez eu nem mesmo tentei dissimular o olhar embasbacado em meu rosto. Caleb simplesmente havia me feito um elogio incrível, ainda melhor do que aquele sobre beijar meus lábios. Mil vezes melhor. Queria dizer algo, mas nada me ocorria, nem mesmo um simples sarcasmo.

Quando fomos embora, nós paramos para dar uma olhada nos doces e brinquedos que estavam à venda. Como se o lugar já não fosse pequeno o suficiente, eles tinham de enchê-lo de bugigangas.

Caleb estava observando alguma coisa num canto enquanto eu o observava.

— Veja isso, Olivia — ele me chamou.

Eu me espremi entre ele e uma fileira de sorvetes em forma de animais para dar uma olhada. Era uma máquina de cunhar moedas. Você colocava nela cinquenta centavos e mais uma outra moeda e a máquina prensava a sua moeda e imprimia nela uma mensagem qualquer, devolvendo-a mais achatada. E os seus cinquenta centavos ficavam como pagamento. Caleb caçou trocados em seus bolsos como se sua vida dependesse disso.

— Você vai fazer isso — ele disse, colocando as moedas na palma da minha mão. Empurrei-as para dentro da fenda estreita na parte da frente da engenhoca e apertei o botão "ligar". A máquina começou a zumbir e a vibrar em som baixo. Eu e Caleb estávamos muito próximos e era impossível ficar indiferente a isso; eu teria saído de fininho dali se houvesse algum espaço para escapar. Eu derrubei alguns enfeites que estavam sobre uma prateleira. Quando nos inclinamos para pegá-los, a máquina emitiu um som semelhante a um soluço e a nossa moeda foi lançada na extremidade da saída, com um tinido. Caleb esfregou as mãos e eu ri nervosamente.

— Agora vou lhe mostrar algo que é muito difícil de se ver — Caleb disse, dando um beliscão leve em meu nariz.

Fiz meu lado garotinha desaparecer e reassumi minha expressão séria. Agora meu nariz estava formigando.

— É apenas uma máquina de suvenires... Não se anime tanto.

— Aaah, mas essa não é uma máquina de cunhar moedas qualquer — ele respondeu, apontando para o aviso na engenhoca que infelizmente me passara despercebido. — Trata-se de uma máquina de cunhar moedas românticas.

Eu empalideci.

A moeda ainda estava quente quando meus dedos a tocaram. Eu a entreguei a Caleb sem nem me dar ao trabalho de ver o que dizia a mensagem.

— Bem, está bem. — A voz dele soou petulante.

Mas a minha curiosidade foi mais forte. Puxei seu braço para baixo até que a moeda ficasse bem diante de meu rosto e li:

Vale um beijo.
Em qualquer lugar, a qualquer hora.

Não me faltava mais nada! Caí fora daquele lugar apertado e comecei a caminhar para a porta.

— Boa sorte com a sua coleção de moedinhas, Caleb.

Ele não disse uma palavra e nem precisou fazer isso. Sua pose e o sorriso em seu rosto já diziam tudo.

No caminho de volta para o alojamento, perguntei a ele sobre Laura. Ele me disse que eles haviam saído durante uma semana no primeiro ano de faculdade dela e que ela era uma garota legal. Enquanto Caleb me acompanhava até o meu dormitório, eu estava tão preocupada com a possibilidade de ser beijada por ele que tropecei em meus próprios pés.

— Cuidado, duquesa — ele disse, segurando-me pelo cotovelo. — Se você torcer o pé ou coisa parecida, vou ter de carregá-la até a sua porta. — Ele riu ao notar o meu olhar de horror. — Muitas garotas ficariam entusiasmadas com essa possibilidade, sabia?

— Eu não sou "muitas garotas".

— Não, não é mesmo.

Ele deu um passo na minha direção e eu recuei até a porta, comprimindo-me contra a madeira fina de compensado. Caleb estava insuportavelmente próximo de mim. Ele colocou uma mão em cada lado de minha cabeça e ficou a centímetros... *centímetros* do meu rosto. Eu podia sentir o seu hálito em meus lábios. Eu queria ver os lábios dele, observar o que estavam fazendo; mas meus olhos se mantiveram presos aos olhos de Caleb. Se ao menos eu pudesse evitar que ele visse meu peito ofegante subir e descer e meus dedos agarrando a porta atrás de mim! Ele aproximou sua cabeça da minha; o nariz dele estava praticamente tocando o meu. Meus lábios se separaram. Por quanto tempo nós ficamos ali parados? Tive a sensação de que foram cinco minutos, mas sei que na verdade deve ter sido cerca de dez segundos. Ele se moveu um milímetro para mais perto de mim. Não havia lugar para onde eu pudesse escapar. Se me comprimisse um pouco mais contra a porta, eu acabaria me fundindo à madeira. Eu estava com tanto medo... Mas de quê? Já tinha sido beijada antes. Caleb falou, e estava tão perto de meu rosto que eu pude sentir seus lábios tocarem de leve o canto de minha boca.

— Eu não vou beijá-la — ele disse.

Senti meu coração se mover dentro do peito. Eu não sei se fiquei desapontada ou aliviada.

Caleb recuou.

— Não hoje, Olivia. Mas eu ainda a beijarei.

Senti uma onda de agitação subir como um redemoinho por meu estômago, alcançar meu peito e chegar a minha boca.

— Não.

Isso soou tão bobo; a reação de desobediência de uma criança. Não sei por que disse isso. Só sei que precisava ter de volta um pouco do controle que ele havia tomado de mim.

Caleb já havia se virado e começado a ir embora, mas meu "não" o deteve. Ele se voltou. As suas mãos estavam enfiadas nos bolsos. O corredor parecia se encolher ao redor dele, tragado pela sua presença. Como ele conseguia fazer isso? Esperei que ele dissesse algo, que talvez flertasse comigo um pouco mais. Em vez disso, ele sorriu, olhou para o chão, olhou novamente para mim... e se foi.

Ele tinha vencido de novo. Aquele pequeno movimento havia sido mais intenso e mais marcante do que se ele tivesse de fato unido seus lábios aos meus. Agora, eu tinha a desagradável sensação de que estava sendo caçada. Eu nem havia ainda processado o que acabara de acontecer quando a porta se escancarou e Cammie me puxou para o nosso dormitório pela cinta do meu jeans.

— Conte-me tudo! — ela exigiu. Ela tinha bobes enormes no cabelo e seu rosto estava untado com alguma mistura que tinha um cheiro forte de limão.

— Não tenho nada para dizer — respondi com ar de mistério, quase sonhador.

— Eu deixo você ficar com o suéter que lhe emprestei!

Considerei a proposta por um momento e então fiz um aceno afirmativo com a cabeça.

— Bem, ele me levou à Jaxson's Ice Cream... — comecei.

CAPÍTULO 5

Presente

EU PRECISO PARAR DE SONHAR ACORDADA. TENHO gastado tempo demais pensando no passado e revivendo a época em que nos conhecemos. De repente tomo consciência de que estou sentada atrás de minha mesa, rabiscando distraidamente um documento que eu deveria estar digitando e de que se passaram horas. Eu trouxe rosquinhas para o trabalho e um dos advogados da firma está revirando, sem piedade, a caixa onde elas estão, enchendo de açúcar a manga de sua roupa. Ele faz sua escolha e se empoleira na borda da minha mesa, derrubando um estojo com canetas. Eu me encolho, mas mantenho as mãos no meu colo.

— E, então, como vai a faculdade de direito? — O homem ignora a bagunça que fez e dá uma mordida no doce.

Imagino a pilha de petições da faculdade sobre a minha penteadeira, em casa, e suspiro. Esta noite. Esta noite eu serei mais determinada.

— Vai bem, senhor Gould, obrigada. — Eu não aguento mais isso. Recolho as canetas e devolvo o estojo ao seu lugar.

— Eu lhe digo uma coisa, Olivia... Uma garota com a sua aparência pode chegar longe nesse mundo, se souber jogar o jogo certo.

Ele estava mastigando com a boca aberta.

— Bem, senhor Gould, eu esperava que meu talento e disposição a trabalhar duro me fizessem chegar longe nesse mundo, não minha aparência.

Ele ri na minha cara. Eu me imagino enfiando uma caneta na traqueia dele. Sangue. Haveria sangue por todo lado para limpar. Melhor deixar para lá.

— Se quiser mesmo se sobressair nessa área, meu bem, fale comigo. Eu posso lhe ensinar como percorrer todo o caminho até o topo.

Ele sorri para mim, me dá uma piscadela e meu alarme contra lixo dispara. Eu odeio ser lambida com os olhos, principalmente por um bode babão enfiado numa roupa listrada.

— Ensinar? — perguntei com falso entusiasmo.

O sr. Gould limpa os dentes com o dedo, permitindo-me uma visão de sua aliança de casamento, que ele gosta de esquecer que simboliza a fidelidade.

— Será que vou ter de soletrar isso para você?

— Não — eu respondo com ar de tédio —, mas terá de soletrar para o pessoal da área de recursos humanos quando eu lhes disser que você está me assediando sexualmente.

Tiro uma lixa de unhas de minha gaveta e começo a lixar o polegar. Quando olho para cima, a face dele já havia perdido a habitual cor de molho de tomate e exibia agora um feio e pálido pavor.

— Sinto muito se interpretou como assédio sexual a minha preocupação com seu futuro — ele diz, retirando-se rapidamente de cima da minha mesa.

Eu o avalio de alto a baixo, desde os ombros ossudos, que pareciam duas bolas de tênis pressionando o tecido de seu terno Armani, até seus lamentáveis pés pequenos.

— O que você acha de nos concentrarmos apenas em assuntos de trabalho? Guarde sua preocupação para a sua mulher — o nome dela é Mary, não é?

O sr. Gould se vira e vai embora, com os ombros rígidos.

Eu odeio homens... Bem, a maioria deles.

Meu ramal toca.

— Olivia, tem um segundo para vir até aqui? — É Bernie me chamando.

Bernadette Vespa Singer é minha chefe, e ela me adora. Com um metro e meio de altura, os tornozelos dela são grossos, seu batom pêssego está eternamente borrado e seu cabelo crespo lembra o pelo de um poodle. Ela é um verdadeiro gênio e uma advogada fantástica. Com uma porcentagem de sucesso superior à de qualquer advogado do sexo masculino, Bernie era minha heroína.

— O senhor Gould se ofereceu para ajudar a alavancar minha carreira — eu digo com desprezo ao entrar no escritório dela.

— Bastardo! — Ela dá um tapa tão forte em sua mesa que as cabeças móveis de seus bonecos começam a balançar. — Quer prestar queixa, Olivia? Maldito seja esse bastardo tarado. Ele deve estar transando com a juíza Walters.

Faço que "não" com a cabeça e me sento em uma cadeira diante da mesa dela.

— Para mim você é a assistente ideal, criança. Dura como uma unha e ambiciosa como o diabo.

Eu sorrio. Ela me disse a mesma coisa na ocasião em que me contratou. Quando aceitei o emprego eu já sabia que ela era maluquinha; mas isso não importa, desde que ela ganhe causas.

— O que aconteceu com aquele rapaz de quem você me falou? — Bernie pergunta.

Ela coça o nariz com a ponta de sua caneta e isso lhe deixa um rabisco no rosto. O rubor intenso que sobe ao meu rosto é uma prova imediata de culpa.

— Você sabe que ele acabará descobrindo tudo, não é, Olivia? — ela diz, olhando diretamente para mim com seus olhos pequenos e sempre brilhantes. — Não faça nada estúpido, você pode ter um tremendo caso judicial nas mãos.

Sinto uma certa irritação diante dessas palavras. Não sei por que fui contar tudo a ela. Arrependo-me disso, agora que ela me observa atentamente com seus olhos penetrantes.

— Eu sei — resmungo, fingindo brincar com os botões de minha blusa. — Que tal se deixássemos esse assunto para outra ocasião?

— O que tem esse cara de tão bom? — ela diz, ignorando-me. — Ele é bem-dotado? Nunca consegui entender por que garotas lindas como você ficam correndo atrás de homens. Você devia arranjar um vibrador. Garanto que não se arrependeria! Olhe, vou anotar agora mesmo para você o nome de um dos bons. — Bernie rabisca alguma coisa em um post-it amarelo e o passa para mim.

— Obrigada. — Olho para a parede acima da cabeça dela e apanho o papel.

— Ah, não precisa agradecer. Vejo você depois, criança.

Ela passa por mim e sai do escritório, com os dedos gorduchos manchados de tinta.

Eu havia convidado Caleb para jantar... Mesmo cão, mesmos truques. Nosso encontro na cafeteria terminou abruptamente quando o garoto cheio de espinhas atrás do balcão pôs a placa de "fechado" no guichê e desligou as luzes do lugar. Nós nos levantamos da mesa constrangidos e ziguezagueamos para fora.

— Posso vê-la de novo?

Caleb estava de pé bem diante de um poste de luz e a iluminação lançava um brilho suave em torno de seus ombros.

— O que você faria se eu dissesse não?

— Não diga não.

Foi mais um daqueles momentos em que eu brincava com a minha consciência e fingia que para variar eu faria a coisa certa.

— Venha jantar comigo — falei sem pensar. — Não sou uma grande cozinheira, mas...

Sua primeira reação foi de surpresa e, então, ele sorriu.

— Eu adoraria.

E foi assim que aconteceu.

Nada bom. Nada bom mesmo.

Antes de sair do trabalho, faço uma chamada rápida para o número indicado no cartaz de procurado de Dobson Orchard. O detetive com quem falo anota meu nome e meu número e me agradece pela informação. Ele promete entrar em contato se surgirem novidades. Então, telefono para o meu restaurante tailandês favorito e encomendo um grande tabuleiro de carne com legumes. Para viagem.

Pickles está esperando por mim na porta quando chego em casa. Deixo meus pacotes sobre o balcão e pego uma coca na geladeira.

— Você é patética, Pickles — digo, prendendo a guia em sua coleira. — Você sabe que eu não tenho tempo para isso hoje.

Nossa saída rápida acabou levando vinte minutos, graças a minha cachorrinha, que teimou em me desobedecer e se recusou a fazer xixi. Quando chegamos em casa, restam-me trinta minutos antes que Caleb apareça. Coloco a comida que comprei em uma fôrma e a guardo no forno para mantê-la aquecida. Dou uma polida em duas taças para vinho e dou cabo de uma taça com vinho. Então, reúno todos os ingredientes para fazer uma salada e os alinho em ordem alfabética em meu balcão.

Caleb chega cinco minutos antes do combinado.

— Para você — ele diz, estendendo-me uma garrafa de vinho e um pequeno arbusto de gardênia num vaso. Apenas uma flor branca havia brotado e eu paro para sentir seu aroma.

— É minha flor favorita — eu comento, um tanto surpresa.

— Sério? Que golpe de sorte.

Distraio-me tentando acalmar Pickles enquanto ela se atira histericamente contra a perna de Caleb. Quando ele se abaixa até o chão para afagar as costas dela, ela uiva e sai correndo.

— Ela está dizendo mais ou menos o seguinte: que ela pode tocá-lo, mas você não pode tocar nela — explico.

— Ou seja, ela é uma provocadora, assim como a sua dona.

— Você não conhece a dona dela bem o suficiente para fazer esse tipo de declaração. — Eu sorrio.

— Suponho que não.

Ele passa os olhos pela minha sala de estar e eu, de repente, me sinto embaraçada. Minha casa é pequena e o vermelho-escuro está por toda parte. Ele já esteve aqui antes, claro, mas não se lembra disso. Quando estou prestes a explicar por que não tenho coisas mais legais, sua expressão se iluminou.

— Você já usou cabelos longos — ele diz, caminhando até uma colagem feita com fotografias minhas na parede. Eu alcanço a colagem e uso o dedo para ocultar uma rebarba visível nela.

— Sim, na faculdade. Eu precisava mudar o visual, então, resolvi cortar. — Eu tusso levemente e entro rápido na cozinha.

— Eu me atrasei um pouco com o jantar — digo, levantando uma faca. Paro para observá-lo. Ele caminha de item em item, inspecionando tudo. Vejo-o pegar uma coruja de cerâmica de minha estante de livros. Ele vira o objeto ao contrário e verifica a sua base e, então, o recoloca gentilmente no lugar. Foi ele quem comprou a coruja para mim.

— Eu o levaria para passear pelo apartamento — digo a Caleb —, mas você pode ver o lugar inteiro sem sair de onde está.

— É uma graça de lugar. — Ele sorri. — Um apartamento de garota. Mas tem definitivamente a sua cara.

Levanto as sobrancelhas. Não sei o que Caleb quer dizer com isso. Ele não me conhece... Isto é, conhece, mas só que não sabe disso no momento. Começo a ficar confusa. Corto as cebolas violentamente.

Quatro anos atrás, Caleb ajudou-me na mudança para a nova casa. Nós cuidamos juntos da pintura; cor de canela para a sala de estar e lilás para o meu quarto. Conhecendo o meu pendor para a perfeição, só para me irritar, ele encostou seu rolo de pintura no teto acima da minha cama. O lugar acabou ficando com uma mancha avermelhada; isso me deixou furiosa.

— Veja o lado bom disso! Agora você pensará em mim todas as noites antes de fechar os olhos — ele dissera, dando risada da minha expressão mortificada. Eu odiava imperfeições, *odiava*! Uma mancha no carpete, uma lasca na xícara de chá, tudo que afetasse o modo como as coisas supostamente deviam ser. Eu nem mesmo comia batatas fritas que estivessem quebradas. Depois que nós terminamos nosso relacionamento, fiquei feliz por aquela mancha de tinta. Era a última coisa que eu via antes de ir dormir, e a primeira coisa que via quando acordava. Eu ficava olhando para aquela cicatriz de tinta na parede como se o rosto de Caleb estivesse oculto em algum lugar por ali. Caleb foi a minha imperfeição, com seu sotaque britânico americanizado e sua capacidade de praticar qualquer esporte e de citar qualquer filósofo. Ele era ao mesmo tempo clássico e esportivo, romântico e durão; isso me deixava louca.

— Posso ajudá-la? — Devia ser uma pergunta, mas sem esperar resposta Caleb se adianta, afasta-me do caminho, toma a faca de minha mão e, então, vai picar os cogumelos. A meio caminho do fogão, paro para observá-lo cortar os vegetais em fatias.

— Então... você se lembrou de alguma coisa essa semana? — Retiro a fôrma do forno e a coloco sobre o fogão.

— Sim, eu me lembrei.

Meu corpo fica rígido e eu empalideço.

— Eu estava folheando uma revista, uma dessas revistas para viagem, e vi nela a fotografia de um acampamento na Georgia. Não sei se alguma vez já acampei nesse lugar. É muito provável que eu esteja imaginando isso, mas eu senti alguma coisa quando olhava as fotografias.

Desvio os olhos antes que eles possam me delatar. Ele havia acampado ali, sem dúvida, com uma cobra chamada Olivia.

— Você devia acampar lá. Talvez isso o ajude a recuperar lembranças específicas. — Quando percebo a bobagem que fiz, as palavras já tinham saído de minha boca. Será que também estou com amnésia? Se ele se lembrasse, meu joguinho tolo chegaria ao fim!

Ele abre a boca para dizer algo, mas a campainha da porta o interrompe. Caleb olha para mim surpreso, com a mão estendida sobre um pimentão.

— Está esperando companhia? — ele pergunta.

— Não, a menos que você tenha convidado o seu grupo de amnésicos anônimos. — Seco minhas mãos, esquivando-me de um cogumelo que ele me atira enquanto caminho na direção da porta. Fosse quem fosse, a pessoa que tocava a campainha parecia agora estar usando os dois punhos para fazer isso.

Retiro a tranca sem perder tempo para olhar através do olho mágico e abro a porta. Uma mulher surge diante de mim, com o braço erguido, pronta para fazer a campainha soar novamente.

— Posso ajudá-la?

Não se trata de nenhuma Testemunha de Jeová, porque essas pessoas sempre aparecem em duplas, e é desleixada demais para ser uma vendedora. Ela olha para mim com uma mistura de medo e ansiedade. Quando estou prestes a dizer "não, obrigada" e fechar a porta na cara dela, percebo uma fileira de lágrimas cristalinas correr por seu rosto. Nós olhamos uma para a outra e, então, em um momento de horror, eu a reconheço.

Leah.

— Leah? — A voz de Caleb soa atrás de mim e eu me encolho. — O que faz aqui?

— Eu poderia lhe perguntar a mesma coisa! — diz ela com a voz trêmula. Ela examinou os nossos rostos.

59

— Estou jantando com uma amiga. Mas... como foi que você me encontrou?

— Eu o segui — ela responde rápido. — Você não respondia às minhas ligações e eu quis saber por que. — E então, como se eu não estivesse ali, ela o fita com os olhos semicerrados e sussurra. — Como pôde fazer isso, Caleb?

Como se fosse a sua deixa, a mulher abaixa a cabeça e começa a soluçar, cobrindo o rosto com as mãos espalmadas. Olho fixamente para o seu nariz gotejante e me afasto, enojada. Não há ninguém mais azarado do que eu na face da Terra.

— Leah... — Caleb passa por mim e envolve a garota em seus braços.

Fico olhando os dois à distância. O medo revolve meu estômago como se fosse um punho.

— Venha, vou levá-la para casa. — Ele se volta para balbuciar um rápido "desculpe-me" enquanto a conduz para fora. Observo os dois saírem. Ela parece uma criança perto dele. Ele nunca me fez parecer tão pequena e frágil. Fecho minha porta e praguejo. Sinto-me como se tivesse mil anos de idade.

No fim da tarde do dia seguinte, eu estou esparramada em meu sofá, preparando-me para passar uma noite excitante com minhas petições da escola de direito. De súbito, minha campainha toca.

Solto um gemido e afundo o rosto em um travesseiro. É Rosebud!

Abro a porta sem me preocupar em olhar pelo olho mágico.

Não é Rosebud... É Caleb! Eu o fito com cautela.

— Ora, ora, ora... — eu digo. — Parece que a namorada ruiva está com problemas.

Ele sorri para mim com vergonha e passa a mão pelo cabelo.

— Peço desculpas, Olivia. Acho que está mais difícil para ela do que eu pensava.

— Ouça, eu realmente não quero me envolver no drama de sua namorada...

Devo ter atingido algum ponto delicado, porque ele começa a piscar como se um inseto tivesse acabado de entrar em seu olho.

— Eu compreendo isso — ele diz. — Ela precisa de mim como amigo. O que aconteceu foi um choque para ela.

— Caleb, ela não quer que você tenha uma amiga como eu. E se ela lhe diz que não tem problemas com relação a isso, está mentindo.

— Uma amiga como você? Quer dizer, atraente como você, é isso que está insinuando?

Bufo e balanço a cabeça. Isso não tem nada a ver com o assunto.

— Certo, certo — ele diz, levantado as mãos. — Mas eu quero você como amiga, independente do que os outros possam pensar. Será que isso conta?

Eu o faço esperar. Finjo estar pensando o que dizer. Mordo o meu lábio e olho para ele com desdém. Então, fico quieta e deixo que ele entre na minha casa. Ele parece muito orgulhoso.

Nós decidimos que queremos bolo. Eu pego os ingredientes e uma vasilha para a mistura e Caleb monta chapéus de cozinheiro para nós, usando toalhas de papel. E pensar que poucas semanas atrás eu acreditava que jamais o veria de novo... E agora ele está aqui, na minha cozinha. Fico maravilhada com esse fato. Nós damos muita risada e quando a massa está pronta para ser colocada na fôrma para bolos, Caleb resolve estragar tudo.

— Leah faz o melhor bolo red velvet.

Eu o fuzilo com os olhos, porque não quero pensar em sua garota elegante bem agora; e como se isso não bastasse, eu JAMAIS havia experimentado bolo red velvet!

Caleb, porém, insiste em falar no assunto. Então, eu pego um punhado de massa de bolo e atiro na direção do rosto dele.

Eu erro, é claro, e a mistura acaba atingindo a parede atrás da cabeça dele.

— Sabe de uma coisa? — ele diz, com uma calma surpreendente. — Você realmente precisa treinar a pontaria.

Antes que eu me dê conta, ele despeja a sua tigela inteira em cima de mim.

Eu estou pingando massa de bolo por todo o chão e rio tanto que mal consigo ficar em pé! Procuro a segurança do balcão para me apoiar e sinto meus pés escorregarem. Caleb estende a mão para me segurar, e em vez de aceitar sua ajuda eu tento acertá-lo com bolo. E esfrego um punhado dele em seu rosto. Ele grita e, em segundos, minha pequena cozinha se transforma numa zona de guerra. Nós jogamos ovos, farinha e óleo para todos os lados e quando essa munição se esgota, atiramos pedaços de chocolate um contra o outro. A certa altura, eu o impeço de continuar e nós saímos escorregando pelo chão. Não conseguimos parar de rir; lágrimas começam a cair de meus olhos cobertos de massa. Estou debruçada sobre Caleb e ele cai estatelado de costas. Nem me atrevo a pensar em minha aparência no momento. Nós paramos de rir subitamente, quando percebemos a estranha posição em que nos encontramos. Nós podíamos nos beijar. Como nos filmes.

Fico sobre Caleb por um instante, esperando que ele faça algum movimento. Seus olhos miram claramente minha boca e a expectativa me deixa ofegante. Meu coração está pressionado a algum ponto das costelas dele e eu me pergunto se ele pode senti-lo bater descompassado.

— Olivia... — ele sussurra.

Eu engulo em seco.

— Nós ainda temos que assar um bolo.

Assar? Olhei para a bagunça a nossa volta e suspirei. Como ele pode pensar em assar bolo?

Duas horas depois, estamos sentados no chão de minha pequena sacada, ainda cobertos de sujeira, comendo o bolo de Caleb. Arranco um pedaço de algo pegajoso do meu cabelo. Caleb desprende outro pedaço grudado em minha mão.

— Livro favorito? — ele pergunta.

— Madame Bovary.

Ele dá uma risadinha zombeteira.

— Passatempo favorito?

— Depressão.

— Passatempo favorito? — ele volta a perguntar.

Faz uma hora que estamos jogando esse jogo. O desequilíbrio é evidente, já que ele não pode se lembrar de seus favoritos...

Eu coço meu queixo.

— Comer — respondo.

— Recordação favorita?

Dessa vez eu hesito. Todas as minhas recordações favoritas o incluíam.

— Bem, havia... um cara. Ele planejou um encontro fantástico. Ele me envolveu em uma caça ao tesouro, com pistas e perguntas para mim; por exemplo, onde havia sido nosso primeiro encontro e qual era o melhor lugar para se comprar um sutiã. Cada vez que eu chegava a um dos lugares indicados em uma pista, havia uma recompensa e outra pista esperando por mim. Terminou quando cheguei ao lugar onde nós nos beijamos pela primeira vez. Ele tinha preparado uma mesa, jantar e música. Nós dançamos. Foi... — Eu não consegui terminar a frase.

Caleb fica em silêncio. Quando volto a fitá-lo, ele está olhando para cima, na direção do céu.

— Qual é o nome dele?

— Nem pensar — respondo, balançando a cabeça.

— Por quê? Ora, vamos lá, conte-me...

— As estrelas parecem prateadas hoje — digo, mudando de assunto. — Talvez você logo se lembre de suas coisas favoritas — comento em voz baixa.

Ele dá de ombros.

— Ou talvez eu escolha novas favoritas. Começando com você.

Isso deveria me deixar excitada, mas só serve para me lembrar que o nosso relacionamento é como uma bomba-relógio.

— Posso ser sua garota favorita?

— Você já é, duquesa.

Minha visão se embaça e meu coração dá um salto. Será que eu estou imaginando coisas?

— Você acabou de me chamar de quê?

Caleb olha para mim embaraçado.

— De duquesa. Mas não me pergunte por que, a palavra simplesmente veio a minha cabeça. Desculpe-me.

Olho para a frente, esperando que ele não perceba o horror em meu rosto.

— Não, não, tudo bem — eu digo baixinho. Mas não está tudo bem. Duquesa é o apelido que Caleb me deu na faculdade.

— Acho melhor ir andando — ele diz, levantando-se rapidamente.

Tenho vontade de lhe perguntar se ele havia se lembrado de algo, mas me falta coragem.

Eu o acompanho até a porta e ele se inclina para me dar um beijo no rosto.

— Tchau — eu digo.

— Tchau.

E ele desaparece na escuridão da noite, deixando-me só.

A memória de Caleb parece estar voltando, e rápido! Eu preciso encontrar uma maneira de ganhar mais algum tempo.

Duquesa pensa em beber até cair, mas em vez disso telefona para Cammie.

— Bem, antes tarde do que nunca! — a voz dela soa ao longe.

— Desculpe-me, Cam, eu ando ocupada demais.

— Ocupada com o quê? E eu cheguei a pensar que você tinha parado de comer salgadinhos.

Eu interrompo a mastigação. Não digo nada e mantenho meu Doritos já meio mastigado parado na boca, estufando minha bochecha.

— Você tem alguma coisa em mente — Cammie diz depois de alguns instantes. — Diga-me o que é...

— Hummm... hummm... — eu resmungo.

Não consigo esconder nada dessa garota. Ela tem radar para fofocas.

— Eu vi Caleb, Cammie! — falo num desabafo, mordendo nervosamente a unha.

Minha amiga fica em silêncio do outro lado da linha. Ela sabe que eu não faria piada com um assunto de tamanha importância.

— Ele teve amnésia e não sabe quem eu sou.

Eu a ouço suspirar.

— Ah, Olivia... Diga-me que você não fez o que estou achando que fez...

— Eu fiz.

— VOCÊ ENLOUQUECEU?

Eu afasto o fone do meu ouvido.

— Cam, quando o vi, eu senti tudo aquilo que sentia por ele quando estávamos juntos. Foi como se tudo continuasse como antes e os três últimos anos não tivessem existido.

— Você tem o direito de amá-lo, não é algo que se possa controlar. O que você não tem o direito de fazer é tirar vantagem dele... DE NOVO!

Desde quando esse pequeno demônio tinha tanta maturidade?

— Eu gostava mais de você quando era uma caloura.

— Bem, Olivia, alguns de nós crescemos, e outros jogam os mesmos jogos cansativos de sempre. Já passou pela sua cabeça que talvez vocês não estejam juntos porque não deveriam mesmo estar? Deixe pra lá!

— Não consigo — respondo baixinho.

— Olivia... — A voz de Cammie, agora, soa mais gentil. — Você pode ter o homem que quiser. Por que ele? Por que sempre tem de ser Caleb?

— Porque... porque eu não precisava de ninguém até encontrá-lo.

— Você sabe que ele acabará descobrindo.

— Preciso desligar — digo. Não quero pensar nisso. Lágrimas começam a escapar de meus olhos.

— Eu amo você, Olivia. Tenha cuidado.

Desligo o telefone, com a sensação de que meu estômago está cheio de pedras. Ele havia me esquecido. Posso fazê-lo se lembrar — não do que fiz a ele, mas do que ele sentia por mim.

Caminho mecanicamente até o armário de roupas, estendo a mão até a prateleira de cima e puxo para fora uma caixa empoeirada. Coloco-a sobre o carpete, retiro a tampa com cuidado e olho para as coisas que estão lá dentro. Há um par de envelopes cheios de cartas, algumas fotografias, e uma pequena caixa de madeira com uma flor pintada em sua tampa. Eu abro a caixa. Vasculho em uma confusão de lembranças: um chaveiro, um CD e uma caixa de fósforos gasta. Minha mão se detém quando encosta na lembrança mais importante. Eu sacudo a caixa até que todos os itens se desloquem para o lado e eu possa ver a moeda oval brilhante.

— Você! — digo em tom acusador, retirando-a da caixa e girando-o entre meus dedos. — A culpa é toda sua!

CAPÍTULO 6

PASSADO

— EU NÃO VOU ENTRAR NA PISCINA! ESTÁ MUITO FRIO!

— É novembro na Flórida, Olivia. Lá fora faz quase vinte graus. Além do mais, a piscina é aquecida. Não seja uma menininha chorona.

Vestindo um calção de banho, Caleb deslizava pela água turquesa da piscina do campus. Eu tentava não olhar para os seus músculos.

— Você não pode me convencer a entrar na piscina fazendo um comentário sexista — eu disse, inclinando-me para atirar água no rosto dele. Com agilidade, ele agarrou meu pulso antes que eu pudesse escapar.

Nós nos encaramos.

— Não faça isso — eu avisei. Por um momento eu achei que ele não se atreveria. Quando percebi, porém, eu já estava caindo de cabeça na água gelada.

Subi à superfície em busca de ar, com o cabelo cobrindo de maneira medonha o meu rosto. Caleb afastou o emaranhado de fios, rindo.

— Não posso acreditar que você fez mesmo isso! — Eu disse arfante, empurrando-o. Mas era como empurrar rochas quentes.

— Ei, você fica bem assim, molhada! — ele zombou. — Provavelmente, seria mais fácil nadar se você tirasse algumas peças de roupa.

Lançando-lhe um olhar duro, comecei a nadar na direção da borda da piscina.

— Ahh, alguém é fresco demais para se divertir de verdade... — disse Caleb com voz jovial, mas num tom nitidamente desafiador.

— Que se dane! — resmunguei, parando a meio metro da escada. Eu era o tipo de garota que gostava de dar a última palavra.

Além do mais, eu estava usando roupas de baixo bem bonitas. Mergulhei e tirei minha túnica de poliéster debaixo d'água, como uma cobra. Voltei à superfície segundos depois, vestindo apenas minhas roupas íntimas.

Sem perceber, Caleb balbuciou "uau".

— Para a sua diversão — caçoei dele exibindo-lhe minha roupa ensopada e, então, a atirei em sua cabeça.

Ele se esquivou, se aproximou mais de mim e eu comecei a bater os pés na água.

— Linda renda. — Ele sorriu, observando-me sem mostrar vergonha.

— Seria pedir demais que você não me encarasse assim, como se me devorasse com os olhos? — Eu me senti violada. Afundei na água até que apenas a minha cabeça ficasse visível.

— Pensei que nosso relacionamento se baseasse em honestidade — ele respondeu, sorrindo.

Eu sorri também, mas com escárnio.

— Pfffff! Nosso "relacionamento" se baseia em desafios e chantagem.

Os olhos dele brilharam. Ele tinha olhos muito expressivos. Eu quis acabar com aquela expressão satisfeita e chutá-lo num lugar que doesse bastante.

— Chantagem é uma palavra dura demais — ele disse enquanto nadava para mais próximo de mim.

— Você ameaçou dizer ao jornal da escola que errou o arremesso por minha causa, Drake.

Ele estava perigosamente perto de mim agora. Havia uma cicatriz no canto do seu olho direito que eu nunca notara antes. Tinha a forma de uma tênue lua crescente, mas de algum modo o fazia parecer perigoso — perigoso e sexy. Balancei a cabeça. Esses pensamentos não eram meus... eles pertenciam a Cammie! Eu devia esganá-la...

— Como foi que você ganhou essa cicatriz? — perguntei.

Eu me movia devagar, encostando a ponta dos pés no fundo da piscina, para manter distância de Caleb. Sem pensar, ele tocou na cicatriz com um dedo.

— Eu roubei uma libra da carteira do meu avô, quando ele me pegou, decidiu me punir com a sua bengala.

Percebi que se aproximava um daqueles momentos do tipo "isso explica muitas coisas" e me preparei para tentar compreendê-lo.

— Sério mesmo?

— Não.

Eu senti meu rosto ficando vermelho. Soquei o braço dele com toda a força.

— Caí de bicicleta quando tinha doze anos... — Ele riu, esfregando o lugar onde eu o havia acertado. — Mas é uma história entediante demais.

— Pelo menos é a verdade — eu respondi, zangada. — Uma pessoa como você não precisa mentir para se tornar interessante.

— Uma pessoa como eu? Você me acha interessante, Livy?

— Não, não acho, e não me chame de Livy. Quer saber? No fim das contas, você não passa de um sujeito comum e entediante.

Ele não estava olhando para mim, e sim para a água.

— Você deixou cair alguma joia? — perguntou Caleb.

— O quê? — Fiquei ofendida por ter sido ignorada.

— Tem alguma coisa ali no fundo da piscina.

Ele apontou para um local entre os nossos pés. Olhei bem para o ponto que ele apontava, tentando ver o que estava mostrando.

— Não trouxe nenhuma joia comigo — eu disse com impaciência.

— Provavelmente é só uma moeda ou coisa parecida.

Cutuquei o objeto com o dedão do pé. Era maior que uma moeda. Antes que ele pudesse dizer mais alguma coisa, mergulhei a cabeça na água para resgatar a peça. Quando voltei para a superfície, Caleb veio até mim como um raio.

— O que é isso? — Ele olhava fixamente para a minha mão fechada.

— Quem sabe? Vamos ver — eu disse, teatralmente, abrindo meus dedos bem devagar. Não era uma joia. Era uma velha moeda lisa e gravada com uma mensagem que conferia ao seu dono uma demonstração gratuita de afeto: um beijo.

Antes que eu percebesse o que estava fazendo, deixei cair o suvenir na palma da mão dele.

— Você está cheio de truques hoje, não é?

Ele riu... estava sempre rindo.

— Não faço ideia do que você está falando, Olivia.

Antes que eu tivesse tempo de revidar com uma resposta inteligente, Caleb estendeu o braço e me enlaçou pela cintura. Mesmo dentro da água fria, o toque dele parecia tão quente! Ele me puxou com firmeza, até que nossos corpos ficassem colados. A princípio, de tão espantada, eu não protestei. Eu não ficava tão próxima assim de outro ser humano desde a minha infância. Ele sorriu largamente, e o desejo estava estampado em seus olhos.

Desisti de lutar e permiti que meus lábios se encontrassem com os dele. *Faço isso por Cammie*, disse a mim mesma. Nada era simples e fácil com esse cara. Ele começou a explorar com a língua a parte inferior da minha boca. Foi gentil no começo, tentando estimular meus lábios hesitantes a cooperarem de alguma maneira. Eu respondi da única maneira que sabia: com puritanismo frígido. Sem se deixar desanimar por minha falta de entusiasmo, Caleb afastou sua boca da minha. Suas mãos estavam em volta de minha cintura e seus dedos se insinuavam sob a borda da minha calcinha. Nossas testas se tocavam. Eu me sentia ofegante. Era constrangedor.

— Beije-me, Olivia.

A voz dele era de comando e por um segundo senti o impulso de me rebelar, como fiz quando ele pediu que eu colocasse o cinto de segurança. Engoli em seco e fechei os olhos. Eu não tinha conseguido vencer aquela disputa e, provavelmente, não venceria agora. Na verdade, nem sei se queria vencer.

Eu podia fazer isso. Beijar não era nenhum desafio; era como comer ou caminhar. Os lábios dele voltaram a se aproximar dos meus e eu inclinei a cabeça na direção dele, como nos filmes. Dessa vez eu estava pronta, até mesmo motivada. Eu pulei quando nossos lábios se uniram e os dele, pressionados contra os meus, esticaram-se num sorriso de prazer. Ele riu com a boca colada a minha. Foi irritante e incrivelmente sexy. Tentei me afastar, mas ele me puxou de volta. O beijo. O beijo. O beijo! Bolo de chocolate, paixão borbulhante e arrepios, tudo ao mesmo tempo. Ninguém jamais havia me beijado dessa maneira antes.

Então, ele fez algo estranho: afastou-se de mim até ficar com o braço estendido, e continuou me segurando. O encanto se quebrou.

— Olivia... — A voz dele soou rouca.

Eu balancei a cabeça. Não queria ouvir o que ele iria dizer.

— Tenho que ir — eu disse sem hesitar.

A água, que até então estava parada, começou a ondular quando eu nadei com vigor até a borda. Num movimento seguro, eu me apoiei na amurada e saí da piscina e, então, olhei para o meu corpo trêmulo. Eu estava trocando carícias com um projeto de Casanova em uma piscina, usando roupas íntimas. O que havia me tornado, uma prostituta? Peguei minha roupa molhada do chão e olhei em torno de mim, nervosa. Sem dúvida eu seria vista quando voltasse para o alojamento com as roupas molhadas.

— Olivia... — Caleb voltou a dizer.

Eu me recusei a olhar para ele.

— Aqui — ele insistiu, e me entregou sua blusa de moletom seca. Eu a aceitei mais do que depressa, agradecida, e a vesti. Caleb fez menção de falar novamente.

— Ei, não diga mais nada! Não quero ouvir o que você tem a dizer, seja lá o que for!

Ele concordou, com um aceno de cabeça. Nós saímos pelo portão e entramos no estacionamento. Caleb pegou uma toalha de dentro de seu carro e a colocou em minhas mãos. Enxuguei meu rosto e meu cabelo e devolvi para ele, olhando para o chão. Eu estava envergonhada demais para falar.

Eu havia me comportado de um modo muito vulgar. Não quis dar a Caleb uma impressão errada a meu respeito. Cerrei os dentes com força e fechei os olhos.

— Boa noite, Caleb. — Eu falei rápido, e minha voz soou um pouco abafada. Podia sentir os olhos dele em minhas costas enquanto eu caminhava.

— Amanhã ele já não se lembrará de você — eu disse a mim mesma —, e, então, você poderá seguir com a sua vida e esquecer qual foi a sensação de tê-lo beijado.

Na manhã seguinte, acordei com a sensação de ter engolido um punhado de pedras. Minha garganta estava queimando e meu corpo doía. Eu me enterrei debaixo das cobertas e tentei fugir das imagens da noite anterior. Eram imagens estúpidas e amadoras que voltavam a minha mente repetidas vezes, até que tive vontade de gritar. Em minha vida, errar não era uma opção. Eu não tinha família nenhuma, nem respaldo financeiro. Eu tinha uma única carta na manga para conquistar algo de meu e Caleb era o tipo de distração que poderia fazer a minha vida sair dos trilhos.

Ele me telefonou duas vezes durante o dia e uma vez depois do jantar. Coloquei o telefone no modo silencioso e proibi Cammie de atender as chamadas. Eu me vesti para a aula na segunda-feira de manhã, ainda um pouco deprimida mas determinada a fingir que não acontecera nada. Nós tínhamos uma aula de sociologia na mesma classe, mas ele provavelmente não perceberia a minha presença, já que se tratava de uma das maiores classes do semestre; e eu me sentaria bem no fundo na sala, enquanto ele ficaria nas fileiras da frente.

Quando cheguei, a sala de aula estava se enchendo rapidamente de alunos. Com os olhos turvos e zonza, eu segui para o lado esquerdo da sala. Encobertos por uma saliência, havia cinco cobiçados assentos ocultos na penumbra. Era ali que eu queria me esconder. Seus ocupantes habituais eram os dorminhocos da classe e um cara que parecia Fred Flintstone. Mas era o meu dia de sorte: ainda havia dois lugares disponíveis. Comecei a andar mais depressa através dos corredores, com minha bolsa batendo nas cadeiras. Eu estava quase chegando ao meu assento quando ouvi chamarem meu nome do palanque na frente da sala. Era o professor.

— Senhorita Kaspen?

Eu gelei. O professor Grubbs estava se dirigindo a mim pelo microfone e as pessoas se viravam em seus assentos para olhar. Tentei continuar caminhando em frente, como se não o tivesse escutado.

— Senhorita Kaspen? — tornou a chamar com voz musical o professor Grubbs. — Aonde pensa que vai?

Eu me voltei lentamente, abrindo um grande sorriso amarelo. Esse detestável, insuportável, filho da...

— Bom dia, professor! — eu disse com doçura.

Seus três queixos balançavam como um pêndulo debaixo de sua boca sorridente. Caleb, cuja cabeça até momentos atrás estava inclinada sobre seu livro, moveu-se na cadeira e girou em minha direção. Fui apanhada. Olhei para trás e ainda pude ver, com despeito, dois estudantes tomando posse dos lugares que quase haviam sido meus.

— Há alguma coisa errada com a sua cadeira de sempre? — perguntou o professor Grubbs, gesticulando na direção da fileira da frente. — Seria o meu hálito, talvez? — Ele soprou na mão e fingiu cheirá-la.

A sala inteira caiu na risada.

Olhei contrariada para o professor e caminhei em silêncio para a frente da sala.

O professor Grubbs era um homem enorme, forte como um touro, e adorava uma boa polêmica. Os estudantes se intimidavam diante da voz de trovão e de sua presença muito imponente. Eu o achava adorável. Mas não neste dia — eu o odiava neste dia.

— Tenho a impressão de que você está se escondendo de alguém. — Ele se inclinou sobre o palanque e por um segundo pensei que a estrutura fosse quebrar sob o peso dele.

Olhei de relance para Caleb. Ele estava sorrindo.

Aaaaaaargh!

— Escondendo-me de alguém? — Suspirei e me sentei. — Por que eu teria de me esconder de alguém? E eu lhe agradeceria se não analisasse cada movimento meu, especialmente para a classe inteira ouvir — acrescentei com um tom de voz cortante.

O professor Grubbs olhou para mim de forma travessa e, então, pigarreou diante do microfone.

— Alguém nesta sala suspeita que esteja sendo evitado por nossa aluna Olivia Kaspen?

Caleb ergueu a mão.

Abaixei tanto a cabeça que o queixo chegou a tocar meu peito.

— Senhor Drake? — O professor Grubbs ficou visivelmente surpreso. — Por favor, aproxime-se e sente-se ao lado de Olivia para que eu possa ver o embaraço dela.

Eu escutei os passos de Caleb e, então, senti sua presença ao meu lado quando ele sentou na cadeira. Mantive minha cabeça abaixada.

— Você é um rapaz bonitão — disse o professor Grubbs. — Não me lembro de tê-lo visto nas fileiras da frente antes.

Ergui a cabeça e bufei. O professor Grubbs fitou-nos com atenção; parecia bastante curioso.

— Fui dominado recentemente por uma grande fome de conhecimento, senhor. De agora em diante, acho que passarei a me sentar bem aqui na frente.

— Agora eu sei que os rumores são verdadeiros, senhor Drake.

— Que rumores, professor? — A voz de Caleb era jovial, quase zombeteira.

— De que você tem merda na cabeça.

Uma onda de gargalhadas tomou conta da sala. Caleb sorriu, sem se mostrar intimidado. Na verdade, deleitou-se com a atenção que recebeu.

— Sente-se melhor? — ele me disse baixinho, depois que a aula começou.

— Sim. Eu estou bem. — Fiquei olhando para a frente e contive a respiração ao sentir a fragrância da colônia dele.

Quando ele vasculhou sua mochila em busca de alguma coisa, sua perna acabou esbarrando na minha. Eu a afastei com um solavanco, mas já era tarde demais; senti uma onda de prazer percorrer todo o meu corpo.

— Desculpe-me — Caleb balbuciou, rindo.

Olhei para ele com cara de poucos amigos e bati meu livro com tanta força em minha mesa que o professor Grubbs interrompeu a aula e olhou para mim.

— Relaxe — disse Caleb em voz baixa. — Se você começar a fazer drama sempre que estivermos perto um do outro, as pessoas vão perceber o quanto você gosta de mim.

Fechei os olhos e bufei, impotente.

Tentei prestar atenção às palavras do professor — realmente tentei —, mas após cinquenta minutos de aula eu não me lembrava de absolutamente nada do que ele falou. Por outro lado, eu havia memorizado a fragrância da colônia de Caleb e era capaz de descrever com detalhes os movimentos que ele fazia: dava batidas leves com o lápis em seu livro, sempre de três em três; e mudava as pernas de posição debaixo da mesa, de modo que uma perna ficasse sempre quicando e a outra ficasse estendida preguiçosamente diante dele.

Quando fomos dispensados, saí de meu assento em disparada, como uma bala de canhão humana, e me dirigi à porta. Caleb não veio atrás de mim. Na verdade, quando olhei para trás, não consegui vê-lo. Minha primeira reação foi de alívio, e então de desapontamento. Talvez ele finalmente tivesse desistido e me deixado em paz para sempre.

Mais tarde, naquele mesmo dia, ele estava esperando por mim na frente do prédio do meu alojamento. Endireitei as costas e precisei de alguns instantes para retomar o controle das minhas emoções. *Respire, Olivia... É apenas mais um cara, e todos eles são feitos da mesma porcaria de matéria.* Parei a poucos passos dele. Eu sabia que se sentisse seu perfume minha determinação iria por água abaixo. A cena era bizarra — nós dois parados debaixo de um poste de luz, envolvidos em um confronto de emoções, e cada qual carregando a sua mochila.

— Caleb — eu disse em voz alta, talvez alta demais —, vou ser honesta com você.

Ele concordou com a cabeça, piscando devagar.

— Eu realmente não estou interessada... nisso que você está interessado. Eu gosto de você, mas apenas como amigo. — Fiz uma pausa para observar a expressão do rosto dele, que era tão difícil de ler quanto *Guerra e Paz*, e tentei uma última cartada para deixar claro o meu ponto: — Eu acho que nós simplesmente não somos compatíveis.

— Eu não vejo as coisas desse modo. — Caleb me fitava com uma expressão magoada e eu tive de olhar para os meus sapatos para evitar que seus olhos me engolissem.

— Bem... eu sinto muito. Eu acho que estamos em sintonias diferentes — gaguejei.

— Não, não é assim que eu penso. Eu sei que você gosta de mim tanto quanto eu gosto de você. Mas a escolha é sua e eu sou um cavalheiro. Você não me quer por perto? Tudo bem. Adeus, Olivia. — E ele se foi.

Eu o segui com os olhos, cheia de desalento. Por que eu havia feito o que fiz? Quis ir atrás dele e lhe dizer que eu apenas tinha dúvidas e que me sentia embriagada quando estava perto dele; quis pedir a ele que por favor me beijasse apenas mais uma vez, para que eu pudesse ter certeza de que estava fazendo a coisa certa.

Eu não estava, é claro.

Caleb, como havia prometido, manteve-se afastado de mim nos cinco meses seguintes. Tão afastado, na verdade, que às vezes quando nossos caminhos se cruzavam no campus ele passava por mim como se não me visse.

Eu ficava imaginando o que minha mãe teria dito sobre essa situação: "Um pedaço de mau caminho desses e você põe tudo a perder porque tem medo! Você é tão parecida com o seu pai, Olivia…".

Quando o assunto era relacionamento, eu era uma total idiota. Eu chutava e empurrava as pessoas para fora da minha vida, para que elas não tivessem nenhuma chance de me magoar.

A vida continuava, mas, de repente, eu já não era mais a mesma. Uma mudança se operou em mim. Eu não sabia exatamente onde, mas em algum lugar em meu cérebro uma nova porta havia se aberto; apesar de meu enorme esforço para mantê-la fechada, meus pensamentos continuavam indo para lá, perambulando pela sala vazia, espalhando ali imagens de Caleb. Às vezes, eu me sentia triste durante dias, e então meu humor mudava e eu passava a sentir uma raiva enorme de Caleb por mexer tanto com a minha cabeça. No segundo mês de tortura emocional, eu desisti de lutar. Obviamente, eu já estava cansada de permanecer isolada. Talvez tivesse chegado a hora de me abrir para novos relacionamentos.

A cada dia eu me interessava por um garoto diferente. Recorri à ajuda de Cammie, que me ensinou a arrumar meu cabelo com secador, a me maquiar e, como uma verdadeira amiga, apresentou-me o sutiã com enchimento. Esse visual novo, perfeito e sensual, aliado a um grande esforço de minha parte para não ser melancólica, proporcionou-me um encontro, e então dois. Por volta do quarto mês eu já tinha meu próprio estojo de maquiagem e havia acumulado um pequeno grupo de admiradores ardentes.

Eu estava saindo com Brian, um brilhante estudante de medicina; com Tobey, que dirigia uma Lamborghini e me levava a restaurantes elegantes; e, claro, havia Jim, um poeta cheio de veleidades artísticas, algo que não o ajudava muito. Ele fumava um maço de Marlboro por dia e era capaz de recitar trechos de Tolstói. Jim era o meu favorito; tudo o que ele dizia e fazia era tão ousado que me excitava. Mas havia um problema com todos esses homens, infelizmente: eles não ocupavam aquele "aposento de Caleb" em minha cabeça. Era como uma coceira que nunca ia embora. Eu pensava em Caleb quando olhava para árvores e prédios, e quando estava na fila do caixa escolhendo chicletes. Pensava nele quando escovava os dentes, e quando Cammie tagarelava sem parar sobre a cor de seus sapatos novos (ela alegava que eram salmão, mas na minha opinião eram coral).

Depois de cinco meses, eu não aguentava mais ver o rosto de Caleb na minha mente. Ele saturava a minha existência, e isso acabava comigo. Para piorar, ele estava em todos os lugares, envolvido em tudo, sorrindo para todo mundo. Era impossível fugir dele. Eu parei de ver Tobey e Brian, e pus Jim em banho-maria porque gostava dele de verdade como pessoa. Desisti dos namoros — essa atividade se tornou aborrecedora para mim, de qualquer maneira —, e me dediquei ainda mais aos estudos.

Eu sabia dos encontros de Caleb por meio da rede de fofocas de Cammie, um clássico grupo de calouras abelhudas que tinham línguas compridas e muito pouco trabalho de classe. Eu sabia que ele namorou Susanna porque ela tinha pernas incríveis e que havia namorado Marina porque ela amava basquete. E tinha pernas incríveis. Eu sabia que ele havia levado Emily à Disney World e que Danielle ganhou dele uma bolsa da Burberry em seu aniversário de vinte e dois anos. Eu sabia de todas essas coisas, e mesmo assim não conseguia me convencer a falar com ele.

— Você me lembra aquele anão de aparência viscosa de *O Senhor dos Anéis* — Cammie comentou certo dia.

Eu havia acabado de interrogá-la sobre a noite de Caleb no Passions Nightclub, onde ela o havia visto ao lado de uma loira.

— Não é um anão, é um hobbit.

— Sim. Meu precioso! Não é?

Ela me enlouquecia.

No início de março, quando as aves migratórias batem asas de volta para casa, Caleb começou a namorar uma boneca Barbie. O nome dela era Jessica Alexander. Ela era uma estudante que se transferiu de Las Vegas, onde trabalhava como dançarina profissional no show de Toni Braxton. As pernas dela eram infinitamente longas e seus cabelos inacreditavelmente loiros; havia rumores de que seus pais eram herdeiros da fortuna de Oscar Mayer, do ramo de cachorros-quentes. Eu parei de comer cachorro-quente e me convenci de que Caleb se cansaria dela, como havia acontecido com as outras. De mais a mais, atividade cerebral não era exatamente o ponto forte das loiras. Era só ter paciência, aguardar a minha chance e estar disponível e sexy quando essa chance se apresentasse.

Minha teoria desmoronou quando o jornal do Centro Acadêmico publicou sua matéria de capa de fevereiro. Jim estava lendo um exemplar na lanchonete onde eu ia encontrá-lo para um café. O rosto de Jessica estava sorrindo para mim na primeira página, com o seguinte título em negrito: *"A Bela e os Livros"*. Arranquei o jornal das mãos dele e fixei os olhos no artigo, retorcendo a boca numa careta de inveja.

— Ela teve as notas mais altas na área dela? — Meu estômago pareceu se contrair todo. — E que curso ela faz? De dança do ventre?

Jim riu, tirando um cigarro de seu maço e acendendo um fósforo num movimento descolado.

— Na verdade, ela cursa direito — ele respondeu. — Ela é uma de suas colegas e, obviamente, deixou você comendo poeira.

Senti que minha boca estava secando.

— Por que eu não a vi em nenhuma de minhas aulas? — retruquei, examinando o artigo para ter certeza de que era verdadeiro.

— Talvez ela já tenha assistido às aulas que você está cursando agora. Talvez ela tenha matado essas aulas, já que é tão inteligente.

Resmunguei e tomei um grande gole do café de Jim.

Mas que bela complicação essa. Será que já não bastava para a garota Barbie ter todo aquele dinheiro de salsicha a sua espera? Ela precisava também ficar com Caleb e com uma média altíssima de notas, tudo de uma só vez? Se ele tinha de namorar uma garota inteligente, eu é que deveria ser essa garota! Eu!

Ele me queria e eu o afastei por causa do meu maldito puritanismo.

Decidi me tornar amiga de minha inimiga. Penetrar no círculo de amizades de Jessica era o único modo de causar algum estrago. Ela tinha de gostar de mim. Comecei a observar o seu grupinho; eram meninas que grudavam nela como cola de dentadura. Eram amigas incrivelmente prestativas, mas sem a lealdade verdadeira de alguém como Cammie. Eu as apelidei de "falmigas" (falsas amigas). Elas eram viciadas em compras e usavam a palavra "tipo" em cada frase que diziam: "Sabe que é, tipo, legal demais fazer compras com você?" "Você, tipo, conhece o meu estilo tão bem." "O seu cabelo é, tipo, o melhor." "Quando Brad rompeu comigo você me deu, tipo, taaanto apoio!".

 O dormitório de Jessica ficava a apenas poucas portas de distância do meu e eu comecei a sorrir para ela quando passávamos uma pela outra no corredor. Depois, passei para um educado "olá". Como era popular, ela respondia dirigindo-me um olhar e esticando os cantos da boca num sorriso automático. Dentro de poucas semanas ela começou a me notar — acenando para mim a princípio, até que um dia me disse que gostava de meus sapatos. Eu havia aprendido que garotas bonitas tendem a reparar em outras garotas bonitas, no mínimo para avaliar a competição. Senti um certo orgulho de mim mesma por ter conseguido chamar a atenção de Jessica, que era um modelo de beleza. Se ela havia me notado, talvez seu namorado também me notasse.

 Nossa primeira conversa aconteceu certa tarde, quando eu estava na lavanderia do campus. Eu havia acabado de recolher minhas roupas limpas da secadora quando ela chegou com uma cesta cheia de roupas sujas. Percebendo a chance que o destino colocava diante de mim, eu atirei minhas peças impecavelmente dobradas de volta na lavadora e iniciei a conversa:

 — Tenha cuidado com essa máquina, ela destruiu meus pijamas da Chanel na semana passada.

 Os olhos dela se arregalaram e ela ficou com a mão parada sobre a máquina aberta. É claro que eu não tinha pijamas da Chanel; eu nem mesmo sabia se a Chanel fazia pijamas... Mas se fizesse, aquela garota devia ter algumas peças.

 — São aqueles pijamas novos? Com bordado em prata nas mangas?

 Bingo! Fiz um gesto afirmativo com a cabeça.

— Que horror! — ela respondeu. — Eu juro que essa faculdade se recusa a investir em, tipo, conforto necessário.

Derramei um punhado de sabão na lavadora e a fechei.

— Você, *tipo assim*, se mudou de Vegas para cá? — perguntei, enquanto caminhava distraidamente até a máquina de refrigerante e punha algumas moedas em sua abertura.

Jessica fez que sim com a cabeça.

— Sim, foi isso. É que eu, tipo, precisava de uma mudança. Eu vim para cá para ficar um semestre, a título de experiência, mas então conheci meu namorado e decidi ficar.

— Quem é o seu namorado?

Dei um soco no botão que soltava a coca-cola e me agachei para pegá-la.

A expressão de Jessica mudou quando ela pronunciou o nome de Caleb. Eu a odiei por isso.

— Caleb Drake. Ele é do time de basquete. É um cara realmente muito legal, um total cavalheiro.

A voz dela era insuportavelmente irritante.

— Sério? Isso é difícil de encontrar... Os caras hoje em dia são tão... — Tentei pensar nas palavras certas, que causassem impacto nela. — Ah, são uns babacas idiotas!

Eu sorri.

Jessica me brindou concordando com a cabeça e suas graciosas sobrancelhas se franziram. Senti que a minha cola de dentadura era das boas. Ela estava me aceitando em seu círculo de "falmizades".

— Literalmente, eu nunca vou deixá-lo escapar. Vou me casar com esse homem.

Eu odiava quando a palavra "literalmente" era usada de maneira inapropriada. Abri a minha lata de refrigerante e retribuí o sorriso dela.

Só por cima do meu cadáver... *literalmente*!

O clima da Flórida é úmido. O céu eternamente azul exibia nuvens espessas e cinzentas como acessórios. O tempo estava assim já fazia uma semana e eu não suportava mais ver guarda-chuvas por todos os lados do campus. Decidi levar meu livro para a sala de estar dos estudantes, a fim de continuar minha leitura lá. Enfiei alguns salgadinhos e meu material de estudos dentro de uma sacola e rumei para a porta de saída do dormitório, não sem antes rabiscar um bilhete pedindo a Cammie que me trouxesse jantar da cantina.

Desci de elevador até o andar de baixo e fui para a sala de estudos mais tranquila do meu prédio. Lá era escuro e cheirava a meias sujas, mas quase sempre estava vazio e eu até gostava do ar de abandono do lugar. Eu procurava um lugar para ficar quando avistei uma cabeça loira conhecida emoldurada numa janela. Jessica. Eu estava prestes a lhe oferecer minha saudação, *tipo assim*, mais entusiasmada quando percebi que os ombros dela estavam inclinados para baixo, como quando uma pessoa chora. Essa cena me era muito familiar. Olhei a minha volta com cautela. Loiras em apuros jamais estavam sozinhas. Geralmente havia amigos, consolo, tapinhas nas costas, palavras de estímulo...

O corredor estava vazio. Dei um passo para a frente e parei. Talvez eles tivessem rompido o relacionamento. Esse pensamento me trouxe uma ponta de esperança, mas eu tratei de afastá-lo depressa, com irritação. Eu não costumava alimentar esperanças vãs.

— Jessica? Tudo bem com você? — Toquei o ombro dela com a mão. Ela se virou e olhou para mim com os olhos úmidos e uma expressão de bichinho indefeso.

Havia um amontoado de lenços de papel ensopados no peitoril da janela. Eu me perguntei por quanto tempo ela estava escondida ali.

— Oi — ela respondeu com desânimo. Sua voz estava rouca.

— O que há de errado? Por que está chorando?

Ela se virou novamente para a janela e tocou de leve o nariz. Permaneceu ali em silêncio por um bom tempo; comecei a ficar inquieta e por um momento acreditei que ela havia esquecido de minha presença. Eu já me preparava para dizer alguma coisa quando ela começou a chorar e soluçar.

— Eu... *soluça*... acho... *soluça-tosse*... que estou... *engasga-soluça*... grávida...

Deixei que a minha mente processasse a informação. A intensidade do choro de Jessica diminuiu e ela agora choramingava baixinho, com um lenço pressionado contra o rosto. Avaliei minha posição, a posição dela e a posição de Caleb. E concluí que a situação não era nada boa para nenhum de nós.

— Muito bem, então. — Respirei fundo. — Você já contou a ele?

— Não.

— Alguém mais sabe?

Ela balançou a cabeça numa negativa.

— Meus pais... *chuif*... me renegariam, e... eu tenho tanto medo de... *cof, cof*... perder Caleb!

— Claro — eu disse, demonstrando simpatia, e em parte eu realmente sentia simpatia... uma parte tão minúscula que faria um átomo parecer um punho. — O que você pretende fazer? — Tirei os lenços sujos do peitoril e os joguei no lixo.

— Não há nada que eu possa fazer. Eu... bem, tenho uma... consulta no sábado, mas preciso de alguém para me levar e não quero dizer nada a nenhum dos meus amigos, entendeu? Sou muito nova aqui ainda. Não quero que eles me olhem de forma diferente.

Olhar para ela de modo diferente? Eu tinha sérias dúvidas quanto a isso. No semestre anterior ao da chegada de Jessica, correram rumores de que duas de suas falmigas mais próximas haviam passado pelo mesmo procedimento.

— Por que você não conta a Caleb? Ele entenderia. Metade da responsabilidade é dele, pelo amor de Deus!

— Não, nããão! — Ela agarrou meu braço com força e me fitou com os seus grandes olhos. — Eu disse a ele que estava usando anticoncepcionais. E era a minha intenção fazer isso, mas tenho estado tão ocupada... com a faculdade, com ele... Jamais pensei que isso pudesse acontecer! Eu sempre fui tão cuidadosa com relação a tudo! Não há ninguém em quem eu possa confiar.

Jessica então se aproximou de mim; passou os braços em torno do meu pescoço e colou a cabeça contra o meu ombro. Eu percebi, um tanto constrangida, que ela estava me abraçando, em busca de algum tipo de consolo. Dei um tapinha nas costas dela, como faria com uma pessoa fedida, e me libertei de seu abraço.

— Eu a levarei.

— Sério? — Ela limpou as lágrimas em seu rosto, deixando listras de rímel. — Você faria isso?

— Claro. Vou manter segredo sobre toda a situação. Você não precisará envolver os seus amigos e Caleb nunca terá de saber.

— Bem, será no sábado às sete — ela informou, e me agarrou num abraço tão desesperado que chegou a me assustar. — Muito, muito obrigada, Olivia!

Foi realmente uma surpresa para mim. Depois de toda a conversa que tivemos na lavanderia, enquanto cuidávamos de nossas roupas, ela não perguntou meu nome nenhuma vez, nem depois que eu perguntei o dela. Garotas populares sempre partem do princípio de que todos sabem quem elas são. *Dãã! Jessica Alexander, claro! Você não lê o jornal da faculdade?* Jessica, contudo, não tinha razão para saber meu nome.

— Eu não me lembro de ter dito o meu nome a você. — Sorri para ela.

— Todo o mundo sabe o seu nome. Você é a garota que fez Caleb errar o arremesso, não é?

Como eu pude esquecer meus quinze minutos de fama — meu desagradável encontro com a popularidade? Eu recuei um pouco, em atitude defensiva, subitamente dando-me conta do meu papel nos acontecimentos. Aqueles tinham sido tempos muito, muito difíceis em minha vida.

— Não se preocupe, ele me explicou tudo a respeito de suas… inclinações… — A palavra "inclinações" saiu de sua boca de um modo estranho. E ficou solta entre nós duas, gritando suas assustadoras implicações para mim. — Bem, sobre o fato de você ser gay — Jessica disse com descontração, sorrindo. — Qualquer mulher que rejeite Caleb só pode ser lésbica ou louca. Vejo você no sábado.

Touché.

Eu me arrastei até meu alojamento atordoada, considerando as duas opções.

A primeira: Caleb chegara à conclusão de que eu só poderia tê-lo rejeitado por uma razão: porque eu era gay. A segunda: Caleb havia contado a todo mundo que eu era lésbica como vingança por ter sido dispensado. De qualquer maneira, eu seria obrigada a expor minha sexualidade para esclarecer as coisas.

CAPÍTULO 7

NO SÁBADO PELA MANHÃ, COMO COMBINADO, LEVEI uma triste Jessica de carro até a clínica. O dia estava convenientemente sombrio e ela ficou olhando pela janela do carro durante a maior parte do percurso, às vezes, fazendo comentários sobre uma loja pela qual passávamos ou sobre um restaurante onde seu namorado a havia levado. Quando eu me perguntava se ela era capaz de falar de algum assunto que não envolvesse Caleb, a garota apontou para um *outdoor* da Calvin Klein e disse que ele era muito mais gostoso do que o modelo que vestia o calção. Eu imaginei Caleb em seu calção, perambulando pela piscina… Sim, ele era mais gostoso.

Sujo, engravidou a namorada, canalha!

A clínica era um luxo; não se parecia em nada com aquelas espeluncas das partes menos nobres da cidade, lugares com a fachada camuflada. Essa clínica se destinava a garotas ricas que precisavam de uma solução para as suas imprudências… Estilo Boca Raton.

A sala de espera estava cheia de móveis enormes e de objetos de arte. Escolhi uma cadeira num canto mais reservado e fitei atentamente um suporte de planta feito em macramê enquanto Jessica falava com a recepcionista. Depois ela veio se sentar ao meu lado para preencher alguns formulários. O som produzido pela fricção da caneta rabiscando o papel era tudo o que se ouvia dentro do recinto.

Antes que a enfermeira a levasse para os fundos, Jessica me encarou com os olhos arregalados e disse:

— Você acha que estou fazendo a coisa certa?

Um nervo em minha sobrancelha começou a pulsar. Eu era só a motorista. Não queria ser promovida a conselheira dela. Se eu lhe respondesse "não", nós sairíamos dali na hora — ela estava buscando uma razão para ir embora. Se eu lhe respondesse "sim"... bem, isso me tornaria sua cúmplice.

Pensei em Caleb. Ele faria a coisa certa e se casaria com Jessica se ela ficasse com o bebê. Eles provavelmente se divorciariam em cinco anos. Lar desfeito, corações partidos... e eu sem Caleb. Engoli em seco.

— Está, sim, sem dúvida — eu disse, concordando com a cabeça.

Ela abriu um largo sorriso e segurou minha mão com força.

— Obrigada, Olivia!

Soltei meus dedos gentilmente do aperto de Jessica e enfiei as mãos sob a minha bolsa.

Oh-meu-Deus-Deus-Deeeus!

Ela se levantou para ir e eu tive o impulso de agarrá-la pela mão e correr para o carro. O que eu estava fazendo? Eu podia convencê-la a mudar de ideia! Ela deu um passo, dois... e o momento da boa ação passou e sequestrou minha consciência. A enfermeira conduziu Jessica através de uma porta dupla e ela foi embora. Eu me senti mal — como se todo o sangue em minhas veias tivesse se transformado em vinagre. O que é que eu havia feito? E por quem? Por Caleb? Eu planejava mesmo usar essa informação para ter o que eu queria? Balancei para frente e para trás, envolvendo minha barriga com os braços.

— Você está bem? — perguntou a recepcionista, olhando com curiosidade junto à placa de vidro fosco atrás da qual se sentava.

— Deve ter sido alguma coisa que comi — respondi.

Ela balançou a cabeça como se tivesse entendido o meu problema e me indicou a direção do banheiro. Eu me escondi durante trinta minutos em uma cabine reservada, com as costas pressionadas contra a porta, tentando convencer minha consciência ferida de que a escolha era toda de Jessica e que nada daquilo me dizia respeito. Quando considerei que já havia ficado no banheiro por tempo suficiente, voltei discretamente para a sala de espera e me sentei.

Folheei algumas revistas e roí um pouco as unhas. Uma outra garota chegou durante minha torturante espera ali. Ela parecia ter cerca de dezesseis anos e estava escoltada pela mãe que se escondia atrás de um par de óculos escuros. A mãe foi em passo acelerado até a janela, enquanto sua filha se sentou preguiçosamente em uma cadeira e começou a mexer em seu celular, os dedos movendo-se velozes sobre o teclado. Olhei para outro lado. Minha mãe me obrigaria a guardar o telefone. Eu ainda me lembro de suas palavras: "Seria o fim para mim se uma filha minha fugisse a suas responsabilidades. Faça isso uma vez e você fará isso pelo resto de sua vida." Eu sentia muita saudade de minha mãe. Se ela estivesse viva, talvez eu não fosse tão errada.

Uma enfermeira se aproximou de mim uma hora mais tarde e se agachou para dizer algo no típico tom sussurrado que as pessoas usam para não chamar a atenção. *Se nós falarmos baixinho, talvez ninguém perceba o que está acontecendo aqui de verdade.*

— Jessica está pronta. Você pode levar o carro até os fundos para pegá-la.

Eu hesitei. Eles a liberariam pela saída dos fundos do prédio. Às escondidas, como se ela fosse um saco de lixo. Eu me levantei bruscamente, saí e entrei direto em meu carro, feliz por me ver livre daquele lugar. Uma enfermeira esperava atrás da cadeira de rodas de Jessica, com as mãos pousadas com suavidade nos ombros dela. Jessica estava mais pálida do que uma batata descascada. Ela sorriu quando cheguei — um sorriso de alívio que me deixou constrangida. Eu saltei do veículo e fui sem demora abrir a porta do passageiro.

— Ela não pode erguer nada pesado nem fazer exercícios por uma semana — a enfermeira me informou.

Acenei com a cabeça indicando que havia entendido.

— Você está bem? — perguntei a Jessica quando ela saiu da cadeira de rodas e se acomodou no banco dianteiro.

Vagarosamente ela indicou que sim com a cabeça.

Saí com o carro. A angústia me causava engulhos.

Eu havia cumprido o que prometera, agora era necessário afastar Jessica de mim o máximo que pudesse. Ela me fazia sentir culpa — luxo que eu não poderia me permitir enquanto tentasse tirar o namorado dela.

Quando chegamos à autoestrada, eu liguei o rádio. Durante quase toda a nossa viagem de volta, Jessica ficou olhando a paisagem pela janela. Parte de mim queria perguntar o que ela estava sentindo, se estava triste ou aliviada. Mas a parte de mim que queria Caleb manteve minha língua bem quieta dentro da boca. *Trata-se apenas de negócios*, considerei em pensamento. Eu não tinha a intenção de fazer uma amiga.

Quando os telhados cinzentos do campus se tornaram visíveis, nós duas suspiramos de alívio. Estacionei o carro na frente do prédio e saí a fim de abrir a porta para Jessica.

— Precisa de minha ajuda para chegar até o seu dormitório?

Ela balançou a cabeça numa negativa e fez uma careta de dor quando a ajudei a levantar-se do banco. Estava pálida, e seus lábios, antes cheios, agora pareciam murchos, sem vida, insignificantes sob seu nariz bem desenhado. Bem diferente da Jessica Alexander que fora destaque no jornal da faculdade menos de dois meses atrás. Até mesmo o seu cabelo estava opaco e sem vida, caindo em blocos oleosos ao longo de seu rosto.

Ela me abraçou antes de seguir na direção dos elevadores. Eu a vi apertar o botão para subir e apoiar-se cuidadosamente na parede, com os braços cruzados sobre o tronco. Quando o elevador enfim chegou, antes de entrar nele e desaparecer atrás das suas portas, ela se virou e me dirigiu um último e tristonho olhar. Eu desmoronei em meu carro, sentindo-me exausta. Resolvi não voltar para o meu dormitório. Cammie estava lá e certamente perceberia que havia algo de errado. Sendo assim, dirigi até uma cafeteria a alguns poucos quilômetros do campus e fui me sentar no balcão, levando comigo um jornal que alguém havia deixado por ali.

Uma das matérias em destaque era sobre Laura Hilberson e a falta de pistas sobre o seu paradeiro. O detetive encarregado do caso especulava que o desaparecimento de Laura poderia não se tratar de sequestro e que todas as evidências indicavam que ela havia desaparecido intencionalmente. Os atormentados pais da garota imploravam para que alguém trouxesse qualquer informação que pudesse levá-los até a filha.

Desejei ter prestado mais atenção à garota na época em que assistíamos a aulas nas mesmas classes. Isso aconteceu num tempo em que eu ainda não conhecia Caleb e não tinha o menor interesse em saber quem ele namorava. Laura não parecia o tipo de garota que desejasse desaparecer. Era popular e alegre; segundo o jornal, queria se formar em comunicação e tornar-se apresentadora em um noticiário de TV. Olhei bem para a fotografia granulada da garota e tentei imaginá-la na telinha como âncora em um telejornal. Agora, ela se tornara *notícia* de telejornal. Fosse sequestro, fosse alguma outra coisa, algo muito ruim devia ter acontecido; Laura provavelmente nunca veria seus sonhos se tornarem realidade.

Quando comia um biscoito, comecei a avaliar meus próprios sonhos. Eu queria ser advogada e mandar pessoas ruins para a prisão. Agora, eu era a pessoa ruim, porque havia conspirado para livrar um estúpido garoto das consequências de seus atos. Ultimamente, eu já nem pensava mais nesses meus sonhos. Era como se Caleb houvesse arrancado minhas ambições pela raiz e deixado no lugar delas uma enorme obsessão. Eu ia sem dúvida de mal a pior. Terminei meu café e atirei o dinheiro sobre o balcão. Se essa obsessão tomava conta de mim agora, o que aconteceria se eu realmente o tivesse? Eu ficaria tão extasiada por estar com Caleb que o simples fato de ser sua namorada satisfaria todas as necessidades da minha existência? Isso significaria seguir os passos de minha mãe e ela havia me alertado quanto aos riscos que uma mulher corre quando se apaixona por um homem antes de realizar seus sonhos.

Quando voltei ao campus, eu estava a meio caminho de me convencer a abandonar a obsessão por Caleb. Parei meu carro no estacionamento para estudantes, que estava lotado, e caminhei na direção do prédio em que ficava meu alojamento, sentindo-me decidida. Eu tinha de voltar a agir com sensatez, antes que arruinasse tudo. Quando eu subia as escadas, ouvi vozes que partiam de algum lugar no terceiro andar. Desacelerei o passo quando percebi que uma das vozes era de Jessica. Ela estava falando no tom meigo e feminino que as mulheres usam para seduzir os homens. Caminhei devagar, tentando entender o máximo possível do que ela dizia.

— Não hoje. Eu estou... bem, você sabe...

Subi os últimos poucos degraus e contornei a curva da escada. Jessica estava na ponta dos pés, com os braços em torno do pescoço de seu

87

namorado. Os rostos deles estavam colados e ele a fitava com adoração. Parei abruptamente; ambos se voltaram e me viram.

— Olivia! — ela disse, parecendo embaraçada. — Oi.

— Oi — respondi, olhando para Caleb.

Ele não se deu ao trabalho de olhar para mim; tratou-me como se eu nem estivesse ali. Então, tornou a olhar para Jessica. *Ops.* Ela havia acabado de sair do banho e prendera o cabelo molhado num coque. Ela parecia bem mais apresentável do que estava quando eu a deixei horas atrás. De súbito, ocorreu-me que Caleb devia ter lhe sugerido que fizessem sexo. Jessica, que havia sido expressamente instruída a se abster de relações sexuais pelos próximos catorze dias, tentava dissuadi-lo da ideia usando como desculpa o seu ciclo menstrual.

Embaraçada, eu arrastei os pés sem jeito. O rosto dela estava vermelho, e ela olhava para mim incisivamente.

— Bem, é que eu... — apontei para a porta, que eles estavam bloqueando, e ergui as sobrancelhas para deixar claro meu aborrecimento.

— Oh, desculpe-me! — Jessica sorriu amarelo e o puxou para fora do caminho.

Ela fez questão de fingir que não me via enquanto eu me espremia para passar, e eu fiz questão de esbarrar nas costas de Caleb com meu braço. Ele se contraiu bruscamente com o meu toque e eu sorri de satisfação.

Babaca!

Andei com rapidez até a minha porta, sentindo que a raiva começava a crescer em mim. Como ela podia estar tão sossegada com o namorado depois do que havia acabado de fazer? Enfiei a chave na fechadura e a girei com tanta força que as pontas dos meus dedos chegaram a doer. Fazia poucas horas que Jessica abortara seu bebê e já estava pendurada sobre Caleb como queijo de corda! Ela era uma idiota e eu o teria para mim — simples assim. Eu aprenderia a equilibrar o relacionamento com Caleb e a minha ambição. Era possível ter ambos, e eu teria ambos. Eu me precipitei porta adentro com determinação e disse a Cammie para ficar calada antes mesmo que ela tivesse a chance de abrir a boca. Joguei-me na cama e fingi ler um livro. Até o final da semana o relacionamento de Jessica e Caleb estaria arruinado e eu teria minha segunda chance.

CAPÍTULO 8

Presente

— OLIVIA? VOCÊ VIRÁ? — A VOZ DE CALEB SOA INSISTENTE DO outro lado da linha, à espera de minha resposta.

Eu suspiro, corro os olhos pelo apartamento e tiro o meu suéter. Caleb quer me levar para jantar em seu apartamento e eu sinto que isso seria, realmente, ir longe demais. Não como se eu fosse uma virgem que estivesse ultrapassando limites; mas eu estou *tentando* ser uma pessoa decente. Se eu pudesse manter distância da sua vida pessoal, então eu poderia fingir que ele estava instigando aquela coisa toda.

— Falando sinceramente, Caleb, eu não acho que seja uma boa ideia. Sua namorada teria um colapso se descobrisse. Por que não podemos nos encontrar em um restaurante ou coisa parecida?

— Em minha casa você comerá bem melhor do que comeria em qualquer restaurante onde já tenha ido. Além do mais, há mais chance de sermos descobertos por ela em um restaurante do que em minha casa.

A menos que ela o esteja seguindo, como da última vez… Eu penso com preocupação.

— Ela não teve dificuldade para encontrar o meu apartamento — retruco, mal-humorada. — Além disso, eu mal o conheço. Não seria muito prudente ir à casa de um estranho para jantar. Quem garante que você não é um estuprador?

— Olivia, eu já estive em sua casa e você sobreviveu. Olhe, eu vou abrir uma garrafa de vinho... Vai ser divertido!

— Eu não sou exatamente uma pessoa que ama diversão.

— Vai ser perigoso!

Eu sorrio.

— Eu só bebo vinho tinto — aviso.

— Às ordens, madame!

— E certifique-se de que dessa vez *ela* não apareça.

Caleb ri.

— Sério mesmo? Pois eu acho que seria bem legal se ela aparecesse...

Nós combinamos dia e horário e eu desligo o telefone sentindo-me ansiosa. Afundo o rosto em um travesseiro e gemo, envergonhada. Essa situação é demais para mim.

Meu telefone toca novamente. Pensando que se trata de Caleb com um detalhe que esqueceu de me dizer, apanho o fone.

— Alô.

— Olivia? — A voz não é de Caleb.

— Pois não?

— Olivia, sua mulher terrível! Onde você tem andado esse tempo todo?

— Jim?

— Primeiro e único, meu bem. Como vai a vida? Fazendo você comer muita poeira ultimamente?

— Difícil, como sempre — respondo rindo. — Mas me diga, a que devo o prazer da sua ligação?

— Estou na cidade e não há nada que eu queira mais do que gastar tempo em grande estilo com minha garota dos sonhos.

— Garota dos sonhos! Na última vez que nos vimos você me chamou de víbora e disse que eu não tinha talento.

— Você tem razão, minha querida. Mas eu havia acabado de confessar meu amor por você pela milésima vez, e fui novamente rejeitado. Não pode permitir a um homem o direito a algum abuso verbal? Bem, agora me diga: quando você terá tempo para sairmos?

Jim... Jim. O mesmo cara com quem eu costumava reafirmar minha sexualidade. O cara que afastei de mim como se fosse um pecado sujo no momento em que roubei Caleb. Jim permanecera fiel.

Eu recebia um telefonema dele sempre que ele passava pela minha área a trabalho e nós tínhamos uma noite vertiginosa, dançando, comendo ou nos entregando a qualquer outro prazer cheio de culpa que nos agradasse. Depois ele ia embora e a vida seguia sem problemas.

— Quanto tempo você ficará por aqui? — pergunto.

— Dois dias. Três, no máximo. Eu acho que poderíamos ir ao Wave, beber, dançar até cansar...

— Hum... Isso soa romântico. Quando você pode aparecer aqui?

— Em quinze minutos, vou ter que parar para uns cigarros.

— Certo — eu digo. — Eu estarei pronta.

Desligo o telefone e passo um pouco de batom nos lábios. Eu ainda estou pensando em Caleb e preciso me obrigar a parar.

Hoje à noite seremos apenas eu, Jim e diversão. Sem obsessões. Visto uma calça preta e uma blusa que deixa os ombros à mostra e prendo meu cabelo num rabo de cavalo.

Jim me apanha do lado de fora de meu apartamento. Eu entro em seu carro — um Mustang 1969 restaurado, verde com listras amarelas — e sorrio para ele.

— Você é como Anestésico num dia ruim, Livy — ele diz, surpreendendo-me e beijando-me na boca.

Eu recuo e balanço a cabeça numa negativa.

— Hummm, eu adoro quando você me compara a um remédio controlado.

Prendo meu cinto de segurança e começo a mexer no rádio. Jim gosta do Phish, isso para mim é imperdoável, porque eles não passam de covers do Grateful Dead.

Jim pisca para mim e encaixa um cigarro entre os lábios. Eu, geralmente, não tolero cigarro — além de me causarem incômodo, há o fato de que minha mãe morreu de câncer. Contudo, existe alguma coisa na maneira de fumar de Jim que me faz querer observá-lo. Já o estou olhando à espera de seus movimentos quando ele aciona seu isqueiro, que libera uma pequena chama. Ele aponta seu cigarro para o fogo e inala. Quase posso ouvir a ponta de seu Camel assobiar deliciada ao ser acesa. E eis que chega a minha parte favorita: ele dá uma longa tragada, suas pálpebras tremem como acontece com as de um drogado e, então, a fumaça é expulsa pelo nariz e sobe formando ondulações no ar, como um gracioso fantasma cinzento. Lindo.

Eu me endireito no banco, satisfeita. Jim possui uma beleza sombria. Ele está usando delineador e um jeans que adere ao seu corpo como pele de lagarto. Seu cabelo é todo bagunçado e tingido de preto, o que faz seus olhos azuis penetrantes quase adquirirem uma tonalidade púrpura. Eu sempre penso que o sotaque britânico combina mais com Jim do que com Caleb. Sopro a fumaça para longe e acompanho cantarolando os trechos finais de uma velha canção que mamãe adorava.

— Por que você está tão feliz assim? — ele pergunta, batendo as cinzas do cigarro dentro de uma lata de Red Bull vazia. — Há alguma coisa terrivelmente errada com o universo quando você está tão feliz que até começa a cantar...

Ele sai com o carro e quase bate no para-choque de um caminhão que estava na nossa frente.

— Sei lá por quê. Eu simplesmente estou.

Jim ergue uma sobrancelha, mostrando incredulidade.

— Vamos lá, Livy. Eu sei quando tem alguma coisa acontecendo.

— Caleb voltou — respondo após um longo momento de hesitação.

Faz-se um silêncio estranho no carro. Uma música de Gladys Knight está tocando no rádio. Os dedos de Jim tamborilam distraidamente no volante acompanhando o ritmo.

— Então, ele está de volta — Jim diz.

É uma afirmação, não uma pergunta. Posso notar o desgosto na voz dele, não o culpo. Caleb sempre fora um espinho no seu pé, principalmente porque no fim das contas eu acabei escolhendo Caleb e descartando Jim.

— Olivia... — Ele desliga o rádio e apaga o cigarro; o que significa que terei de observar novamente todo o processo de acendimento dentro de poucos minutos. — Em que sentido ele está de volta?

Contar a Jim sobre a amnésia é algo que não passa por minha cabeça.

— Não sei. Só sei que ele voltou e, sinceramente, a razão disso não me importa.

Jim estreita os olhos e parece olhar com desconfiança para a estrada.

— Não sei o que acontece entre você e esse babaca. Depois de três anos e um rompimento feio, você ainda vive a porra de um romance perfeito com esse Ken do basquete.

Eu não quero ouvir isso. Não de Jim. Não de Cammie. Nem em meus sonhos mais loucos eu imaginava que uma reviravolta dessas pudesse acontecer em minha vida. Se mil garotas me dissessem que não teriam agido como eu quando resolvi fingir que não conhecia Caleb, mesmo assim eu não me importaria. Trata-se da minha segunda chance.

— Isso aconteceu por acidente. Eu não fui procurá-lo! Então, não vamos mais falar nesse maldito assunto.

Estacionamos na frente do clube e eu salto antes que o manobrista venha abrir a porta. Espero por Jim enquanto ele estende seu corpo comprido a fim de sair do carro e atira suas chaves para o funcionário. Ele está irritado. Posso ver isso em seu rosto. Mais de uma vez Jim tinha me acusado de usá-lo como segunda opção quando Caleb não estava por perto. Eu caminho na frente dele, ignorando os olhares acusadores que ele me lança. Faço isso com facilidade, pois me sinto imbatível essa noite. Além do mais, Jim não tem de meter o nariz onde não é chamado... punk intrometido que usa delineador. Jim odeia fraqueza, e, por Deus, Caleb é a minha. Mas acredito que quando começarmos a dançar a atitude de meu amigo mudará.

A pista está completamente cheia, lotada de corpos vibrantes. Jim agarra a minha mão e me puxa através da multidão de dançarinos até chegarmos ao bar. Muitas garotas olham para nós. O que um roqueiro radical estaria fazendo com uma molenga como eu? Eu me enfureço com esses olhares curiosos e retribuo com uma expressão de poucos amigos.

Jim pede quatro doses de tequila ao funcionário do malcuidado bar. Eu preparo nossos limões e sorrio para ele.

— Você ainda está bravo? — pergunto.

O barman empurra os copos com a bebida na nossa direção. Jim dá de ombros.

— E isso tem importância?

Entorno garganta abaixo a primeira dose e chupo um limão para sentir seu gosto. Tequila é forte.

— Não quero que você fique aborrecido. Já é tão difícil conseguir vê-lo!

Jim então pisca três vezes, algo que faz sempre que está realmente nervoso e, depois, me beija no rosto.

— Vamos nos divertir, ok?

Ele pede mais duas doses e nós brindamos com nossos copos. Ficamos no bar por mais alguns minutos, observando a pista de dança. Ainda estamos sóbrios demais para cair no embalo.

— Vamos lá, vamos fazer algumas manobras na pista — ele diz, jogando sua casca de limão no lixo.

Enquanto a tequila sobe a minha cabeça, eu o sigo no meio da multidão que se balançava. Dançamos até meus pés ficarem dormentes e meu cabelo ficar molhado de suor. Jim me toca com mais frequência do que o habitual. Associo isso ao retorno de Caleb. Homens sempre sentem necessidade de demarcar território quando pensam que alguma coisa lhes pertence. Eu deixo que ele fique bem perto de mim. Estou bêbada demais para me importar. Estamos dançando quase colados.

Nós só resolvemos sair quando o DJ começa a guardar seu equipamento.

— Você está bem para dirigir? — eu lhe pergunto. Sinto-me como se flutuasse no espaço.

— Estou tão sóbrio quanto um pastor numa manhã de domingo — ele responde com voz fanhosa, numa imitação zombeteira do sotaque sulista.

Na volta para casa, mantenho os olhos fechados e deixo o vento soprar sobre o meu rosto. Nós não conversamos muito. Jim coloca para tocar um velho CD da banda Marcy Playground que costumávamos ouvir na faculdade, com a música *Sex and Candy*. Eu sorrio quando ele canta em voz alta.

Chegamos ao meu apartamento, Jim salta do carro e me segue até a porta.

— Por que está me acompanhando até a porta? — Eu rio.

Vasculho a bolsa em busca das chaves enquanto Jim observa. Quando torno a olhar para ele, percebo que me encara com uma expressão estranha.

— Jim? — Eu pergunto, dando um passo em sua direção. — Você está bem?

Na verdade ele parece estar doente. Seu rosto está pálido e um pouco enrubescido, como o rosto de alguém que parece prestes a vomitar. Então, de repente, ele se joga para a frente. A princípio penso que ele vai vomitar, mas no instante seguinte ele se vira direto para o meu rosto e tenta me beijar. Eu viro a cabeça e seus lábios encostam em minha bochecha, numa nojenta e úmida esfregação. Quando ele para e recua, seus olhos estão vermelhos.

— O que você está fazendo? — pergunto.

Nós jamais íamos tão longe. É uma regra tácita que tenho. Ele está tão perto de mim que sou obrigada a inclinar a cabeça o tempo todo para ver o seu rosto. Nós não nos beijamos desde a faculdade.

— E se eu fosse ele, Olivia? E se eu fosse aquele merda do Caleb?

Eu sacudo a cabeça. Sinto-me tão confusa. De repente, parece-me difícil formular palavras rápido o suficiente.

— As coisas não costumam funcionar assim entre nós, Jim. Por que isso agora?

— Você sabe que sexo não tem sempre que ter um significado. Pode ser apenas por diversão.

Os olhos de Jim piscam sem parar, como se ele tentasse me expulsar de seu campo de visão. O que afinal eu deveria responder-lhe?

— Eu acho que amigos devem continuar sendo amigos. Sem a complicação do sexo.

— Amigosss! — ele zomba de modo detestável. — Estou de saco cheio de ser a porra do seu amiguinho!

Eu estremeço. É a mais pura verdade, mas mesmo assim não é fácil ouvir isso.

— Olivia, você é uma total perda de tempo, sabia?

Olho para ele espantada. Jim já me dissera isso várias vezes, mas sempre em tom de brincadeira — nunca de modo tão sério como agora. Ele está com os olhos vermelhos e o rosto todo borrado; começa a me assustar tanto que passo a considerar a possibilidade de fugir correndo. Eu recuo.

— Jim, você está bêbado — digo com cuidado.

— Eu estou bêbado e você é uma vadia.

E então ele avança sobre mim sem aviso, pressionando a boca contra meus lábios fortemente contraídos e colocando as mãos entre as minhas pernas. Eu começo a me lamentar e choro baixo. Tento empurrá-lo, mas meus esforços não são suficientes nem para fazê-lo mover-se; eu então percebo que não serei capaz de detê-lo. Tento implorar, mas ele parece estar possuído. Ele me apalpa, tentando abaixar minha calça. O apartamento de meu vizinho fica a menos de dez metros de distância, do outro lado do prédio. Se conseguisse me libertar, eu poderia correr até lá. Quando Jim se distrai por um momento, afrouxando a pressão sobre os meus braços, eu percebo minha chance; então, livro minhas mãos e dou um tapa forte em seu rosto. Chocado, ele recua, massageando o local onde o acertei. Preparo-me para ser atacada novamente, com mais brutalidade ainda; mas em vez de investir contra mim, ele apenas me olha. Não tenho para onde fugir. Estou encurralada contra a minha própria porta. Penso em gritar, mas a única pessoa que conseguiria me ouvir era Rosebud — e o que ela poderia fazer? Só me restava tentar argumentar com o meu agressor.

— Vá embora, Jim! — digo com firmeza.

Os poucos segundos que ele passa avaliando suas opções se tornam uma lembrança sórdida para mim. Estou furiosa, envergonhada e assustada, e ainda fico ali observando enquanto ele decide se vai ou não me estuprar.

Deus, por favor, faça-o ir embora!

Jim então começa a recuar, diminuindo o espaço entre nós dois; de repente, ele dá meia-volta e esbarra em seu carro.

Eu praticamente caio em cima de minha porta. Quando estou do lado de dentro de casa, travo a porta e atiro-me em meu sofá. Afundo a cabeça em uma almofada e fico ali chorando e soluçando até minha garganta doer. Então, pego o telefone e ligo para a única pessoa em quem eu sempre confiei.

— Caleb...

— Olivia? — Ele está com voz de sono. — O que há de errado?

— Você... pode vir até minha casa?

— Agora? — Posso ouvi-lo andar por seu quarto arrastando os pés e acender a luz, tateando aqui e ali.

— Por favor, Caleb... eu...

— Chego aí num instante.

Rapidamente, Caleb chega, com o cabelo desgrenhado e vestindo bermuda e uma camiseta surrada.

— O que aconteceu? — ele pergunta assim que me vê. Segura meu queixo entre os dedos e examina meu rosto, virando-o de um lado para o outro. Eu lhe conto sobre Jim, sobre o clube, e revelo o que ele fez contra mim depois.

Caleb anda furioso por minha sala de estar. Seu rosto está contorcido pela raiva.

— Onde fica o hotel dele, Olivia? — ele pergunta, os punhos cerrados.

Mas Caleb não pode encontrar Jim... Se isso acontecer, ele descobrirá quem eu sou realmente!

— Não! Eu não quero que você vá! — Puxo o seu braço até que ele se sente novamente ao meu lado.

Aos poucos sua ira dá lugar à preocupação e ele me acolhe contra o seu peito. Faz muito tempo que eu não sentia o contato do peito de Caleb, fico atônita. Ele cheira a sabonete e a Natal, e eu choro como um bebê diante da estranha felicidade que seu toque me transmite. Ninguém jamais havia me segurado nos braços desse jeito antes. Eu não sei se me livro do contato ou se o agarro desesperadamente.

— Você pode ficar aqui esta noite? — eu sussurro.

Ele beija a minha testa e seca as minhas lágrimas com seus dedos.

— Sim, claro que ficarei.

Sinto-me tão aliviada que tremo pateticamente. Ele me aperta com força. O que eu faria se Caleb não estivesse por perto? A quem eu recorreria? Ele está aqui agora... mas até quando? Mais uma vez eu acabaria o perdendo completamente, por causa da situação em que havia me colocado. Tê-lo perdido uma vez já foi ruim o bastante. Aninho-me no calor de seu corpo e aproveito o sentimento de ser cuidada por alguém. Adormeço com a cabeça pousada em seu peito, ouvindo o seu coração bater no ritmo mais lindo que eu já havia escutado na vida.

CAPÍTULO 9

PASSADO

A DECISÃO ESTAVA TOMADA. CONTEI A CAMMIE SOBRE O aborto quando estávamos sentadas numa mesa da cantina, durante uma refeição.

— Você só pode estar brincando — ela disse, deixando uma batata frita escapar de sua boca.

— É sério — eu respondi, engolindo um bocado de comida. — Ouvi por acaso quando a namorada de Caleb falou sobre o assunto com aquela garota alta... Aquela que tira as sarnas de Jessica.

Enfiei minha última batata na boca e lambi o sal que ficou em meus lábios.

— Nadia? — Cammie perguntou, empurrando seu prato.

— Sim, Nadia. Mas você não pode dizer a ninguém o que lhe contei, Cam. Afinal, seria horrível se esse segredo vazasse.

Observei o rosto bonito da minha colega de alojamento e ergui as sobrancelhas com desdém. E se Cammie escolhesse esse momento para ficar de boca fechada pela primeira vez em sua vida? O que eu faria?

— Você acha que Caleb se importaria? Quer dizer, você acha que ele iria querer a criança?

Olhei diretamente nos olhos cintilantes dela e senti uma pontada no estômago. Eu nunca havia pensado seriamente nesse detalhe. Sim, Caleb iria querer essa criança. É o que me diz o meu coração. O modo como ele havia falado de sua família naquela noite na Jaxson's me mostrou que ele desejava ser pai. Fechei meus olhos malvados e suspirei.

— Por que você pensa que eu sei a resposta para essa pergunta?

Cammie encolheu os ombros.

— Bem, você o conhece um pouco. Afinal, você passou algum tempo com ele, não é? Eu só pensei que...

— Eu não sei nada sobre ele — retruquei, interrompendo-a, e, então, me levantei e apanhei minha bandeja.

Exceto que o quero mais do que tudo na vida. Olhei para Cammie e senti pânico. Era isso mesmo.

Minha amiga era incapaz de controlar a língua. O segredo se espalharia como um foguete por toda a faculdade. Eu acabara de assegurar oficialmente o meu camarote no trem rumo ao Inferno.

Chuu Chuu!

— Vou voltar para o alojamento — avisei.

Gostaria que ela me acompanhasse, porque assim eu poderia ficar de olho nela. Eu não tinha certeza de que queria...

— Ok, Olivia. Eu vou ficar por aqui mais um pouco. — Cammie me dirigiu seu melhor sorriso doce e meigo. A expressão de seu rosto parecia inocente, mas os olhos dela a traíam e mostravam suas más intenções. Eu podia até ver o monstro fofoqueiro abrindo caminho e subindo pelo esôfago dela, forçando freneticamente sua boca para sair.

Virei as costas e escapei dali antes que ela pudesse ver as lágrimas acumulando-se nos cantos dos meus olhos.

Chuu Chuu!

As novidades sobre o aborto ganharam força e fizeram a alegria da rede de fofocas, até chegarem a Caleb, dois dias depois. Uma ex-namorada deu a ele as más notícias. Ela aproveitou a primeira chance de despachar a rival, a fim de ter Caleb de volta. Nas últimas semanas eu havia observado que essa garota lançava olhares rancorosos para Jessica. Percebi isso porque eu também lançava olhares assim.

O processo inteiro de ruptura levou menos de dez minutos. Foi observado por um grande número de estudantes, que pairavam ao redor da cena como moscas sobre uma carcaça ensanguentada. Eu não estava lá, mas Cammie, que viu tudo de perto, contou-me o que aconteceu. A ex-namorada agiu com precisão; fez a revelação a Caleb antes que ele se encontrasse com Jessica para jantar, e então ficou por perto para observar os acontecimentos. Jessica encontrou Caleb esperando por ela nos degraus da cantina. A conversa foi breve. Histérica, ela admitiu tudo; alguns dizem que ele socou a parede, outros relatam que ele atirou uma cadeira em uma árvore. Na verdade, ele virou as costas e se foi com a cara fechada, nunca mais voltou a falar com a garota. Jessica foi embora para casa um dia depois do conflito e, aparentemente, deixou todos os seus pertences para trás. Fico imaginando se ela sabia que eu havia começado aquilo — se ela ao menos pensava em mim após aquele dia.

A culpa me atormentou por uma semana. Foi como uma mão forte apertando o meu pescoço. Envergonhada e cabisbaixa, eu caminhava furtivamente pelos alojamentos, como uma sombra. No oitavo dia eu já estava justificando o que havia feito.

Meu amor-próprio tomara conta de mim. Eu havia tirado vantagem de uma garota que depositou em mim sua confiança e usei seu drama pessoal em meu próprio benefício. Meu pai teria orgulho de mim. Eu me odiava por isso.

Meu pai — Oliver Kaspen, sem nome do meio — era o pior tipo de bastardo que uma mulher poderia gerar. Minha mãe costumava dizer que ele era uma cópia exata de Elvis: moreno e sexy, com olhos que fascinavam. Meu pai era capaz de dizer coisas lindas; mas quando seu humor mudava, a mesma boca que dizia coisas belas se contorcia num abominável riso zombeteiro e feria você onde mais doía. Mas antes que ele retirasse o disfarce de charme que vestia, e antes que dissesse a minha mãe que só a suportava por causa da criatura feia que ela havia colocado no mundo, ele era todo sorrisos, cheio de beijinhos e de elogios. Era assim que meu pai me via, e via mamãe — como uma criatura feia.

Ele ficou conosco por três anos, depois de meu nascimento; então, jogou sua mochila nas costas e desapareceu. De tempos em tempos, durante a minha adolescência, ele se "reconciliava" com minha mãe, reassumindo seu lugar na cama dela, antes de escapar novamente para ir destilar seu veneno em outro lugar. Ele usava todo o nosso dinheiro para jogar, xingava-nos quando perdia, e jamais demonstrou a menor culpa por nos deixar sem comida nenhuma a não ser uma caixa de biscoitos velhos. Esse era papai.

Certa vez, quando nossos armários estavam vazios e eu, faminta, mordia avidamente o meu polegar, ele sumiu com o último dólar de minha mãe. Minha mente de criança de cinco anos de idade acreditou que ele havia saído em busca de alguma comida; horas mais tarde, porém, ele retornou cheirando tão intensamente a hambúrguer que me fez salivar. Oliver Kaspen só cuidava de Oliver Kaspen e de mais ninguém. Essa foi a gota d'água para a minha mãe. Ela o expulsou de nosso apartamentinho nojento atirando-lhe palavrões terríveis.

A fome por Caleb teve início pouco tempo depois da partida de Jessica. As garotas clamavam pela atenção dele como um bando de chimpanzés.

— Ele tem a banana que toda garota quer — comentou Jim certa tarde, enquanto observávamos um casal de loiras dançando ao redor de Caleb como balões de hélio presos a uma cordinha.

Caleb estava rindo de alguma coisa que uma delas disse. A garota se debruçou sobre ele e deu-lhe um beijo no rosto, fazendo-o enrubescer e recuar, surpreso. Desviei o olhar, enciumada. Eu não conseguiria tolerar muito mais disso. Eu assassinava mentalmente uma pessoa a cada cinco minutos.

Minha oportunidade surgiu no mesmo dia em que fui reprovada na prova de latim. Eu nunca havia tirado uma nota menor do que C em toda a minha vida escolar; assim, o grande F em tinta vermelha e sublinhado duas vezes fez o meu sangue gelar nas veias. Eu estava perdendo meu foco. Não conseguia me concentrar. Caleb se fixara em minha mente como um parasita e estava devorando minhas emoções e meu pensamento. Eu precisava tomar alguma providência a respeito! Eu estava entre uns prédios, segurando minha prova contra o peito com força e olhando fixamente para um tijolo qualquer na parede, quando alguém se aproximou caminhando e enfiou um folheto em minha mão. Normalmente, eu o teria jogado fora, mas dessa vez — devido ao meu estado de choque — eu o virei e o li.

FESTA ZAX
Onde? Onde mais seria?
Quando? Sábado às dez horas
Levar: cerveja

Quando voltei ao meu alojamento, balancei o folheto bem diante dos olhos de Cammie.

— Nós iremos a essa festa.

Cam estava inclinada sobre um grande pedaço de cartolina, usando delineador líquido para estampar as palavras "Plano de Negócios" no topo. Ela deu uma rápida olhada no folheto e começou a soprar sobre as letras na cartolina.

— Você está sendo acometida por algum tipo de crise da meia-idade?

— Eu tenho só vinte anos, engraçadinha. Você precisa estar na metade da sua vida para ter uma crise da meia-idade. Ei, por que você não usa um pincel atômico?

— Porque não tenho um. E não estou no clima para piadinhas. Preciso entregar esse projeto amanhã e tudo que sei sobre negócios é soletrar a palavra "negócios".

— Bem... Sinto informar que nem isso você sabe direito, porque está colocando cedilha na letra C...

Ela bufou e tratou de corrigir o erro na cartolina.

— Preciso que você venha comigo, Cammie.

Vou até a gaveta de minha mesa e procuro uma caixa de pincéis atômicos.

— O que você pretende fazer em uma festa?

Reprimi a vontade de beijá-la e tentei parecer natural.

— Não sei. Coisas normais que as pessoas fazem em festas... como... passar o tempo.

— Você não bebe, não dança e não fuma. Desculpe-me, Olivia, mas ninguém vai querer conversar sobre política com você, a não ser que a festa seja bem fraquinha.

— Eu posso dançar — disse em minha defesa —, e qualquer um é capaz de beber... Não é preciso ter nenhum talento especial para isso.

— Tudo bem, mas é necessário que a pessoa tenha um talento especial para não agir como idiota quando está bebendo. — Ela estava desenhando corações nos cantos da cartolina e fazendo pequenos rostinhos sorridentes no centro de cada um.

Minha amiga parecia precisar com urgência de ideias e de inspiração.

Suspirei dramaticamente.

— Eu farei o seu projeto para você. Mas só se você for comigo à festa.

Cammie rolou de costas e agitou os braços no ar como se estivesse nadando.

— Aleluia! Você acaba de dizer as palavras mágicas!

Rosnei em tom de brincadeira. Eu teria feito isso por ela de qualquer jeito. Eu ficaria doente se deixasse minha colega de quarto entregar um plano de negócios que mais parecia um cartão do dia dos namorados.

No sábado, eu estava pronta no horário combinado. Tudo teria de ser simplesmente perfeito. Eu ganharia essa batalha, de um jeito ou de outro. Às dez horas, Cammie e eu subíamos as escadas da Casa Zax, cercadas por nuvens de fumaça de cigarro. Minha cabeça estava girando e o meu vestido, um número menor, apertava o meu peito como se fosse uma jiboia.

— Parecer uma garota normal é uma coisa boa para você — disse Cammie, sorrindo para mim com aprovação.

— Normal? Em comparação a quê?

Eu puxei meu vestido para cima, tentando cobrir a protuberância exposta dos meus seios, que se levantavam como dois muffins roliços, escapando do sutiã de Cammie.

Ela deu um sorriso forçado e puxou meu vestido para baixo de novo.

— Bem, não é à toa que você tem isso — ela tocou em meu peito. — Você os está escondendo debaixo daquelas camisas feias e ultrapassadas que você usa. E a maquiagem a faz parecer sexy... Até exótica!

Eu esperava que sim, de todo o coração.

— Você está pronta, O? — Cammie perguntou, apertando o meu braço.

Na verdade, eu não me sentia muito bem; mas respirei fundo e concordei com a cabeça.

— Que bom, porque essa será a noite mais interessante da sua vida.

A porta se abriu e nós entramos em um lugar cheio de gente e com um forte cheiro de cerveja; meu primeiro impulso foi desistir e ir embora. Cammie me empurrou porta adentro, na direção de uma mesa tomada de garrafas.

— Para começar, um drinque — ela disse, entregando-me um copo de plástico vermelho. — Depois, você fará o que veio fazer.

Minha amiga entornou vodca em meu copo e acrescentou um pedacinho de fruta. Eu estava muito nervosa. Tomei um gole generoso demais e derramei a bebida em meu vestido.

— Cuidado, Julia Roberts. O plano é ter leveza e tranquilidade.

Cammie dirigiu-me um olhar reprovador e eu tomei outro gole, dessa vez com cuidado. Era pior do que eu pensava. As pessoas estavam transpirando e tocando em tudo, soprando seus hálitos de álcool nos rostos umas das outras... Germes! Hormônios à flor da pele! Todos agiam como animais. Um ataque de pânico subitamente me atingiu. Era muito difícil tentar ser outra pessoa. Devia haver um meio mais fácil de se fazer isso.

— Acho que não vou conseguir — eu disse, dando meia-volta. A porta de saída estava a dez passos de distância. Eu só teria de me esquivar de umas duas pessoas para sair e sentir o ar frio da noite, antes de acabar me envolvendo em uma situação humilhante.

Cammie agarrou o meu braço.

— Lá está ele — ela sussurrou ao meu ouvido.

Eu me virei. Ele estava em uma sala à nossa esquerda, jogando bilhar. Vozes e risadas estridentes chegaram até onde nós estávamos e eu identifiquei as palavras "vibrador" e "ferrolho".

— Bem, acho que a gente pode ficar mais um pouco — eu disse baixinho.

Era a vez de Caleb jogar. Ele se inclinou sobre a mesa com grande concentração, e acertou duas bolas nas caçapas.

— O que eu faço agora?

— Você tem que chamar a atenção dele sem chamar a atenção dele.

— Eu não sei jogar esses joguinhos de meninas.

Cammie acenou para alguém do outro lado da sala.

— Olhe, tente apenas não ser óbvia — ela disse. — Não há nada mais desestimulante do que uma garota que se atira para cima de um cara.

Essas palavras vinham da mesma pessoa que passava óleo de bebê em seu decote todas as manhãs para chamar atenção sobre "as melhores partes de mim", como ela mesma dizia.

— E como diabos eu farei isso?

— Isso você mesma terá de descobrir. Não se esqueça de que foi você quem quis vir até aqui.

E depois de me dizer isso ela se foi. Escória primeiranista! Fiquei gravitando ao redor da mesa de bebidas por alguns minutos, até me dar conta de que parecia uma perdedora agindo assim; então, comecei a perambular pelo lugar. Bem, eu tinha de fazer alguma coisa para chamar a atenção de Caleb, para que ele percebesse que eu estava ali.

Eu localizei a mesa do DJ, e uma ideia me ocorreu: dançar! Minha arma secreta! Um cara que vestia uma camiseta da banda Korn estava teclando num laptop atrás da mesa. Ele acenou para mim quando me aproximei e seus olhos imediatamente pousaram em meu decote.

— Posso pedir uma música? — Gritei para que ele ouvisse.

Olhando para as minhas meninas, ele fez que sim com a cabeça e pôs um pedaço de papel e uma caneta em minha mão. Eu rapidamente rabisquei o nome de uma música e entreguei ao sujeito.

— Meu rosto está aqui! — eu disse, estendendo a mão e levantando-lhe o queixo até que ele me olhasse nos olhos. Ele sorriu e piscou para mim.

Degenerado. Mas até que eu gostei dele.

— A sua é a próxima — ele me avisou. Então, comecei a perambular pelo recinto de novo.

Olhei para a pista de dança com medo e vi que a única pessoa ali era um cara bastante bêbado que estava embaralhando as pernas e girando os quadris sem o menor ritmo. Isso iria me matar, mas era o preço da obsessão. Eu iria até o fim. Respirei fundo, terminei de beber o que restava de minha bebida e invoquei a lembrança de nosso beijo na piscina. Esse pensamento deu-me uma grande dose de coragem. Eu queria ser novamente beijada daquela mesma maneira — se possível, queria ser beijada assim todos os dias de minha vida.

Entrei na pista de dança quando a minha música tomou conta do lugar pelos alto-falantes. Levou cerca de dez segundos para que eu atraísse a atenção de todos no lugar. Todas ao mesmo tempo, as pessoas pararam de fazer o que faziam para me observar. Eu era boa. Na verdade, eu era boa demais. Agradeci mentalmente minha mãe pelos oito anos de aulas de dança gratuitas que ela lutou para conseguir na escola perto de casa, quando mexi o quadril num movimento complicado.

I'm obsessive, when just the thought of you comes up... (Fico obsessiva, quando apenas um pensamento seu vem à tona)

Vi o rosto de Cammie aparecer no meio das pessoas, para conferir o que estava acontecendo. Ela abriu a boca numa expressão de espanto, e piscou para mim com aprovação.

It's not healthy for me to feel this... (Não é saudável eu me sentir assim)

Outras pessoas começaram a se juntar a mim na pista de dança, mas mantiveram uma distância respeitosa, movendo-se em torno de mim como se eu fosse a dançarina principal e eles o meu grupo de apoio.

— Parece que temos uma gata e tanto na casa hoje — ouvi o DJ dizer ao microfone.

Enquanto mais pessoas se aglomeravam para me observar, eu vi Caleb e seus colegas de bilhar saírem da sala dos fundos. *Isso mesmo! Venha dar uma boa olhada no alvoroço que estou causando!* Deixei meu cabelo cair sedutoramente sobre meus olhos, e girei meus quadris na direção de Caleb.

This time, please- someone come and rescue me... (Agora, por favor, alguém venha e me resgate)

Eu o fitava quando ele me reconheceu. Bingo! Contato visual realizado. Sua única reação foi inclinar bem levemente a cabeça, nada mais; nem um pouquinho de emoção em sua expressão. Droga! Eu fiz um movimento de dança do ventre, e então vi com satisfação que as sobrancelhas dele se ergueram. Quando Rihanna cantou os versos: *"Just your presence and I second-guess my sanity..."* (A sua simples presença põe em risco a minha sanidade...), eu olhei diretamente para Caleb e curvei o dedo indicador, chamando-o. Ele não pareceu surpreso com esse gesto. Afastou-se da parede e caminhou tranquilamente até mim, sempre com as mãos enfiadas nos bolsos. Deixou que eu dançasse ao redor dele por alguns segundos, sorrindo diante dos assobios e provocações antes de me agarrar pela cintura e dançar acompanhando os meus passos. Caleb era bom — mostrava muita leveza —, como eu esperava.

Quando a música terminou, nós dançamos a seguinte, e a próxima. Quando o meu cabelo já estava úmido e grudava em minha nuca, Caleb me puxou para fora da pista de dança. Segurei-lhe a mão enquanto ele nos conduzia através do mar de gente, até chegarmos à varanda. Encostamos os cotovelos no parapeito.

— Você é cheia de surpresas, Olivia.

Essas foram as primeiras palavras que ele me dissera depois de meses. Saboreei o som de sua voz antes de responder.

— Por quê? Porque eu danço? — Soltei os cabelos presos à nuca e olhei-o direto nos olhos.

Caleb balançou a cabeça e fez um movimento com a boca que quase me fez gemer.

— Não. Porque você veio de... Porque você está usando esse vestido... — Ele sorriu, olhando para o meu decote. — E não é porque você dança, mas porque você *sabe* realmente dançar.

— Você me acha tensa. — Eu suspirei, observando uma garota vomitar a alguns metros dali.

— Todos a acham tensa.

Eu sabia que ele não estava expressando um ponto de vista pessoal. Era simplesmente um fato — como dizer que maçãs verdes têm gosto mais azedo.

— Você é como um par de botas de salto alto... É cheia de atitude e sensualidade, mas faz as pessoas se sentirem desconfortáveis só de olhar para você.

Bem, eu havia sido oficialmente promovida de lhama a bota.

— E depois de hoje à noite? — perguntei a ele, descascando um pedaço de tinta do parapeito.

— Eu acho que você desceu do salto e está se vestindo como qualquer um de nós — ele respondeu, com animação na voz.

— Nada impede que eu volte a usar as minhas botas pela manhã — eu disse. — E por que estamos falando em metáforas?

Caleb riu, mas quase imediatamente voltou a ficar sério de novo.

— Eu gosto de suas botas. Elas são sexys. — A voz dele era rouca e sedutora. Eu sabia que usando apenas essa voz ele poderia levar uma garota para a cama — até mesmo eu.

— Tenho uma coisa para você — eu disse, escapando subitamente do transe em que ele me colocou.

Caleb inclinou a cabeça. Esse pequeno gesto me deixou tão excitada que por alguns segundos eu esqueci o que estava fazendo. Eu segurei a mão dele e coloquei algo em sua palma. Ele sorriu para mim, quase como se perguntasse do que se tratava, e olhou para baixo. Era a moeda. Eu a havia encontrado no bolso de sua blusa de moletom na manhã seguinte ao dia em que nos beijamos.

Dessa vez, eu fiz o primeiro movimento. Avancei na direção dele, acabando com o espaço entre nós, assim que ele voltou a olhar para mim. Caleb passou as mãos pela minha cintura num movimento suave e então se moveu, fazendo-me andar alguns passos para trás, até que minhas costas estivessem contra a parede. Sua intenção foi evitar que nosso momento fosse perturbado por pessoas que passavam pela varanda. Eu quase não conseguia ver nada com o corpo dele na minha frente, mas ainda pude ouvir algumas risadinhas e exclamações de surpresa.

O beijo agora não foi como da primeira vez. Nós já havíamos nos beijado antes, então não houve hesitação nem timidez dessa vez. Caleb fazia coisas com a boca que definitivamente despertavam pensamentos intensos. Quando respirar já começava a ficar difícil para mim, ele se afastou. Minhas mãos estavam unidas atrás de minhas costas, pressionando o duro reboco da casa. Caleb riu e correu carinhosamente as mãos pelos meus cabelos.

Eu ainda estava apoiada à parede, perguntando-me se as minhas pernas aguentariam caso eu resolvesse andar. A porta dos fundos se abriu, deixando passar um pouco do ruído da festa.

— Vamos — ele disse, pegando minha mão. — Quero vê-la dançar de novo.

O amor me nocauteou rapidamente — como um soco de Tyson no queixo. Num dia eu gostava da companhia de Caleb, no outro já não podia mais viver sem ele. Nós nos víamos sempre que surgia uma oportunidade, mesmo que durasse um minuto — mesmo que fosse apenas para um beijo rápido e furioso antes de uma aula. Quando nossas notas começavam a piorar, nós estabelecíamos limites: nada de conversas ao telefone à noite, nada de nos vermos durante a semana, exceto durante as refeições. Na maioria das vezes, nós quebrávamos nossas regras minutos depois de estabelecê-las! Era impossível tentar ficar longe dele. Ele era o meu *crack*. Eu nunca me cansava dele; quando eu o tinha, já começava a pensar na próxima vez em que poderia tê-lo novamente.

Nós parecíamos mais felizes do que os outros casais; ambos estávamos permanentemente presos a um estado de êxtase tão intenso que nossas bocas curvavam-se num sorriso até quando dormíamos. Caleb me ensinou a brincar — coisa que eu nunca havia feito, nem quando criança nem quando adulta. Ele me trazia bolinhos e então os amassava em meu rosto. Ele me levava para passear de canoa e fazia os movimentos mais malucos dentro da água.

Certa vez, quando o grêmio acadêmico de Caleb organizou uma noite de luta livre na gelatina, ele me convenceu a ir ao evento e, então, me desafiou para um duelo. Mergulhada na gelatina até as canelas, parti para cima dele, mirando os seus joelhos. Tive sorte e o fiz perder o equilíbrio. Nós dois acabamos no chão. Caleb ria tanto que parecia estar chorando. Eu o amava com todas as minhas forças. Ele me ensinou a ser quem eu era de fato, algo que eu jamais teria aprendido sem seu hábil toque sobre a minha personalidade.

No verão, eu consegui um emprego de meio período em uma pequena livraria. Era a única funcionária, além da proprietária, e trabalhava durante a noite. Eu era a encarregada de encerrar as atividades e fechar a loja por volta da meia-noite. A livraria compartilhava um estacionamento com um bar chamado Gunshots e quase toda noite eu era obrigada a ouvir provocações e cantadas de membros de gangues de motociclistas que ficavam por ali. Eu odiava isso e me mantinha alerta durante todo o caminho até o meu carro, pronta para reagir com violência caso fosse necessário.

Eu estava trabalhando há três semanas quando Caleb passou ali para me ver. Seu rosto estava vermelho e sua expressão era de poucos amigos quando ele entrou pela porta da livraria.

— O que há de errado? — eu disse, saindo de trás do balcão para ir abraçá-lo. Olhei por sobre os ombros dele, perguntando-me se um dos ratos de bar dissera alguma coisa que o havia deixado furioso. Muitas vezes eles faziam comentários rudes aos clientes que entravam e saíam da loja.

— Você está sozinha aqui?

— Bem, com alguns clientes — respondi, olhando na direção dos corredores.

— Quando vai embora à noite, você anda sozinha até o seu carro?

Havia impaciência na voz dele. Não entendi aonde ele queria chegar com isso.

— Sim.

— Você não vai trabalhar mais aqui — ele disse, com determinação.

— O quê? — Eu não pude acreditar no que ouvi. Ele nunca havia falado comigo desse jeito.

Ele apontou para o bar lá fora.

— É perigoso. Você é uma mulher. Está sozinha, e a sua aparência não ajuda em nada.

— Está me dizendo que devo deixar o meu trabalho por causa da minha aparência? — Indignada, voltei para trás da caixa registradora.

Caleb estava me irritando.

— Só estou lhe dizendo que não é seguro para você ficar sozinha aqui e depois caminhar desacompanhada até o carro!

— Sou bem capaz de tomar conta de mim mesma. — Comecei a empilhar livros que precisavam ser arrumados numa estante.

— Você é uma garota que não tem nem cinquenta quilos e logo ali há vários homens muito bêbados.

Eu dei de ombros.

Caleb parecia um vulcão prestes a entrar em erupção e estava me deixando realmente nervosa.

— Não vou me demitir — eu afirmei, pondo as mãos nos quadris. — Preciso trabalhar. Nem todas as pessoas contam com pais ricos e fundos de investimento para levar uma vida despreocupada.

Caleb ficou lívido. Ele odiava quando alguém — principalmente eu — mencionava o fato de que era rico. Ele saiu da loja sem nem mesmo se despedir de mim. Joguei uma caneta na porta, torcendo para conseguir acertá-lo bem na cabeça.

Mais tarde, quando eu fechava a loja, vi o carro dele no estacionamento. Fui até a janela do motorista e bati no vidro com minhas chaves.

— O que você faz aqui? — perguntei quando ele baixou a janela.

Ele apenas deu de ombros e não disse nada.

Irritada, eu fui embora.

Desse dia em diante, o carro de Caleb estava sempre por ali quando eu saía do trabalho. Nós não fazíamos contato no estacionamento e nunca falávamos sobre isso nos momentos que passávamos juntos. De qualquer maneira, à meia-noite ele estava lá, certificando-se de que eu estivesse segura. Eu gostava disso.

Demorou algum tempo até que eu me acostumasse com a enorme popularidade de Caleb. Havia, no máximo, cinco pessoas no campus que sabiam meu nome; o dele, porém, estava gravado em placas de bronze no ginásio da escola.

— Eu me sinto como se estivesse namorando uma celebridade — eu disse, quando fomos jantar fora certa noite e duas garotas acenaram para ele de uma mesa próxima. Ele balançou a cabeça e deu a entender que eu estava sendo dramática. Mas o meu ciúme se insinuava de modo traiçoeiro em minha mente sempre que alguma mulherzinha resolvia prestar homenagem a Caleb.

Ele era meu namorado, mas aquelas garotas não ligavam para isso. Ficavam esperando pela chance de atacá-lo — exatamente como eu havia feito.

E tinha também a questão do sexo. Nós ainda não tínhamos chegado a esse ponto. Cammie me perguntava todas as noites sobre as coisas que Caleb e eu já havíamos feito em nossa intimidade.

— Nós só nos beijamos — disse a ela, pela milésima vez.

Nós estávamos em nossas camas, com as luzes apagadas, e Cam chupava um pirulito, fazendo barulho.

— Você vai ter que escovar os dentes quando acabar com isso.

— E ele nunca tenta ir além? — ela perguntou, ignorando-me.

111

— Eu não quero que ele vá.

— Olivia, o simples ato de olhar para esse homem já me faz pensar em sexo, e tenho certeza de que noventa e nove por cento das estudantes daqui concordam comigo. Qual é o seu problema? Ei... não me diga que você já f-foi... molestada?

Pus a mão na testa e balancei a cabeça.

— Não! Que bobagem! Eu apenas não quero ir para a cama com ele... Não precisa haver um episódio de abuso sexual em minha vida para explicar isso.

— Ei, amigaaa... Caleb é um homem! Ele espera fazer sexo, se você não lhe der isso, ele irá procurar em outro lugar.

Virei para o outro lado da cama e me recusei a continuar falando. De qualquer maneira, o que é que Camadora sabia? Calouros sempre tiveram fama de serem bobalhões. E meu pai sempre tivera fama de "ir procurar em outro lugar".

Não. Eu não usaria meu pai como desculpa para perder Caleb novamente. Meu namorado era fiel, atencioso, e nunca me pressionava para fazermos mais do que nos beijar, porque me respeitava. Lembro-me da última vez em que nos beijamos. Foi no quarto dele, em sua cama. Todo o seu corpo parecia tenso. E se ele estivesse usando todo o seu autocontrole quando estava comigo? A expressão "fogo de palha" surgiu em minha mente, e eu me enfiei mais ainda debaixo de minhas cobertas, envergonhada.

Eu não podia ser acusada de não pensar em transar com ele. Na verdade, eu pensava nisso o tempo todo. Acontece que pensar e fazer são coisas diferentes. Eu não estava pronta, e não sabia por quê.

Quando Laura Hilberson foi encontrada pela polícia, a garota perambulava pelo aeroporto de Miami; estava descalça e suas pálpebras pendiam sobre olhos turvos. Laura contou que foi sequestrada por um homem quando ela corria na trilha de um parque que ficava a menos de três quilômetros da faculdade. O tal homem pediu ajuda, alegando ter torcido o tornozelo; ele implorou que Laura o ajudasse a chegar até o seu carro, que estava perto, logo depois de uma elevação. Com relutância, Laura concordou. Usando o ombro para suportar o peso do homem, ela o auxiliou na pequena caminhada até a sua van branca. O veículo era uma van Astro cheia de ferrugem. Mais tarde, Laura compreenderia que as janelas pintadas de preto e a porta traseira ligeiramente aberta eram um sinal de perigo. Quando ela o ajudou a sentar-se no banco do motorista, ele deixou as chaves escorregarem de sua mão e caírem na grama, aos pés de Laura. Quando a garota se inclinou para apanhá-las, o homem pegou uma barra de metal que estava no banco do passageiro e deu com ela na têmpora da bela jovem. Depois, ele a empurrou para a parte de trás do veículo e a levou para algum ponto que os jornais denominavam "O Covil do Sequestrador".

Laura lembrava-se de ter sido mantida em algum tipo de porão, por um tempo que não foi capaz de determinar, porque fora sedada. O homem, que ela descreveu como "desconfiado", usou-a para ter sexo e companhia. Então, um dia, sem aviso, deu um beijo no rosto dela e a libertou no aeroporto. Ela disse à polícia que o nome dele era Devon. Laura Hilberson havia ficado desaparecida por seis meses.

Enquanto a garota se encontrava em uma cama de hospital e era interrogada pela polícia, Caleb e eu estávamos em um leilão de caridade ao qual os veteranos de seu grêmio acadêmico deviam comparecer. Era um evento esnobe, em que todos trajavam ternos e vestidos caros e garçons circulavam com taças de champanhe. Caleb observou algumas pessoas que formavam um grupo.

— Cursei a escola secundária com eles — disse ele, casualmente, usando a boca para tirar uma azeitona de um palito.

— Quantas garotas daquelas você namorou? — perguntei, indicando o grupo com os olhos. Quase todas elas eram lindas o suficiente para serem capas de revista e várias delas olharam Caleb com uma familiaridade sensual, despertando o monstro do ciúme que morava em mim.

— Por que isso é importante? — ele perguntou, e eu pude ver o divertimento em seus olhos.

— Porque se você estivesse em meu lugar, sem dúvida iria querer saber quem eu andei beijando por aí — retruquei, com impaciência.

Ele sorriu e enfim cedeu, inclinando o pescoço para falar baixinho em meu ouvido.

— Adriana Parsevo. — A voz dele soou tão baixa que precisei me esticar para ouvi-lo. Aproximei meu ouvido de seus lábios e me arrepiei toda quando o senti tocar em meu lóbulo. — É a que está usando o vestidinho prateado. — Dirigi o olhar para uma garota formidável, cujo vestido não cobria nem a décima parte de suas intermináveis pernas. Caleb tinha uma estranha relação com pernas.

— Nós namoramos por algum tempo. Ela era muito... experimental. — A última palavra, pronunciada de modo significativo, fez-me sentir uma pontada de ciúme.

Caleb percebeu minha reação e pareceu divertir-se com isso.

— Se eu bem me lembro — ele continuou —, a garota com quem ela está falando se chama Kirsten. Ela tem uma marca de nascença que parece a África na parte interna da coxa.

Inspirei todo o ar que pude pelo nariz, com intensidade, e o fitei indignada. Ele riu — o tipo de risada maliciosa e sexy que me deixava sem chão.

— Você perguntou, duquesa...

Eu o imaginei beijando aquelas garotas, os dedos dele acariciando suas marcas de nascença... Engoli em seco e, de repente, ficou difícil respirar. Eu as odiava, e também o odiava por gostar delas.

— Gostaria de ouvir mais? — ele perguntou, roçando a língua no topo de minha orelha.

— Não — respondi com rispidez. Foi um grande erro ter perguntado.

Assim que entramos no carro de Caleb, eu o ataquei. Beijei-o com força, pulando sobre o banco e caindo bem no colo dele. Ele ria mesmo com a minha boca sobre a dele, sabendo que seu jogo havia funcionado, e colou as mãos no meu traseiro. Eu o ignorei e continuei a agir, na firme missão de provar que era uma mulher sedutora.

O humor de Caleb mudou rapidamente; de súbito, os sorrisos desapareceram, e nós nos entregamos a um beijo tão intenso que nos deixou ofegantes. Pensei que fosse morrer quando os seus dedos abaixaram as alças do meu vestido e senti o ar em meus seios. Mas havia mais do que ar. As mãos e a boca de Caleb estavam sobre eles e eu me perguntei por que nunca fizera isso antes. Eu falei alguma coisa. Não sei o que disse, mas minha voz o trouxe de volta à realidade, porque ele se afastou de mim no instante em que me ouviu e se manteve afastado. Em toda a minha vida eu não havia feito nada tão devasso, tão audacioso; e ele, por sua vez, provavelmente jamais precisou parar tão cedo nas preliminares.

— Por que você...? — Eu ofegava, e ainda estava segurando na camisa dele.

Ele me beijou delicadamente nos lábios. Toda a energia sexual desaparecera. Ele girou a chave na ignição, ligando o carro.

Voltei para o meu lado no carro e desmoronei sobre o assento. Com Caleb não existia a possibilidade de "dar uns amassos". A maioria dos caras ficaria feliz com a ideia de se divertir o mais que pudesse. Porém, com Caleb era diferente: ou você ia até o fim ou ficava nas águas calmas do beijo. Sua estratégia era me afastar aos poucos de minha castidade, dando-me pequenas amostras do que eu estava perdendo. Ajeitei-me no banco. Agora, todas as minhas inibições haviam sido lançadas ao vento. Mas o que elas eram, afinal? Eu mal conseguia me lembrar que essas inibições existiam quando pensava nas mãos de Caleb, que pareciam saber exatamente onde me tocar.

O que minha mãe acharia dessa situação? Ela ficaria feliz por mim, por ter encontrado um cara como Caleb; e ainda assim ficaria desconfiada dele. Meu pai nos encheu de suspeitas e de desconfiança, a ponto de nos traumatizar.

"Proteja o seu coração, para que não acabe partido como o meu", minha mãe sempre me dizia.

Sheri, a melhor amiga de minha mãe, deu fim abruptamente à vida de Oliver Kaspen num feriado de Quatro de Julho, depois que completei onze anos de idade. Ela usou sua própria espingarda calibre 22 nessa façanha, espalhando o cérebro de Oliver por toda a cortina cor-de-rosa de seu chuveiro. Minha mãe não sabia, mas Sheri era uma das muitas mulheres que meu pai usava para conseguir sexo e dinheiro. Ela parecia um pássaro com olhos brilhantes e tinha uma personalidade repulsiva. Eu já sabia do caso que meu pai tinha com Sheri antes mesmo que minha mãe descobrisse isso. Nos dias em que mamãe trabalhava até mais tarde e meu pai me apanhava na escola, nós visitávamos seus "amigos". Por coincidência, todos esses amigos eram mulheres, a maioria delas com acesso a dinheiro ou drogas, ou a ambos.

— Não diga nada a sua mãe sobre as visitinhas que você tem feito com seu pai a minha casa — Sheri dizia, sacudindo um dedo na minha frente. — Ela já tem problemas demais e seu pai precisa de uma amiga para conversar.

Bem, eles conversavam durante horas na cama de Sheri, algumas vezes com o rádio ligado e tocando velhas canções, e muita fumaça escapando por baixo da porta. Depois que saía do quarto, meu pai era realmente legal comigo. Sempre parava para um sorvete a caminho de casa. Não senti saudade dele depois que se foi. Ele era só um cara que me levava de casa para a escola e me subornava com sorvete.

Na ocasião da morte dele, já fazia dez meses que eu não o via, ele nem mesmo me telefonou no dia do meu aniversário. Oliver Kaspen, meu homônimo, morreu deixando-me uma confusão de lembranças ruins e um ponto de interrogação no coração, para o qual apenas ele tinha a resposta. Minhas pendências com meu pai pesariam contra Caleb desde o princípio.

CAPÍTULO 10

Presente

NO DOMINGO, ACORDO EM MINHA CAMA, COM MEU cabelo cheirando a suor e cigarro. Gemo, viro de lado e vomito em meu lixo. Meu lixo? Mas quando foi que pus isso ao lado da cama? Então, ouço a descarga no banheiro.

Meus Deus... Caleb!

Desabo sobre o travesseiro e cubro os olhos com as mãos.

— Olá, gatinha. — Caleb entra no quarto trazendo uma bandeja e sorrindo feliz. Gemo mais uma vez e escondo meu rosto em um travesseiro. Balanço da noite passada: álcool, um amigo traiçoeiro, um telefonema constrangedor.

— Eu lhe peço mil desculpas por tê-lo chamado. Eu não sabia direito o que estava fazendo — resmunguei.

— Não se preocupe — Caleb responde, deixando a bandeja em minha mesa de cabeceira. — Sinto-me honrado por ter sido sua primeira escolha. — Ele ergue um copo de água e um pequeno comprimido e põe ambos em minha mão.

Abaixo a cabeça, envergonhada, e mordo a unha do polegar.

— Eu também lhe trouxe algumas torradas — caso você sinta vontade de comer.

Olho para o pão e para a manteiga e meu estômago se agita. Balanço a cabeça numa negativa, e ele rapidamente retira a bandeja.

Meu herói.

— Telefonei para o hotel esta manhã — ele diz, sem olhar para mim. Endireito-me na cama, tensa, e sinto a cabeça girar.

— Seu amigo fechou a conta na noite passada. Aparentemente, tinha muita pressa de sair da cidade. — Caleb se recosta na parede e olha de lado para mim.

Se não estivesse me sentindo tão mal, esse olhar que ele me dirigiu me arrancaria um sorriso.

— Um certo amigo, não é? — Brinco com meu edredom.

— A culpa não foi sua. Homens assim deviam ser castrados.

Faço que sim com a cabeça e fungo.

— Mas se esse cara voltar a se aproximar de você, Olivia, eu vou matá-lo.

É bom ouvir isso. Na verdade, é muito bom.

A música tema de *Friends* está tocando em minha pequena TV quando saio do chuveiro. Eu me arrasto pela sala de estar de robe e de chinelo, e hesito, como se não soubesse onde me sentar. Caleb rapidamente se move para me dar lugar no sofá e eu me espremo num canto. Decido me esforçar para ser um pouco mais honesta.

— Eu gosto de você, Caleb — digo num impulso, e cubro o rosto com as mãos, embaraçada. — Isso parece uma confissão de adolescente.

Ele para de olhar para a televisão. Seus olhos dourados estão sorrindo.

— Você quer namorar?

Eu lhe dou um soco no braço.

— Não estou brincando! Isso é sério. *Nós*, nós dois *juntos*... não é uma boa ideia. Você não sabe quem é, e eu sei *exatamente* quem eu sou. É por isso que você deveria estar em busca de sua vida.

— Você não quer realmente que eu faça isso. — Agora há alguma seriedade em suas palavras. Pelo menos ele não está mais rindo.

— Não. Mas isso seria o melhor para você. — Eu estou apertando com força as mangas do meu robe. Sinto-me nervosa e com o estômago enjoado; e o modo como Caleb me olha não torna as coisas mais fáceis.

— Eu me sinto como um ioiô na sua mão — ele diz, colocando as duas palmas nos joelhos, como se estivesse se preparando para se levantar.

— Eu sei — digo sem hesitar. — Acho que você não gostaria de ser amigo de uma garota como eu.

— Eu não quero ser *apenas* seu amigo.

Por um instante, algo estranho acontece. Minha visão se embaça e meu coração desprezível e maligno se infla como um balão. Eu estou tão confusa. Não devia fazer isso com ele, mas quero fazer. Esfrego minha têmpora. Tudo isso é tão complicado e injusto. Após três longos anos, eu tenho o que desejo, mas não de verdade. Ele não sabe quem sou eu, pois se soubesse não estaria sentado em minha sala de estar.

Respiro fundo, enchendo meus pulmões com ar. A boa Olivia está suplicando para que eu termine tudo com ele para sempre. Nós voltamos à TV, ambos embaraçados e aborrecidos. Caleb vai embora umas duas horas depois, deixando-me completamente sem esperanças com sua partida.

— Tranque todas as portas e me telefone se precisar de mim, está bem?

Não, nada está bem, mas mesmo assim eu lhe faço um aceno afirmativo com a cabeça. Eu não quero ficar sozinha, mas estou embaraçada demais para lhe pedir que fique por mais tempo.

— Vejo você amanhã. — Contemplo seu belo rosto, desejando ardentemente que ele fique.

Caleb parece hesitar por um momento.

— O que há de errado? — sussurro.

Por favor, que ele não se lembre! Por favor, que ele se lembre!

— Nada... Só uma sensação estranha, como se já tivéssemos passado por isso antes. Algo como um *déjà-vu*, sabe?

Claro que eu sabia, porque era assim que nos despedíamos quando estávamos juntos. Ele nunca passava a noite, porque eu não permitia.

— Bem, até logo — diz Caleb.

— Até logo.

Faço uma xícara de chá para mim e vou para o sofá. Eu perdi Caleb uma vez por culpa da podridão que reside em meu íntimo. Uma após a outra as minhas mentiras começaram a se acumular, até que ele ficou tão sobrecarregado por elas que me olhou bem nos olhos e me disse adeus para sempre. Lembro-me de ter me sentido como que paralisada enquanto o via partir, e também pelo resto do dia, até que percebi que ele não retornaria. *Jamais*. Então, as paredes de minha barragem emocional ruíram de vez. A dor que experimentei foi implacável nos primeiros seis meses, impondo-se dia após dia como uma ferida aberta. Depois disso, tornou-se uma deficiência constante, uma ausência profunda.

Caleb se foi, Caleb se foi, Caleb se foi...

Agora ele está de volta a minha vida, mas ainda assim eu sinto essa ausência. A dor aguda logo terá início novamente. Sei que não vai demorar até que ele descubra sobre nosso passado e meu amontoado de mentiras.

Decido aproveitar o dia. Já que meu tempo é curto, melhor passar ao lado de Caleb o máximo de tempo que puder. Apanho o telefone e ligo para ele. Ninguém responde, então, eu deixo uma mensagem em sua secretária pedindo-lhe para responder a minha ligação; dez minutos depois, ele telefona.

— Olivia? Você está bem?

— Sim, tudo bem comigo. Olhe, estou indo até aí — digo, sem hesitar. — Acho melhor não ficar sozinha. E você me prometeu um jantar, de qualquer maneira.

Eu espero, contendo a respiração.

Há uma pausa, durante a qual eu aperto meus lábios e fecho os olhos com força. Talvez ele já tenha outros planos. Com Leah.

— Excelente! — ele responde por fim. — Você gosta de filé?

— Sei tudo sobre filés! — Eu vibro em silêncio quando o ouço rir.

— Diga-me como faço para chegar a sua casa.

Anoto as ruas e orientações que ele me passa e jogo minha caneta de lado. Eu conheço o prédio que ele me descreve. É o tipo de construção que ninguém consegue deixar de olhar ao dirigir pelo canal para chegar aos vários cafés e lojas elegantes que se estendem pela praia. Tem pelo menos trinta andares; é um bloco de prédios que cintila como diamante.

Ao chegar, entrego ao manobrista as chaves do meu carro e entro no saguão frio.

Um porteiro me recebe. Ele me olha dos pés à cabeça, num exame cuidadoso. Eu já havia me deparado um milhão de vezes com esse olhar ao encontrar amigos de Caleb. Eu estava entre eles, mas não era um deles. Seus olhos estavam programados para ver Louboutin e Gucci; então, quando eu aparecia com a minha roupa comum, eles me olhavam com expressão de tédio. A maioria das conversas entre eles era mais ou menos assim: "Quando eu passei férias na Itália, no último ano..." ou "O novo veleiro que papai comprou..." etc.

Quando me queixei sobre isso a Caleb, ele me orientou na arte de ser esnobe.

— Olhe para eles como se conhecesse os seus segredos e como se os achasse entediantes.

Na primeira vez que olhei com arrogância para uma herdeira, ela me perguntou onde eu havia comprado meus sapatos.

— Em um saldão — respondi. — Não é engraçado que nossos sapatos sejam idênticos, embora o dinheiro que você pagou pelos seus possa alimentar um pequeno país por um mês?

Caleb se engasgou com seu coquetel de camarão e a herdeira nunca mais voltou a falar comigo. Eu me senti poderosa de um modo doentio. Não é preciso ser rico nem importante para intimidar alguém; basta ser crítico.

Eu não olho para o rosto do porteiro, mas pisco rapidamente em sua direção, como se ele estivesse me aborrecendo. Ele sorri.

— Com quem deseja falar, moça?

— Caleb Drake — respondo. — Por favor, pode dizer a ele que Olivia está aqui?

Nesse momento, ouço a porta do elevador se abrir e o homem a minha frente olha para alguém atrás de mim.

— Olivia! — Caleb diz, colocando a mão em minhas costas. Fico agitada com seu toque.

Ele sorri para o porteiro.

— Sabe, Olivia, esse cara trapaceou comigo no pôquer. Tirou cem dólares de mim na semana passada!

O homem exibe um sorriso iluminado ao ouvir isso.

Por que a simples atenção de Caleb transforma as pessoas em vaga-lumes humanos?

— Sabe, senhor... Foram os cem dólares mais fáceis que já ganhei na vida!

Caleb exibe uma careta bem-humorada para ele e me leva até o elevador.

121

— Você gosta da companhia dos funcionários? — pergunto quando a porta do elevador se fecha.

— Jogo pôquer com o pessoal às terças-feiras — ele responde, olhando-me de viés. — E daí? Eu gosto deles. Gosto mesmo. Além disso, não me lembro de nenhum de meus outros amigos.

Caleb me espera sair do elevador, e então segue atrás de mim. Tenho a impressão de que ele está olhando para a minha bunda.

— Esse lugar é lindo, Caleb!

Ele faz uma careta.

— Não é lá muito aconchegante, não acha? Tenho certeza de que poderia comprar uma casa com o dinheiro que gastei aqui.

— E ainda sobraria para uma minivan — acrescento.

— Hum... Disso já não teria tanta certeza. — Ele dá uma risadinha. — É aqui — diz, parando no número 749. — Não se impressione com o teto alto e as televisões de plasma. Essas coisas impressionam, mas não são nada de mais.

Eu o sigo quando ele entra na sala de estar.

O apartamento é impressionante. A entrada parece ser do tamanho do meu quarto. Está vazia, exceto pelo enorme candelabro pendurado sobre os azulejos amarelos. Eu me sinto elegante por osmose. Ele me conduz pela sala de estar, que, como havia avisado, tem um teto incrivelmente alto. A parede principal da sala é uma janela enorme com vista para o mar.

— Eu gostaria de saber de uma coisa, Caleb. — Paro para admirar uma pintura. — Sua mãe o ajudou a decorar tudo ou você contratou alguém?

— Não sei. — Ele dá de ombros. — Acho que namorei uma decoradora para ter um belo desconto no preço.

— Sério? — Estendo a mão e toco uma estátua de Atlas.

— Esta é a cozinha, Olivia. — Ele me conduz por um ambiente repleto de aço inoxidável. Então me leva por um corredor e para antes de abrir uma porta. — E aqui é meu escritório.

Por cima do ombro de Caleb, olho para dentro de um quarto coberto de estantes de livros até o teto. Sinto uma fisgada de excitação na boca do estômago. *Livros! Livros magníficos, maravilhosos!*

— Você leu todos?

— Espero que não. Isso indicaria que eu não tive absolutamente nenhuma vida antes da amnésia...

— Não sei, não — digo, correndo os olhos pelos títulos. — Eu acho que você iria gostar de um bom clássico. Como *Grandes Esperanças*, por exemplo.

Puxo o livro da estante e o coloco nas mãos de Caleb. Ele faz cara feia mas não o devolve à estante; em vez disso, deixa-o em sua mesa.

Vejo uma fotografia emoldurada de Leah posicionada de forma estratégica — provavelmente por ela própria — perto do monitor do computador dele. Olho para a imagem com desgosto. É uma daquelas fotos feitas em estúdio, que o fotógrafo com cuidado tenta fazer parecer natural. Leah está olhando com sutileza para o lado esquerdo da câmera, com a boca ligeiramente aberta. *"Beije-me, eu sou uma linda vadia"*, ela parece dizer em preto e branco.

— Quero ter um escritório enorme um dia — ele diz, percebendo que meus olhos estão voltados para a fotografia de Leah. — Mais livros — que eu não li —, uma lareira e uma daquelas grandes entradas arqueadas.

— Você pretende pendurar essa foto em seu novo escritório? — eu pergunto.

Dói vê-la tão perto dele, tão presa a sua vida. Caleb me olha com interesse.

— Depende. A garota na moldura pode ser outra. É que eu tenho um fraco por morenas.

Faço uma careta para ele.

— E aqui temos o meu quarto de dormir...

Os lençóis dele são de seda negra e estão amarrotados e desarrumados. Sinto-me doente só de pensar em todas as mulheres que já deslizaram sobre essa cama.

— Onde fica o banheiro? — pergunto com voz fraca.

Ele me leva até o banheiro que há dentro do quarto e me observa enquanto admiro o espaço. Há um chuveiro com seis duchas diferentes e uma hidromassagem que poderia acomodar cinco pessoas com facilidade. Há até mesmo uma pequena adega embutida no canto.

— Este é o meu lugar favorito.

— Uau!

— Bem, se quiser passar a noite aqui de vez em quando, você poderá ter o privilégio de usar isso.

Todo o sangue do meu corpo vai parar na minha cabeça.

Acabamos voltando para a sala de estar. Desabo sobre o sofá, enquanto Caleb vai buscar uma garrafa de vinho na cozinha. Ele retorna equilibrando duas taças em uma mão e trazendo uma garrafa de tinto na outra.

Ele enche nossos copos e me passa um, roçando seus dedos nos meus.

Quando ele vai para a cozinha preparar o jantar, eu bebo o vinho de um gole só e volto a encher a taça. Desconfio que Leah ou a lembrança de Leah podem surgir a qualquer momento e não quero estar sóbria quando isso acontecer.

— Será que você poderia me mostrar o anel que comprou para a sua doce namoradinha? — digo, quando ele volta para a sala. Não sei por que pergunto isso, mas tenho certeza de que o vinho tem parte da responsabilidade pelo atrevimento.

— Por que você quer ver o anel?

Hummm... Porque eu quero ver o que poderia ter sido meu?

— Curiosidade. Sou uma garota e gosto de joias. Mas você não precisa me mostrar, se não quiser.

Ele desaparece dentro do quarto de dormir e logo retorna trazendo uma pequena caixa azul. Da Tiffany... tão previsível!

— Caramba! — eu digo, arregalando os olhos. Era um anel de noivado enorme. A bugiganga mais linda e detestável que vi na vida. Bem... Depois de Cammie, talvez.

— Isso é o que eu chamo de presente maravilhoso.

— Experimente. — Ele aproxima a caixa de mim e minha mão a afasta no mesmo instante.

— Não traz má sorte experimentar o anel de outra pessoa?

— Má sorte para a noiva, eu acho — ele graceja.

— Nesse caso... — Estendo a mão para pegar o anel. — Espere! — Volto a afastar a mão. — Tem de fazer um pedido de casamento antes.

— Devolvo-lhe a caixa e me ajeito no assento a fim de esperar pelo show.

— Tudo tem de ser complicado com você, não é? — ele diz, levantando-se e virando-se de costas para mim. — Peça e você receberá. — Quando ele gira e se volta para mim novamente, há agitação e tensão em suas feições.

— Bravo! — Eu bato as mãos, aplaudindo-o.

— Olivia...

Olho para ele fingindo surpresa. De repente, ele fica sério... ou pelo menos é o que parece. Seguro a respiração.

— Você pertence a mim. Acredita no que digo?

Começo a suar frio.

Respiro fundo e faço que sim com a cabeça. Eu deveria estar rindo, mas a situação não me parece engraçada; soa mais como algo que vou reviver na mente daqui a muitos anos... quando estiver sozinha numa casa vazia e silenciosa.

— Quer se casar comigo, Olivia? Você é a única mulher que eu gostaria de amar. A única que eu *quero* amar. — Ele não se ajoelha diante de mim, e é melhor que nem faça isso, pois estou prestes a sair do sério com as coisas do jeito que estão.

Sei que eu tenho de dar algum tipo de resposta. Tento recorrer a minha sagacidade, mas minha mente está tão seca quanto minha boca.

O vinho fala por mim. Eu o beijo, porque ele está tão perto, e também porque essa é a melhor resposta que posso encontrar. É apenas um roçar de lábios, quente e rápido. Ele fica paralisado, fitando-me com as sobrancelhas curvadas de surpresa.

— Eu teria dado diamantes a você uma semana atrás, se soubesse que você reagiria assim...

Eu dou de ombros, rindo.

Ele ergue meu dedo e examina o diamante de Leah.

— Isso parece...

— Uma bobagem — concluo por ele. — Vamos ver. — Tento tirar o anel, mas ele fica preso em meu dedo. Tento novamente. É... estreito demais. — Merda! — eu exclamo, decepcionada. — Sinto muito, Caleb. Foi uma ideia estúpida demais.

— Não precisa se desculpar. Seus dedos provavelmente estão inchados. Vamos esperar um pouco e tentar de novo mais tarde.

Ele vai para a cozinha conferir o jantar, e eu fico no sofá com uma garrafa de vinho pela metade e um anel inútil no dedo.

— Eu não consigo entender. Como você pode mudar de ideia dessa maneira? — pergunto quando estamos sentados à mesa, jantando. O vinho subira a minha cabeça e tenho dificuldade em controlar minha língua. — Você não gosta do anel que escolheu antes da amnésia, você não gosta da namorada... Também não gosta do apartamento. Como é possível que seja tão diferente da pessoa que era antes?

— Não sei o que aconteceu, mas parece que já não tenho mais os mesmos gostos que tinha antes.

— Então a amnésia o *tornou* uma pessoa diferente?

— Talvez sim. Ou talvez a amnésia tenha revelado que eu não sou a pessoa que fingia ser.

Isso faz muito sentido. Nos anos que passara longe de mim, ele havia se transformado num solteirão profissional. Meu Caleb não era assim — não o Caleb que deixou uma mancha de tinta em meu teto.

— Você ama Leah? — As palavras escapam de minha boca antes que eu possa evitar.

— Ela é adorável. Muito amável e sofisticada. Sempre diz a coisa certa no momento certo. Mas eu não saberia dizer o que realmente sinto por ela.

— Talvez porque você nunca tenha sentido nada, de fato, por ela.

— Você já ouviu falar na expressão "avançar o sinal"? Porque talvez você esteja avançando agora. — Ele baixa seus talheres de prata e apoia os cotovelos na mesa.

— Ei, nós somos apenas dois estranhos buscando conhecer um ao outro. Não há sinais ainda! — Afasto-me da mesa empurrando a cadeira para trás e cruzo os braços. Meu humor azeda como leite vencido e estou determinada a brigar.

— Cessar fogo! — ele exclama, levantando as mãos.

Antes que eu tenha tempo de concordar, ele apanha os pratos em que jantamos e vai apressado para a cozinha. Eu o ajudo a colocar a louça na máquina de lavar. Caleb então retira um pouco de gelo do freezer e o pressiona contra o meu dedo.

Enquanto ele faz aquilo, eu observo com indiferença. Mas seu próximo movimento quase me faz desmaiar. Ele tenta explicar as regras do futebol para mim e eu finjo que estou interessada; de repente, ele ergue meu dedo e o coloca delicadamente em sua boca. Dessa vez, o anel desliza com facilidade. Caleb então o retira e o recoloca na caixa sem dizer uma palavra e leva o objeto de volta ao quarto. Volto a me sentir irritada.

— Preciso ir embora — eu digo, levantando-me.

— Não — ele retruca.

Meu telefone começa a tocar e me retiro para um lugar reservado a fim de caçá-lo dentro de minha bolsa. Meu celular raramente toca. Eu o tenho apenas para emergências e para Cammie. Espero ver o número dela estampado no visor; em vez disso, porém, deparo-me com o número de Rosebud.

— Alg-guém invadiu o seu apartamento! — ela grita quando atendo a ligação.

— Tenha calma, Rose, eu não consigo entender... O que disse?

— Algué-guém invadiu a sua casa!! — a mulher berra, como se eu lhe tivesse pedido para gritar mais alto, não para falar mais claramente.

Balanço a cabeça, que ainda permanece sob o efeito do vinho. Então a minha ficha cai. Meu apartamento foi arrombado!

— Vou já até aí! — Desligo o telefone e olho para Caleb. — Alguém arrombou o meu apartamento! — aviso-lhe. Caleb pega as chaves de seu carro.

— Eu a levarei até lá — ele diz, guiando-me até a porta de saída.

Ele dirige mais rápido que eu seria capaz, para a minha sorte. Penso em Pickles; eu acabei me esquecendo de perguntar a Rosebud sobre a minha menina. Rezo em silêncio para que ela esteja bem.

Caleb me acompanha até a porta, onde dois policiais estão à espera.

— Você é Olivia Kaspen? — pergunta o mais velho dos policiais. Ele é inexpressivo e tem o rosto cheio de marcas de varíola.

— Sim. Onde está o meu cão? — Tento espreitar entre eles, mas seus corpos uniformizados formam uma barreira entre mim e minha porta da frente.

— Podemos ver a sua identificação?

Eu pego a carteira de motorista de minha bolsa e a entrego a ele.

Satisfeito, o policial me dá passagem.

— Seu cachorro está com a vizinha — ele me informa, um pouco mais amavelmente.

Suspiro aliviada. Certifico-me de que Caleb está logo atrás de mim e caminho para a soleira da porta. Não sei exatamente o que eu espero ver, mas nada me prepararia para o cenário diante de mim. Tudo o que um ladrão poderia desejar continuava ali: televisão, DVD e aparelho de som. Nada havia sido levado.

Muito confusa, de súbito me dou conta do caos que se encontrava o lugar que costumava ser a minha casa. Tudo está quebrado: quadros, enfeites, luminárias — tudo destruído. O sofá havia sido retalhado de cima a baixo e seu enchimento saía pelos cortes. Eu me ouço emitir um ruído, uma mistura de choro e lamento. Caleb segura a minha mão e eu me agarro a ele. Caminho de quarto em quarto, chorando lágrimas de sangue enquanto verifico os danos, ou melhor, a completa aniquilação de tudo o que possuo. Minha mesa de café é a única peça do mobiliário que permanece inteira; contudo, o invasor teve o cuidado de esculpir na madeira a palavra "VAGABUNDA".

— Isso não parece um roubo — ouço Caleb dizer a um dos policiais. Entro no quarto de dormir antes de ouvir a resposta do homem. Caminho sobre minhas roupas despedaçadas e entro em meu closet.

Minha caixa de lembranças está jogada no chão, toda revirada e bagunçada. Caio de joelhos e começo a procurar freneticamente meus preciosos objetos, examinando com os dedos cada um que encontro. Recupero quase todos. Quase. Pressiono os olhos com as palmas da mão. Por quê? Por quê? Apenas uma pessoa teria interesse nos itens que haviam sumido. A mentora do demônio, o próprio mal, com cabelos de fogo e todas as razões do mundo!

Minha cabeça se volta na direção de Caleb. Tempo. Eu não tenho tempo. Ela está a caminho do apartamento dele agora, sem dúvida, levando consigo a evidência. Começo a tremer. Eu não estou preparada. Ainda não estou pronta para dizer adeus.

— Moça? — O policial está de pé na porta do closet, olhando para mim. — Precisamos da sua ajuda para preencher um relatório. Pode nos dizer o que eles levaram?

Vejo Caleb passar pelo policial e andar com cuidado ao redor de meus pertences destruídos. Eu me levanto com a ajuda dele e ele me acompanha de volta para a sala de estar. Suas mãos são como âncoras em meus braços.

Sinto a raiva borbulhar sob meus olhos, meu nariz, minha boca. Ela se espalha por meus membros e executa um sapateado em meu abdome. Quero agarrar o pescoço de frango daquela vadia e torcê-lo como se fosse um pedaço de pano. Tento recuperar a calma e digo aos policiais.

— Nada foi levado daqui — eu digo, indicando a TV com a mão. — Isso não foi um roubo.

— Conhece alguém que faria uma coisa dessas, senhorita Kaspen? Um ex-namorado, talvez? — ele indaga, lançando um olhar discreto para Caleb.

Se conheço? Começo a ranger os dentes. Eu posso lhe dizer tudo, bem aqui, bem agora! E acabar com a piranha!

Caleb está olhando para mim atentamente. Abro a minha boca para dizer alguma coisa, mas ele se antecipa a mim.

— Conte a eles sobre Jim, Olivia — ele sugere com gentileza.

Jim? Não. Jim nunca faria algo tão exato. Não, isso foi trabalho de uma mulher.

— Isso não foi feito por Jim — digo. — Vamos ver Pickles.

Depois que os policiais se vão, Caleb pega a minha mão e diz delicadamente:

— Quero que você fique em minha casa esta noite.

Eu não tenho intenção de fazer tal coisa, mas fico calada até conseguir encontrar uma solução. Trancamos a porta e nos dirigimos ao apartamento de Rosebud, onde Pickles se atira sobre mim com histeria. Minha vizinha circula em torno de mim como uma mamãe galinha, tocando-me e cutucando-me até que eu lhe segure as duas mãos e lhe diga que estou bem.

— Espere aqui — ela pede, desaparecendo na cozinha.

Eu já sei o que virá. No momento em que pôs os olhos em mim, Rose decidiu que eu precisava de proteção. Seu primeiro presente foi uma velha faca de caça que pertencera a seu amado, o finado Bernie.

— Se alguém invadir a sua casa, use isso. — Como demonstração, ela fez alguns movimentos com a faca, cortando o ar, e depois a entregou a mim. Fiquei honrada e envergonhada, mas acabei guardando-a debaixo de minha cama.

A partir de então, sempre que me vê Rosebud corre para o seu apartamento a fim de pegar algum item já meio comido ou usado que ela havia separado para mim com carinho. Eu não tenho coragem de recusar.

Ela sai da cozinha aos tropeções, carregando uma enorme sacola com laranjas, e a empurra contra o meu peito. Caleb olha para mim sem entender e eu ergo as sobrancelhas, conformada.

— Obrigada, Rosie.

— Não por isso. — Ela pisca para mim, e depois sussurra bem alto: — Você roubou o coração desse jovem. Vai acabar se casando com ele.

Dou uma espiada em Caleb, que finge observar um trabalho de bordado de Rose. Ele se esforça para não sorrir. Eu beijo a bochecha enrugada de minha vizinha, e nós então vamos embora. Caleb pega as minhas laranjas e sorri para mim — um gesto que não consigo entender.

— Que foi?

— Nada, Olivia.

— Diga-me…

— Bem… É você. Foi muito carinhoso da sua parte.

Entramos no carro dele e seguimos devagar pela rodovia. Conto os postes de luz, tentando pensar num modo de manter Caleb afastado de Leah. Quando pegamos outra estrada, eu sussurro um palavrão. Nós estamos a poucas quadras do prédio dele e se não quiser ser apanhada eu terei de fazer alguma coisa — e rápido.

— Você pode parar ali?

— Quê? Você não está bem? — Balanço a cabeça quando ele dirige para um shopping center. — Olivia?

Nós estacionamos em uma vaga do Wendy's e eu inapropriadamente penso em um sorvete. Então, tenho uma ideia.

— Podemos ir até o camping? Para o lugar que você viu naquela revista?

Depois que tomarmos um sorvete?, penso.

As sobrancelhas de Caleb se franzem e eu me encolho no assento. Ele está prestes a dizer que não e que sou estranha e maluca.

— Por favor! — digo, fechando os olhos. — Eu apenas quero ir para longe, bem longe... — *Longe de Leah e da verdade.*

— São cerca de oito horas de viagem. Tem certeza de que quer fazer isso?

Arregalo os olhos e balanço a cabeça para cima e para baixo energicamente.

— Posso me ausentar por algum tempo do trabalho. Podemos comprar o que precisarmos quando chegarmos lá. Então, vamos fazer isso... por favor.

Ele está processando os prós e os contras em sua mente, posso perceber isso pelos movimentos de seus olhos; ele olha para as suas mãos, para mim, para o volante... e, por fim, concorda.

— Está bem, então. Se é isso que você quer...

Envio a Deus os meus mais profundos agradecimentos e sorrio.

— Sim, é o que eu quero. Obrigada. Vamos partir agora, nesse minuto.

— Agora? Não pretende realmente levar nada?

— Bem, eu não tenho nada mais para levar mesmo. Você viu meu closet. Vamos encarar isso como uma aventura.

Caleb dá meia-volta com o carro e eu volto a me recostar no banco, com vontade de chorar.

Só mais algum tempo... Por favor, Deus, conceda-me apenas um pouco mais de tempo!

A estrada se estende diante de nós. Caleb abre as janelas, permitindo que o vento entre e circule ao nosso redor. Nós estamos deixando a Flórida. Deixando a minha casa vandalizada e deixando a namorada vingativa de Caleb. Eu estou segura... por enquanto.

— Caleb? — Estendo a mão e toco seu braço. — Obrigada.

— Não me agradeça — ele responde com voz suave. — Faço isso por nós dois.

— Certo — eu digo, mesmo sem saber do que ele está falando. — Ei, podemos parar para tomar um sorvete?

Nós concluímos em sete a viagem de oito horas até a Georgia. Na maior parte do percurso nós permanecemos num tranquilo silêncio. Aborreço-me ao pensar em Leah e na bagunça que deixei para trás em meu apartamento. Começo a roer as unhas, mas Caleb afasta minhas mãos da minha boca. Tento encontrar algo para criticá-lo, algum hábito ruim ou um vício irritante, mas nada me ocorre.

Eu adormeço, e quando acordo noto que estou sozinha no carro. Ergo a cabeça, a fim de olhar pela janela, e constato que estamos em uma parada para descanso. Volto a me aninhar no assento e espero Caleb retornar. Eu o ouço chegar, caminhando a passos rápidos pelo asfalto. Ele movimenta as chaves e a porta com cuidado, o mais silenciosamente possível, para não me acordar. Não dá a partida no carro de imediato, e eu posso sentir que seus olhos se fixam em meu rosto. Eu espero, perguntando-me se Caleb me acordará para perguntar se preciso usar o banheiro. Contudo, ele não faz isso.

Finalmente o motor começa a roncar e eu sinto sua mão mudando a marcha perto de meu joelho.

Nós chegamos ao Quiet Waters Park quando o sol começa a nascer. As árvores estão vestindo suas cores de outono, misturando laranja, vermelho e amarelo. Em meio a fortes solavancos, Caleb dirige no caminho de cascalho rumo à entrada do parque. Sinto que posso ter cometido um erro quando vejo o lugar, que não mudara nada desde a última vez que o havíamos visitado. Considero a possibilidade de sermos reconhecidos por alguém que havia nos visto em nossa última visita, três anos atrás, e descarto a suspeita por achá-la absurda. São mínimas as chances de que os mesmos funcionários que trabalhavam aqui há três anos ainda façam parte da equipe, sem mencionar o fato de que eles viam centenas de rostos todos os anos.

Caleb estaciona o carro.

— Está frio aqui! — Eu rio, pressionando meus joelhos contra o peito.

— Bem-vinda à Georgia — ele comenta, com uma ponta de ironia.

— Não faz mal — eu respondo com malícia. — Não temos cobertores nem roupas, então, talvez tenhamos de usar o calor dos nossos corpos para nos manter aquecidos...

Os olhos dele quase saltam das órbitas. Rindo de sua reação, eu o empurro porta afora.

— Vá! — eu ordeno, apontando para o escritório da administração.

Ele dá alguns poucos passos vacilantes para trás, ainda fingindo surpresa enquanto me olha; então se vira e sai caminhando na direção do pequeno prédio.

Eu me recosto tranquilamente em meu banco, orgulhosa de minha grosseria.

Caleb sai do escritório cerca de dez minutos depois, com uma mulher idosa em seu encalço. Quando ele chega ao carro, ela entrega os pontos e acena para Caleb como se ele fosse uma grande celebridade. Sua papada balançava de um lado para o outro e eu não consegui conter o riso. Ele não perde uma oportunidade de fazer amigos... ou fãs. A amnésia aparentemente não muda por completo uma pessoa.

— Não permitem barracas aqui — ele me informa —, mas eles têm essas estruturas para alugar. Parecem uma tenda, mas são maiores e têm piso de madeira.

Eu já sabia disso. Na primeira vez que ele me tapeou a fim de me trazer para cá, ele me disse que nós ficaríamos em um chalé luxuoso. Eu, então, fiz as malas, excitada, porque sairia da Flórida pela primeira vez em minha vida, e curiosa para saber se o nosso "chalé" teria ou não lareira. Quando chegamos à área de camping, olhei ansiosa de um lado para outro à procura do chalé.

— Onde está? — perguntei, suspendendo o pescoço para espiar entre as árvores. Tudo o que eu via eram tendas do tipo indígena. Talvez os chalés se localizassem em outra área perto dali. Caleb sorriu para mim e estacionou o carro diante dessas tendas. Ele riu bastante quando meu rosto perdeu a cor.

— Pensei que ficaríamos em um chalé! — eu disse, cruzando os braços sobre o peito.

— Acredite em mim, duquesa, esse acampamento é de primeira. Geralmente a própria pessoa tem de montar sua barraca e tudo que fica entre você e o chão é uma lona fina.

Eu bufei. resmunguei e olhei com tristeza para onde ficaríamos. Ele me pregara uma peça! Apesar de meu horror inicial, aquele fim de semana se tornou o melhor de minha vida e essa experiência me deixou viciada em campings "de primeira".

— Vamos comprar alguns agasalhos — Caleb diz, amaldiçoando o clima.

Eu concordo com um aceno de cabeça e olho satisfeita a paisagem pela janela.

Encontramos um supermercado Walmart a poucos quilômetros do camping. Vamos às compras e deixamos Pickles no carro. Caleb passa o braço pela minha cintura quando atravessamos as portas de entrada. As pessoas nos olham como se tivéssemos antenas crescendo em nossas cabeças. Algumas delas estão de calção.

— Está frio como o diabo lá fora — digo a Caleb, e ele sorri como se eu fosse uma tonta.

— Não para eles.

Eu me sinto congelar, embora esteja razoavelmente quente lá fora e me pergunto qual a sensação de se estar na neve. Penso em perguntar a Caleb sobre a neve, mas então me lembro que ele não tem memória disso.

Nós nos dirigimos ao setor de vestuário. Caleb encontra moletons do seu tamanho, com estampa de gatinhos dizendo "A Georgia Me Faz Miar de Alegria".

— Gostei desses — Caleb diz, colocando-os no carrinho.

Olho para ele mortificada e balanço a cabeça.

— Como uma garota pode achar bonito vestir uma coisa assim? — Ele belisca o meu nariz. E eu faço uma careta de desgosto.

Enchemos nosso carrinho com roupas de baixo, agasalhos e meias, e então seguimos para o setor de alimentos.

Quando entramos na fila para pagar, temos conosco comida suficiente para duas semanas. Caleb pega o seu cartão de crédito e se recusa a aceitar o meu dinheiro. No saguão, vestimos os moletons enfiando-os pela cabeça e, então, corremos para o carro com nossas sacolas.

— Café da manhã! — Caleb diz, passando-me um pequeno pacote de amendoins torrados.

Faço uma careta.

— Tenho quase certeza de que vi um McDonald's no caminho para cá. Devolvo-lhe o pacote de amendoins.

— Sem chance. — Ele empurra o pacote de volta para mim. — Vamos fazer isso da maneira certa. Coma os seus amendoins!

— Da maneira certa? — resmungo. — Foi por isso que você comprou um aquecedor elétrico?

Ele olha para mim com o canto do olho e eu vejo um sorriso matreiro se formar em seus lábios. Caleb sempre fazia isso quando eu me irritava com ele.

Nós entramos em nossa garagem de cascalhos temporária por volta das nove horas e começamos a levar nossos suprimentos para a tenda. Organizo as coisas do lado de dentro, retirando as etiquetas de nossos novos sacos de dormir e dispondo-os em lados opostos do pequeno espaço que compartilhamos. Do lado de fora da tenda, vejo Caleb juntando lenha para fazer uma fogueira. Depois de observar por algum tempo seus braços fortes arrastando pedaços de madeira, aproximo os sacos de dormir um do outro, deixando-os lado a lado. Resolvo ficar o mais perto possível dele — enquanto puder.

Quando o fogo se torna forte o suficiente, nós pegamos uma garrafa de cerveja cada um e nos acomodamos em nossas cadeiras de praia com listras coloridas.

— Então, isso lhe parece familiar? — pergunto, acariciando a cabeça de Pickles.

Ele balança a cabeça numa negativa.

— Não. Mas eu me sinto bem aqui. Gosto de ficar aqui com você.

Eu suspiro aliviada.

— O que você pretende fazer quanto ao seu apartamento? — ele pergunta, sem olhar para mim.

— Acho que precisarei começar da estaca zero. Eu realmente não gostaria de falar sobre esse assunto. É deprimente. — Tiro um amendoim de dentro do pacote.

— Nós dois poderíamos começar de novo. — Ele tira a tampa de outra garrafa de cerveja e a leva à boca.

Eu o observo em silêncio, esperando que ele continue.

— Pretendo começar a viver a minha vida do modo como gostaria de vivê-la — ele me diz. — Eu não sei com certeza quem eu era antes do acidente, mas tudo indica que eu levava uma vida infeliz.

Bebo o resto de minha cerveja. E me pergunto se ele era infeliz por minha causa. Seria possível que antes de sofrer o acidente ele ainda estivesse magoado com a minha traição?

Penso de súbito em Leah. Será que ela o espera no apartamento dele? Talvez esteja a minha espera, pronta para me quebrar ao meio como o ovo ruim que eu sou. Talvez eu devesse ter deixado isso acontecer. Eu teria antecipado o inevitável. Eu poderia contar a ele agora mesmo, mas então precisaria viajar de carro em sua companhia de volta para a Flórida. Oito horas de tortura. Seria um bom castigo para mim. Abro a minha boca; a verdade queima os meus lábios, como se implorasse para ser revelada. Se eu contasse tudo a ele, rapidamente, talvez pudesse achar abrigo em algum lugar. Divirto-me com a ideia de ligar para Cammie e pedir que venha ficar comigo. Olho para Caleb no momento em que ele se levanta e se espreguiça.

— Banheiro? — ele diz, coçando o peito.

Aponto para uma pequena construção que lembra uma caixa de ovos no meio do camping. É comunitária e cheira a água sanitária. Observo Caleb até o momento em que ele desaparece lá dentro e vou até o carro pegar o pacote de ração canina que compramos. Ao vasculhar no banco traseiro do veículo, ouço um ruído repetitivo. Paro para escutar. O telefone celular dele está caído no chão, no lado do passageiro. Está vibrando e de onde estou consigo ler o nome "Leah" brilhando na tela.

Olho para fora a fim de me certificar de que Caleb ainda está no banheiro, e apanho o celular do chão.

Dezessete ligações perdidas — e todas de Leah. Uau! Ela está realmente me perseguindo. Lembro-me do meu apartamento arruinado e sinto calafrios. Se Caleb souber que ela ligou tantas vezes, certamente telefonará para ela; jamais a deixaria preocupada, pois tem muita consideração pelas pessoas. Fecho os olhos. Não posso deixar que isso aconteça. Pressiono o botão de desligar e observo a tela escurecer. Depois, enfio o celular em meu bolso.

— Olivia?

O susto quase faz meu coração explodir. Será que ele havia visto o que fiz? Abro a boca para dar alguma desculpa, mas ele se antecipa a mim.

— Vamos fazer uma caminhada — ele diz.

Ah, claro, uma caminhada.

— Uma caminhada?

— Vai deixá-la mais aquecida. — Ele estende a mão, e eu a seguro.

Mais uma vez eu consegui escapar do inevitável. Cerro os dentes enquanto caminhamos. Até quando eu teria tanta sorte? O celular de Caleb é como um bloco de culpa pressionado contra a minha coxa. Rezo para que ele não veja o volume e cuido para que caminhe do lado oposto ao que escondi o telefone.

Mais tarde, quando voltamos para a nossa tenda, digo-lhe que preciso telefonar para a minha chefe.

— Preciso avisá-la de que não poderei ir ao trabalho por alguns dias — explico.

— Claro. Fique à vontade. Eu vou... hã... — ele aponta um dedo para o lado de fora.

— Andar por aí? — Eu rio.

Espero até que ele esteja longe o bastante e saio caminhando na direção do lago. Meus tênis afundam na lama e fazem barulhos revoltantes.

Minha mensagem a Bernie leva apenas um minuto. Eu falo brevemente da invasão a minha casa e prometo telefonar dentro de poucos dias. Depois disso, olho a minha volta. Não vejo Caleb em lugar algum. Tiro o celular dele do bolso e o ligo. Duas mensagens. Aciono o correio de voz e aproximo o telefone do ouvido. Uma voz solicita a senha. *Merda!* Digito a data de nascimento dele, a voz diz que a senha está incorreta. Então, digito o ano de nascimento e... *bingo!*

Primeira mensagem:

— Caleb, aqui é Leah. Escute... nós realmente precisamos conversar. Tenho novidades muito interessantes para você. Novidades sobre a sua nova amiguinha, Olivia. Ela não é quem você pensa. Ligue para mim assim que puder. — Há uma pausa, e a conclusão: — Eu te amo.

A segunda mensagem foi deixada trinta minutos depois da primeira:

— É Leah de novo. Estou começando a ficar preocupada de verdade. Estou em seu apartamento e parece que você saiu daqui com pressa. Querido, onde você está? Eu preciso falar com você! Me ligue.

Faço uma careta e desligo o telefone. Ela tem uma chave do apartamento dele. Por que não desconfiei disso antes? Leah provavelmente bisbilhotava no apartamento enquanto ele estava no hospital, depois do acidente. *A vadiazinha na certa já havia visto o anel!*

Olho para o telefone e considero as minhas alternativas. O aparelho precisa sumir. Nessa situação, o celular passa a ser meu inimigo e preciso dar cabo dele.

Caminho pela ligeira inclinação barrenta e me aproximo da margem do lodoso lago. Observo os mosquitos que pairam ao longo da superfície da água.

— *Bem, Leah...* — Olho para o celular de Caleb. — *Não vai ser dessa vez.* — E o atiro dentro do lago.

— Olivia, você viu o meu celular?

Eu estou debruçada sobre uma lata de feijões, tentando manejar o abridor de latas barato que havíamos comprado. Derrubo tudo no chão, inclusive o abridor.

— *Merda!* — Afasto para o lado a fim de evitar a comida que se espalha pelo chão na direção dos meus dedos.

Caleb pega outra lata de nosso estoque e a abre. Depois, deposita o conteúdo na panela.

— Você pode usar o meu telefone — ofereço. — Está em cima do meu saco de dormir.

Ele avança dois passos na direção em que apontei e se agacha.

— Eu poderia jurar que meu celular estava no carro...

— Talvez você o tenha deixado cair no mercado — sugiro, mantendo-me de costas para ele.

— É, talvez...

Mal o ouso respirar enquanto ele digita o telefone de alguém. Rezo para que não seja o de Leah.

— Mamãe? — eu o ouço dizer e me agarro a Pickles, aliviada. — Não, não, eu estou bem, mãe. Eu apenas decidi fazer uma pequena viagem... Leah? O que ela queria?

Não me ocorreu que Leah fosse telefonar para a casa dos pais dele.

— Sim, mas ela não lhe disse por quê? Bem, eu devo voltar dentro de poucos dias e então falarei com ela... sim, eu tenho certeza, mamãe. Também amo você.

Olho com atenção para o rosto de Caleb. Ele parece preocupado.

— Ei! — digo, tirando o meu celular de sua mão e guardando-o em minha bolsa. — Venha me passar uma cantada enquanto eu esquento esses feijões.

Passamos quatro dias muito aconchegantes em nossa tenda, mesmo com uma queda na temperatura. Comemos miojo e brigamos para decidir quem dorme perto do aquecedor portátil. Quando a escuridão cai lá fora, nós colocamos nossas cadeiras de praia lado a lado e nos cobrimos com mantas para apreciar a fogueira.

Caleb continua me amolando porque não consigo concluir minhas petições da fauldade de direito e eu respondo lembrando que ele não consegue pedir Leah em casamento. No momento em que nos deitamos cada qual em seu saco de dormir, estampamos sorrisos idiotas em nossos rostos. Toda noite Caleb me envolve em um diálogo que faz meus dedos formigarem debaixo de todos os quatro pares de meias que uso.

— Olivia?
— Sim, Caleb?
— Que tal sonhar comigo esta noite?
— Ah, fique quieto!

E então ele ri da maneira maravilhosa e sexy de sempre.

CAPÍTULO 11

PASSADO

— VOCÊ ME AMA?

— Perdão... *O que foi que você disse?*

— Você me ama? É uma pergunta bem simples. Prefere que eu faça a pergunta em outra língua? — Ele rolou o corpo no chão e ficou diante de mim. — M'aimez-vous?

Caleb, que era fluente em francês, e também em italiano, estava se exibindo. A grama debaixo de minhas costas começou a causar coceira, assim como a pergunta dele.

Nós namorávamos fazia exatamente um ano e eu já havia evitado, ignorado e adiado a tarefa de responder a essa pergunta. Era bem difícil utilizar técnicas de despistamento com Caleb Drake a centímetros de meu rosto, fitando-me com seus olhos intensos. Respirei fundo para me tranquilizar e pensei na multidão de crianças famintas da África. Nós estávamos em um camping na Georgia, para o meu constrangimento. Eu estava cansada, suada, e usava a mesma calcinha do dia anterior. Estávamos ali havia vinte e quatro horas e tudo que eu conseguira — além dessa maldita pergunta estúpida — foram cãibras e mosquitos que me devoravam viva.

— Quando voltar para casa, eu vou ajudar uma criança do Quênia — eu disse, coçando o meu joelho. — Através de uma dessas instituições de amparo a crianças, sabe?

Caleb apenas olhou para mim, sem entender nada.

— Eu... Ah, eu amo... sorvete... — comentei, contorcendo-me diante dos olhos dele. — E amo também duchas quentes e roupas limpas.

— Olivia? — ele disse com voz calorosa.

— Caleb? — respondi, imitando seu tom de voz.

Ele balançou a cabeça com desdém e eu desviei o olhar. Muitos diriam que eu insistia em recusar o Paraíso na Terra, mas não era bem assim. Caleb não me dissera "eu amo você" também, embora me fizesse essa pergunta o tempo todo.

— Por que você sempre me pergunta isso? — Suspirei, arrancando um tufo de grama da terra. Comecei a picá-la em pequenos pedaços, jogando-os ao vento.

— Por que você nunca responde?

— Porque é uma pergunta difícil.

— Na verdade, basta dizer "sim" ou "não". Suas chances de acertar aqui são de cinquenta por cento.

Antes fosse tão simples assim... Será que eu o amava a essa altura dos acontecimentos? Quando nossas vidas se cruzaram pela primeira vez, eu já o amava. De qualquer modo, eu não podia dizer-lhe isso, pois não sabia como fazê-lo; sempre que eu tentava, as palavras emperravam em minha garganta.

— Você está me pressionando. — Eu o afastei e me sentei, limpando as mãos em minha roupa.

Caleb se ergueu de um salto, com agilidade, e então olhou para mim. Ele estava agitado.

— Eu nunca a pressionei para que fizesse alguma coisa!

Senti minha face empalidecer. Ele tinha razão. Era uma coisa terrível para se dizer a um jovem de vinte e três anos que jamais se queixava de uma namorada que se recusava a ir além da segunda base.

— Você está tentando me fazer dizer algo que não estou pronta para dizer — retruquei com a voz estrangulada, sem olhar para ele.

— Estou tentando descobrir aonde vamos chegar com isso. Olivia... eu já sei que você me ama.

Olhei para ele, chocada e irritada. Ele sorriu com naturalidade.

— O problema é que você não consegue me dizer isso. Eu amo você.

Meus lábios tremeram. Senti dificuldade para respirar. Ele me amava!

— Você não consegue me dizer isso porque não confia em mim. E se você não confia em mim, eu não posso ficar ao seu lado.

O pânico começou a me invadir. Isso por acaso era alguma ameaça?

Ele continuava de pé diante de mim; então, eu me levantei. Claro que mesmo assim eu ainda o olhava de baixo, pois Caleb era bem mais alto do que eu.

— Eu odeio você! — eu disse, e ele começou a rir.

— Você é briguenta como uma criança. Eu não estou disputando com você.

E ele se afastou caminhando, deixando-me totalmente desconcertada e zonza de excitação com a nova informação que me revelara.

Ele me amava! Eu desabei de costas na grama e sorri para o céu.

Mais tarde, quando me cansei de amargar meu tédio na beira do lago, voltei para a nossa tenda e fiquei depressiva. Caleb ainda não havia voltado de onde quer que estivesse, e eu estava faminta. Eu vasculhava nosso estoque de comida quando ele entrou. Nossos olhos se encontraram, e eu deixei cair o pacote de biscoitos que segurava. Alguma coisa estava errada; a expressão no rosto dele indicava problemas. Será que ele pretendia romper comigo naquele momento? Eu me preparei e engatilhei algumas coisas bem maldosas para dizer a ele.

— Você é mimada!

— Sou uma órfã — observei. — Não havia ninguém para me mimar.

— Eu mimei você. Eu deixei que você sempre ficasse por cima. Eu lhe dei plena liberdade e você tirou vantagem disso.

— Você não é meu *dono* para me *dar* liberdade! — eu disse, fitando-o com raiva. — Não tem nada mais babaca para dizer? — Eu lhe dei as costas para me afastar, mas ele agarrou meu pulso e me puxou.

— Você é minha! — ele disse, apertando-me de encontro ao seu peito e segurando-me firme.

Eu o encarei. Estava totalmente sem ação.

— Não... — Balancei a cabeça, mas já não me lembrava bem de que assunto falávamos.

Meus pulsos eram finos e estavam tão firmemente presos em suas grandes mãos que eu nem perdi tempo tentando puxá-los.

— Você tem que me soltar.

Mas ele apertou com mais força. Nós estávamos tão próximos um do outro que eu podia sentir seu hálito em meu rosto.

— Agora me diga: quem é o seu dono? — ele desafiou.

— Eu! Você não é meu dono, nem você, nem ninguém... jamais! — Eu me senti petulante e tola, mas mesmo assim ergui o nariz e o encarei.

Caleb me fitou com olhos frios e duros. Riu para mim sonoramente.

— Você tem domínio total sobre o seu próprio corpo, não é?

— Isso mesmo! — retruquei.

Eu era como um vulcão prestes a explodir! Caleb ia pagar caro por me constranger assim.

— Então você não terá problemas para controlar isso — ele afirmou, e eu o encarei furiosa... e confusa.

— O quê?

Ele soltou meus pulsos num movimento brusco, como se atirasse algo, mas antes que eu pudesse me mover ele me agarrou pela cintura e pressionou meu corpo contra o dele.

Caleb me beijou, mas não da maneira normal, de sempre; ele moveu sua boca ferozmente sobre a minha. A pressão de seus lábios contra os meus foi tão violenta que eu não poderia retribuir o beijo nem que quisesse.

Pus as mãos em seu peito e tentei empurrá-lo, mas foi um esforço inútil.

Meu corpo começou a responder ao contato dele. Era tão poderoso que tive certeza de que seria dividida ao meio.

Então eu comecei a seguir o ritmo de Caleb, e retribuí os beijos, um por um. Ele afastou a sua boca, interrompendo o que estava fazendo justamente quando eu havia entendido os movimentos; depois, agarrou meu cabelo e puxou minha cabeça para trás, ganhando acesso ao meu pescoço.

Caleb hesitou por um segundo, e eu pensei que tivesse vencido. Em vez de recuar, porém, ele agarrou minha camiseta pelo colarinho, e com apenas um puxão rasgou-a de cima a baixo. Meus braços inertes não seguraram o tecido, que deslizou até o chão. Fiquei completamente pasma, sem conseguir acreditar no que acontecia. Ele então voltou a me segurar, beijando meus ombros, correndo os lábios a seu bel prazer pela minha clavícula. Com um movimento dos dedos dele meu sutiã se soltou, e de súbito, minhas pernas começaram a fraquejar. Caleb me ergueu segurando-me os joelhos e me pôs de costas no chão, deitando sobre mim. A essa altura eu não lhe oferecia nenhuma resistência. Minha mente parou de funcionar — parou de elaborar desculpas. Minha confusão era total, mas pela primeira vez na vida eu não me importava.

— E então, você ainda está no controle? — Ele disse isso com a boca mergulhada em meus cabelos, enquanto suas mãos subiam pela minha coxa. Abraçando-me a ele, colando-me a ele, fiz que sim com a cabeça apoiada em seu pescoço. Sim, com certeza eu estava no controle. Seguir adiante naquele jogo era uma decisão consciente que eu tomava. Eu desejava desesperadamente que ele parasse de falar e continuasse a fazer o que estava fazendo.

— Por que não me interrompe? Faça com que eu pare — ele disse. — Se você tem o controle da situação, então, me detenha!

A mão de Caleb estava agora na junção entre as minhas pernas, detê-lo era a última coisa que passava por minha cabeça. Minha reação foi enterrar as unhas nos braços dele. Caleb agarrou o cós de minha calça de moletom e a arrancou de meu corpo. Tudo estava incerto para mim — exceto o que eu queria que acontecesse.

— Quem é o seu dono? — ele disse.

O quê? Nós já não tínhamos passado por isso?

Abri os olhos e o olhei, e então comecei a entender o que se passava ali. Ele ainda estava completamente vestido, enquanto eu, jogada no chão, estava só de calcinha. Eu havia perdido o controle por completo. Caleb estava brincando comigo.

— Quem é o seu dono? — ele repetiu, mais gentilmente, pousando a palma da mão na região do meu peito em que ficava o meu coração.

Meu namorado tinha razão. Meu coração pertencia a ele — meu coração e cada centímetro do meu corpo. Não era machismo da parte dele. Ele queria me dizer algo. Pensei em me refugiar na mesma resposta de até então, mas o adulto em mim lutava para se manifestar.

— Você! — respondi por fim.

Ele parou de se mover e pude sentir as suas costas se elevarem quando ele respirou. Nós estávamos cara a cara e seus braços permaneciam um de cada lado do meu corpo. Num vigoroso movimento ele saltou, afastando-se de mim e caindo no chão de pé, como um gato.

— Obrigado.

Caleb endireitou seu colarinho, e então foi embora da tenda e me deixou ali — no chão, vestida apenas com uma calcinha e mais nada.

Eu desatei a chorar.

CAPÍTULO 12

Presente

— MAS O QUE SIGNIFICA TODO ESSE FRIO AQUI FORA? — Tiritando, eu esfrego os braços.

É o nosso último dia no camping e uma desagradável sensação de medo insiste em me perseguir.

— Pegue isto — ele diz, entregando-me um copo de isopor com café.

Volto para dentro da tenda a fim de arrumar as malas. Estou dobrando as roupas quando ouço a voz dele.

— Temos que conversar, Olivia.

Desconfiada, giro a cabeça para trás e olho para ele de viés.

Ele está girando o seu anel no dedo — o que é sempre um mau sinal.

Eu suspiro. *Será que descobriu alguma coisa sobre o celular?*, eu me pergunto.

— Claro. — Eu me encontro a um passo do desastre, e sinto que o nosso tempo juntos escoa por entre meus dedos como areia. Lembro-me do tenebroso aviso do estuprador do lado de fora da loja de música: *Vá para casa enquanto pode. Céu vermelho é sinal de problema.*

Vermelho, vermelho, vermelho... como o cabelo de Leah.

Eu o sigo até lá fora, com o café ainda na mão. Ele se apoia no capô de seu carro.

— O que há? — Tento me mostrar indiferente ao me aproximar dele.

— O que está acontecendo aqui, Olivia? O que nós estamos fazendo?

— Acampando? — respondo, mas não sinto a menor vontade de rir com a brincadeira.

O que ele teria para me dizer? O que é seguro?

— Nós estamos... Eu não sei, Caleb. O que você quer me dizer?

Ele balança a cabeça. Parece desapontado. Antes que eu possa abrir a minha boca mentirosa, ele toma a minha frente.

— Você não consegue pensar em nada para dizer? — Caleb pergunta.

Eu balanço a cabeça numa negativa. Por que eu sempre minto? Isso é como uma doença.

— Está bem, Olivia...

Então, em vez de insistir mais para que eu fale, ele faz o inesperado: começa a guardar nossas coisas; roupas, sacos de dormir etc. Tudo é colocado no carro, bagagem após bagagem, e Pickles, por fim, é levada para o veículo. E tudo o que posso fazer é observar, de boca aberta. O que eu deveria dizer?

Eu quero ficar com você. Esses últimos dias foram um verdadeiro sonho. A cada segundo que passo ao seu lado meu amor aumenta mais.

Estou num beco sem saída. Entro com relutância no carro e enfio as minhas mãos frias debaixo dos braços. Caleb ouve música durante todo o caminho, e me ignora. Eu estou tão irritada. Penso nas coisas que posso dizer para provocá-lo, mas tenho muito medo das consequências. O Caleb de antigamente tinha um temperamento explosivo, se este cara havia herdado isso, eu não pretendo descobrir.

As montanhas vão dando lugar à planície à medida que nos aproximamos da Flórida.

Abaixo o volume quando passamos por Tallahassee e giro o corpo na direção de Caleb.

— Ei... diga alguma coisa...

Vi um músculo de sua mandíbula se mover, e mais nada, além disso.

— Por favor, fale comigo! — insisti. Bem, seria mais difícil do que eu esperava. Resolvi empregar uma outra estratégia. — Por que está sendo tão sensível? Eu não disse o que você queria ouvir e isso o deixou aborrecido?

Na mosca. Ele faz uma curva súbita à direita. Ouço Pickles rosnar ao ser lançada de um lado para outro no banco de trás.

Nós estamos no meio de lugar nenhum; diante de nós há apenas árvores e a estrada. Chegamos aos portões do que parece ser um parque. Há apenas três áreas para estacionar, todas vazias. Ele para o carro em uma delas com impaciência. O lugar é realmente assustador. Agitada, olho para Caleb.

— O que nós estamos fazendo? — ele pergunta novamente.

— Eu... — Olho pela janela, desesperada para sair dessa situação.

Ele está tentando me fazer falar sobre meus sentimentos; mas não posso fazer isso, pois estou presa a uma mentira. Mesmo com medo da escuridão, eu tento sair do carro.

— O que estamos fazendo, Olivia? — ele continua, abrindo a porta do motorista.

Antes que eu feche a porta, ele me alcança e me encurrala. Tento empurrá-lo, mas Caleb me pressiona contra a lataria usando o seu corpo e firma uma mão em cada lado de minha cabeça. Estamos cara a cara, e ele está furioso comigo.

— O QUE ESTAMOS FAZENDO? — Caleb pergunta com voz implacável.

Eu me contorço, mas não há escapatória. Deixo as minhas duas mãos no peito dele. Por que ele quer arrancar de mim essa resposta, afinal? Eu poderia jurar que esse é o antigo Caleb, não aquele sujeito afável com quem eu havia lidado até agora.

— Tudo bem, entendi. Só preciso que você me dê um pouco de espaço...

Ele afrouxa um pouco a pressão, afastando-se alguns centímetros, e eu aproveito a oportunidade para escapar por debaixo de seu braço.

Ignoro seus chamados e me concentro em minha fuga, pisando o chão com cuidado. Eu avanço em meio à mais completa escuridão, mas isso me parece melhor do que a alternativa de encará-lo. Preciso pensar por um minuto. Caminho até não conseguir mais ouvir os ruídos da estrada. Estou no meio de um bosque — não, na verdade, é uma plantação de laranjas. Reconheço as flores brancas perfumadas que salpicam as árvores. Elas cheiram como Caleb... Claro! Por que ele tem de estar metido em tudo que envolve a droga da minha vida? Chuto uma árvore.

Ouço passos atrás de mim e resolvo parar. Posso muito bem dizer tudo a ele agora; então, tento relaxar e me preparo para o confronto.

Caleb emerge da escuridão como um lindo fantasma. Quando me vê, ele para de repente. Nossos olhos se encontram e eu cruzo os braços sobre o peito.

— O que estamos fazendo? — repito a pergunta dele. — Eu estou tentando escapar da minha vida solitária e miserável. Eu... — Respiro fundo antes de prosseguir. — Sou uma mentirosa, uma pessoa ruim. Menti para você o tempo todo, eu...

Caleb só precisa de três segundos para me alcançar. Eu me ouço engasgando quando ele me segura contra uma árvore. Ele está a centímetros do meu rosto, abraçando o tronco para me impedir de fugir.

— Pare — ele diz. — Por favor.

Olho para ele e então desvio o olhar. Por que ele tem de tornar tudo tão difícil? Eu só quero contar tudo de uma vez...

— Olhe para mim — ele exige.

E eu obedeço.

— Você está usando desculpas e fazendo joguinhos comigo, Olivia.

— Não! Eu...

— Sim, você ESTÁ! Não negue. O que você fez não me importa. Apenas me diga como você se sente.

Caleb parece tão zangado que me encolho contra a árvore, até sentir uma casca espetar minhas costas. Ele quer uma resposta honesta, mas eu tenho certeza de que é necessário ser realmente honesto para se ter tal resposta. Passo a língua nos lábios e penso... penso. Penso em um milhão de coisas todos os dias, todas o envolvem. Tudo que preciso fazer é deixar que saiam de minha boca.

— Quero que você me beije.

— E o que mais?

Os lábios dele — só o que posso ver são seus lábios, tão cheios e sensuais. Minha respiração rápida me embaraça.

Bastaria que eu me inclinasse um pouco para a frente e nossas bocas se tocariam. Mas eu sei, por anos de experiência, que ele só me dará o que quero depois que eu lhe der o que ele quer.

Minha teimosia entra em ação. Viro a cabeça para o lado. Ele a conduz de volta com um pequeno movimento do dedo.

— Olivia... — ele diz, em tom de advertência.

Os olhos dele atingem minha cabeça como tiros de revólver. Sinto o calor de seu peito com a ponta de meus dedos, e eu sei que seu coração está batendo rápido como o meu.

— Fale, Olivia. Diabos! Abra o jogo, pelo menos dessa vez! — Ele olha para os meus lábios, e espera.

Penso em mentir. Ele está se tornando, de repente, muito direto, e eu não gosto disso. Eu me sentia perfeitamente confortável enquanto fazíamos joguinhos.

— Eu quero que... quero que você... — Busco a melhor palavra e não consigo encontrá-la. — Por que não começa me beijando, e então veremos como me sentirei?

Caleb coloca a língua entre os dentes, num gesto característico. A expressão em seu rosto parece mostrar que ele está considerando meu pedido. Na mesma hora me sinto zonza. Ele pousa um cotovelo na árvore, acima de minha cabeça, e passa o outro braço em torno de minha cintura.

Nós estamos agora face a face, nossas testas se tocam. Minha respiração se acelera e meu peito se agita em antecipação. Eu sou puro clichê, escuto sininhos, vejo fogos de artifício, enquanto experimento o desejo mais arrebatador que jamais havia sentido.

— O que você está esperando? — Agarro a camisa dele com as duas mãos e aperto com força.

Rugas surgem no canto de seus olhos quando ele os estreita e eu sinto vontade de beijá-las. A voz dele soa rouca e vulnerável quando ele fala.

— Se beijar você, eu não vou mais parar.

Fecho os olhos. Tudo bem, é uma ameaça; mas é uma ameaça bem-vinda.

— E eu não vou pedir para parar — sussurro, com os lábios colados aos dele.

No momento em que sinto a boca dele encostar na minha, quero morrer. Ele mordisca meu lábio inferior e então para. Tiro as mãos de seu peito e enlaço o pescoço dele.

— Ei, nada de jogos... como você disse.

Com o rosto colado ao meu, Caleb sorri. Estou na ponta dos pés, com o corpo em total contato com o dele. Um beijo suave... Dois... Outra mordidinha; seus beijos são demais, assim como a sua personalidade. Ele sabe provocar, alternando entre movimentos rápidos e lentos, intensos e suaves. Quando estou quase me acostumando com esse ritmo, sua língua invade a minha boca. Eu chego a engasgar, o que é um tanto embaraçoso. Ele sorri novamente, de um modo tão sexy que eu o beijo com vontade redobrada.

Trocamos mais alguns carinhos e beijos suaves, e então ele cai sobre mim com força total. Nossas bocas se chocam com impacto esmagador, famintas. Sinto suas mãos moverem-se sobre a minha barriga.

Eu o ataco em resposta, porque também sou uma menina má. Beijo-o para compensar todas as vezes que não pude beijá-lo, e pelas vezes que ele beijou Leah em vez de mim. Beijo-o por ter arruinado tudo, por ter perdido a chance de ter isso só para mim todos os dias. Ele para e coloca sua boca num ponto sensível no lado de meu pescoço.

— Olivia! — ele sussurra ao meu ouvido.

Estremeço ao ouvir o tom de sua voz. Quando Caleb usa esse tom de voz baixo, mas sonoro, sei que está falando sério. Ambos estamos com a respiração acelerada.

— Você me ama?

Fico paralisada. Um calafrio atravessa a minha espinha.

Ele agarra meu queixo e me faz fitá-lo.

Eu sei que ele irá embora se eu não responder. Quero tanto ser honesta com ele, dizer-lhe que já o amo há tanto tempo, e por que o amo — mas tudo que consigo é articular um débil "sim" num sussurro.

— Fale, Olivia...

Eu cerro os dentes.

Ele me sacode.

— Diga! Olivia!

— Eu amo você! — grito bem alto.

Caleb me olha como se eu tivesse lhe dado um tapa. Porra, agora eu estou louca de verdade.

Estendo a mão e puxo o botão de sua calça jeans, que voa longe. Ele não esperava por isso.

Caleb nem se move; todo o seu corpo está tenso. Eu o beijo e tento acabar com sua resistência. Meus esforços dão resultado e a chama dele se reacende. Ele interrompe nossos beijos para tirar a camisa e volta para mim tão rapidamente que mal tenho tempo de respirar.

Com alguma hesitação, estendo os braços para tocá-lo. Seus músculos se contraem ao toque de meus dedos. Ele é tão lindo; ombros largos, cintura estreita. Afasto minhas mãos, com medo. Caleb agarra meus pulsos e as leva de volta para a sua pele. Ele é experiente, eu não; isso fica muito claro para nós dois. Ele então me guia, controlando o momento. Puxando minha camisa para cima, ele a retira. Beija meus ombros, abre o meu sutiã. Eu me livro de minha calça.

Ele se afasta um pouco.

E então ele olha para mim. Estou mortificada. É um momento masculino e selvagem, eu nunca havia estado em tal situação. Sinto-me em exposição, como se todo o mundo estivesse me observando. Eu nunca havia deixado que ninguém me visse nua antes.

Depois de me admirar por um longo momento, Caleb me puxa para perto dele.

— Meu Deus, Olivia! — ele sussurra, junto ao meu pescoço.

Recuo um pouco para examinar a sua expressão. Os olhos dele estão diferentes. Não estão mais tranquilos e sorridentes. Eu posso ver urgência e luxúria neles. Eu tenho tanto medo desse momento.

Com um gracioso movimento ele reclina meu corpo para trás, até o chão, e eu sinto a grama fria espetar minhas costas. Sinto o perfume de flor de laranjeira no ar.

Ele se move sem pressa na minha direção. Tira minha calcinha, fascinado. Quando ele me penetra, nós só temos olhos um para o outro; os meus se arregalam com cada centímetro dele. É um sentimento desconhecido para mim. Eu quero gemer. Quero enfiar minhas unhas nas costas dele e enlaçar seu corpo com minhas pernas, mas sou orgulhosa demais para fazer essas coisas. Ele observa meu rosto, encantado. Está esperando por uma reação minha, mas ela está bem oculta em meu íntimo, onde ele não pode ver.

Com cuidado, Caleb começa a executar movimentos de vaivém. Ele suga meu lábio inferior, e então sorri.

— Você é uma garota especial...

Acho esse comentário curioso. Não entendo bem por que ele disse isso, mas não me importo, pois estou me sentindo tão bem!

Ele agarra os meus punhos, colocando-os sobre minha cabeça.

— Tente relaxar as suas pernas.

Pela primeira vez na minha vida eu faço o que me dizem para fazer. E, de repente, as coisas ficam ainda melhores. Aperto meus lábios e viro a cabeça para o lado, para não deixar que ele veja o meu rosto. Ele mordisca o lóbulo da minha orelha, e eu sinto todo o meu corpo se arrepiar.

— Olhe para mim. — Sua voz soa áspera.

Eu olho para Caleb. E ele se move com mais intensidade dentro de mim. Estou tão ofegante! Ele passa a se mover ainda mais rápido... E eu estou respirando como se tivesse corrido uma maratona!

Sinto que vou explodir em êxtase. Pressiono meu rosto contra seu peito, e ouço algo parecido com um gemido, um lamento, vindo de algum lugar. Quando volto a fitá-lo, ele tem uma expressão iluminada no rosto.

— Viu como faço você gemer, Olivia?

Depois disso ele falou as coisas mais obscenas ao meu ouvido. Descobriu minha fraqueza. Eu faço ruídos que me envergonharão até o dia da minha morte!

Sinto-me completa, mas não quero que tudo acabe aqui. Ele tem total e absoluto controle sobre minha mente e meu corpo. Eu não gosto do sentimento de não estar no comando. Quando Caleb inclina a cabeça sobre meu ombro, aproveito a oportunidade para inverter nossas posições e ficar sobre ele. Ele permite que eu conduza os movimentos por algum tempo antes de segurar meus quadris a fim de dar-lhes outro ritmo. Eu me inclino para lhe sussurrar algumas palavras ao ouvido.

— Mais rápido, Caleb... E, não saia de mim...

Seus olhos se fecham e seus dedos se cravam em minhas coxas. Sinto que tive uma modesta vitória, até que ele inverte novamente nossas posições, colocando-me de costas para o chão.

— Não era isso que eu planejava...

Meu orgasmo interrompeu a frase de Caleb.

E eu não fiz barulho nenhum.

NÓS NÃO CONVERSAMOS DURANTE A VIAGEM DE VOLTA para casa.

Caleb me ajuda a limpar a bagunça em meu apartamento. Nós enchemos dez sacos de lixo gigantes com o que resta do que costumava ser a minha vida; recolhemos todo tipo de coisa, desde cacos de pratos e vidros até retalhos de minhas roupas.

Trabalhamos em silêncio, com o rádio tocando baixinho ao fundo. De vez em quando, eu faço uma pausa para pensar nas coisas que aconteceram no laranjal.

Sinto o gosto de lágrimas salgadas em meus lábios quando retiro uma fotografia de Thomas Barbèy de sua moldura quebrada. É apenas uma cópia; ainda assim, é minha, e eu a amava. Antes que eu a descarte de vez, Caleb a resgata de minhas mãos.

— Isso pode ser consertado — ele diz, passando um dedo carinhosamente ao longo de meu queixo.

Quando vejo a antiga estatueta de porcelana de minha avó em cacos pelo chão, eu me tranco no banheiro para chorar. Caleb, percebendo a importância da pastora pintada à mão, joga fora tudo o que resta ao lado do rosto dela, que miraculosamente fica inteiro. Eu a encontro mais tarde, embalada em papel de seda e guardada em uma caixa de itens quase intactos que Caleb acreditou que eu gostaria de manter.

Quando tudo o que havia sido meu na vida está enfiado em sacos de lixo na porta da frente de casa, Caleb me abraça e vai embora. Eu me inclino na janela voltada para o estacionamento e observo enquanto ele caminha até seu carro. Sinto uma solidão tão violenta; de repente, meus pulmões parecem ter se paralisado. Coloco as palmas de minhas mãos nas têmporas e faço pressão. Não posso mais fazer isso. Não posso mais mentir. Ele é tão bom. Não merece que eu o engane assim e merece ouvir a verdade de mim, não de Leah.

Corro para a porta e a abro com força.

— Caleb! Espere!

Ele está quase alcançando o carro, mas, de súbito, para e se volta.

Corro até ele — sem me dar conta de que tudo o que estou vestindo é um velho casaco de futebol — e fico saltitando ao seu redor.

— Por favor, me desculpe por ser uma pessoa tão horrível! — digo, pressionando a face contra o peito dele. — Eu sinto muito mesmo!

— Mas do que você está falando? — Ele segura o meu queixo e ergue meu rosto para que o olhe. — Você é uma boa pessoa.

— Não sou, não! — Balanço a cabeça com vigor de um lado para outro. — Sou terrivelmente perversa.

Caleb sorri para mim, esfregando minhas costas como se eu fosse uma criança. Então, ele se inclina e eu sinto seus lábios em meu pescoço. Ele me beija com doçura, e com intimidade.

— Por que fica dizendo essas coisas sobre si mesma? — Ele sorri de modo ameno. — Eu gosto muito de você, Terrivelmente Perversa.

Ocorre-me de súbito que estou usando pouca roupa no meio da rua. Sinto o calor das mãos de Caleb em minhas costas e enlaçando meus dedos.

— E isso é *tudo* o que importa para mim, Olivia.

— Você mudará de ideia — digo-lhe. — Quando você... perceber quem eu sou.

— Eu já sei quem é você.

Balanço a minha cabeça; meus olhos se enchem das inevitáveis lágrimas.

— Você não sabe de nada.

— Sei de tudo que preciso saber. Não diga mais nada.

Assim sendo, eu fico quieta, com a boca bem fechada, e perco mais uma oportunidade de confessar-lhe a verdade. Subitamente, ele começa a cantarolar e ensaia alguns passos, que eu acompanho nessa singela dança sob o céu. E nos abraçamos pela última vez. Porque Leah contaria tudo a ele e eu permitiria que isso acontecesse. Não passo de uma covarde.

Mais tarde, nessa mesma noite, eu estou de robe, com uma toalha no cabelo, quando ouço uma batida em minha porta.

Tiro a toalha, a jogo de lado e vou abrir a porta, esperando ver Caleb.

— Olá, Olivia.

Leah!

Ela está sorrindo para mim com naturalidade, como se fôssemos velhas amigas.

— Que diabos você quer aqui? — Digo isso mais para mim mesma do que para Leah; de qualquer modo, ela não parece se importar.

Abro caminho para lhe dar passagem.

Leah mexe em seu cabelo, enrolando uma mecha dele em seus dedos muito brancos. Ela caminha um pouco, casualmente, e examina o recinto.

— Você limpou tudo.

Ergo as sobrancelhas, com ar de tédio. Se a mulherzinha busca uma briga, está perdendo tempo; não estou interessada.

— E então? — digo. — O que você quer?

— Bem, estou aqui para fazer um acordo com você. — Ela olha para mim com impaciência, estreitando os olhos em forma de noz.

Ela cheira a perfume caro e roupas novas. Observo quando se empoleira com cuidado no braço do meu sofá, como se fosse boa demais para se sentar nele como se deve.

Leah lembra uma boneca de porcelana numa loja de presentes baratos. Caminho até onde ela está e a encaro.

— Diga o que veio dizer e caia fora — ordenei.

Ela pigarreia, produzindo um ruído patético, e pousa as mãos no colo.

— Tenho certeza de que você sabe, a esta altura, que certos objetos incriminadores estão em meu poder.

— Sem dúvida, já sei que você roubou minhas fotos e cartas — respondo.

— Você é esperta, fez um bom trabalho com Caleb. — Ela tirou da bolsa uma linda caixa de cigarros e pestanejou. — Ele me disse que você era manipuladora quando começamos a namorar. Mas... uau! Você superou as minhas expectativas.

A víbora bate de leve o cigarro na palma da mão e passa o polegar sobre a pedra de seu isqueiro. Eu me lembro de Jim, que fazia a mesma coisa. Mas esse processo já não me fascina mais.

— Você é como uma gripe forte, Olivia... simplesmente nunca vai embora. Mas tenho novidades, querida... Você vai sumir de cena *sim*. Eu e meu noivo vamos nos ver livres da sua presença.

— *Seu* noivo? Eu não teria tanta certeza disso — retruco. — Na verdade, até onde sei, existe um anel na gaveta de meias dele... Mas ele jamais planejou colocá-lo em seu dedo. — Observo, com satisfação, a cor abandonar seu rosto.

— Se não tivesse acontecido um acidente, se você não tivesse aparecido, eu estaria usando esse anel neste exato momento. Sabe por quê? Porque ele *me* escolheu. Caleb dispensou *você* e correu para os *meus* braços. Você não passa de um brinquedinho para ele. Você não significa nada para o Caleb verdadeiro. — Ela está ofegante e seus olhos parecem em chamas, assim como o seu estúpido cabelo.

A irritação começa a tomar conta de mim. Leah não sabe nada sobre Caleb. Eu sou a primeira mulher por quem ele se apaixonou. E também sou a que mais o feriu. Corações partidos, lágrimas e arrependimento me ligam a ele. Deus sabe que isso é muito mais do que ela jamais terá com ele.

— Se você me considera tão insignificante assim, então, por que está aqui?

Leah demora para responder, como se estivesse em busca das palavras certas.

— Estou aqui para lhe oferecer uma saída.

Observo com desconfiança os seus lábios vermelhos quando eles se fecham sobre o cigarro.

— Sou toda ouvidos.

— Se Caleb descobrir que você vem tirando vantagem dele... bem, tenho certeza de que você sabe o que acontecerá. — Ela bate as cinzas do cigarro sobre minha mesa de café riscada. — Se você parar de vê-lo e desaparecer, eu não contarei nada.

— *Você não vai contar nada?* — zombo de sua escolha infantil de palavras e ergo os olhos com impaciência. — Ele saberá o que eu fiz quando sua memória voltar. Que diferença fará para mim se você lhe contar agora ou se ele descobrir mais tarde?

— Está em suas mãos escolher uma saída honrosa. Manter algum resquício de integridade. Pense nisso, querida... Você vai ser humilhada quando ele descobrir a sua pequena mentira. Então, haverá briga, lágrimas e dor. Isso deixará cicatrizes que permanecerão vivas durante muito, muito tempo. Mas não me entenda mal. Eu não dou a mínima para você... Tudo o que quero é proteger Caleb.

— Não sei por que, mas acho difícil de acreditar que você se importa tanto assim com ele — respondo, com frieza.

Leah se levanta, deixa cair a guimba de seu cigarro em meu carpete e pisa sobre ela, esmagando-a.

— Você é uma vadia egoísta, Olivia. Não vamos confundir as coisas aqui. Eu jamais faria o que você fez. Jamais!

A verdade em suas palavras me atinge. Nem mesmo uma mulher patética como Leah teria feito a pessoa amada de idiota. As palavras dela me deixam tão chocada que dou um passo ameaçador em sua direção.

— Quando o conheci, ele ainda estava lidando com a mágoa que você lhe causou! — Ela aponta um dedo acusador para mim. — Levei um ano para fazer Caleb perceber que você não valia a pena. Um *ano*! — ela diz, enfaticamente. — Você não passa de uma perdedora e não vou deixar que se aproxime dele outra vez. Será que fui clara o bastante?

Sim, sem dúvida. Se eu tivesse lutado por Caleb como ela havia feito, talvez ainda estivéssemos juntos.

Suspiro resignada. Se eu recusasse a proposta dela, ela iria imediatamente até Caleb e levaria suas provas. Claro, eu poderia alegar que meu apartamento foi destruído e que fui roubada; mas o meu crime foi mais grave que o dela. Minha desvantagem nesse caso é óbvia. Meus atos podem ser comparados a uma diarreia, enquanto os dela podem ser vistos como um caso de indigestão. E quanto a Caleb? Sem dúvida ele tiraria Leah de sua vida se tomasse conhecimento do que ela fez. Mas isso o deixaria magoado e sozinho. Eu não passaria de um monstro se o fizesse sofrer — de novo! E para quê? Apenas para dar o troco a Leah? Se eu desaparecesse, ele ia acabar me esquecendo. Já havia me esquecido uma vez.

Eu resolvo concordar.

— Ok, trato feito. Dê o fora daqui.

Caminho até a minha porta e a abro, sem olhar para ela. Eu a quero longe. Fora da minha casa, fora da minha vida. Não existe pessoa que eu odeie mais, além de mim mesma. Leah anda até a porta, mas para por um momento e olha para mim diretamente, olho no olho. De piranha para piranha.

— Eu sempre venço. — Ela joga um envelope aos meus pés e vai embora.

Eu bato a porta, e em seguida a chuto. Marcho pelo apartamento, gritando todo tipo de palavrão que me vem à cabeça. Não há saída, tenho de esquecer tudo. Sinto que meu coração pode explodir de dor a qualquer instante. Escorrego pela parede até cair no chão e encosto os joelhos em meu peito. Tenho de sair daqui, ir embora desse lugar tão saturado de Caleb. *É isso!*, decido. Vou partir para nunca mais voltar.

CAPÍTULO 13

PASSADO

FUI APRESENTADA À VÍBORA QUE CALEB CHAMAVA DE "mamãe" no primeiro dia do mês de setembro, dois meses depois de comemorarmos um ano de namoro. Às quatro horas da tarde, paramos o carro na casa em estilo colonial de dois andares. Comecei a ficar tensa. Caleb estacionou perto de uma grande fonte que jorrava água rudemente na minha direção. Eu desviei o olhar, sentindo-me quase humilhada.

— É só uma estátua, duquesa — ele disse, rindo de minha reação.
— Ela não morde. Sei disso porque já mergulhei nela bêbado muitas vezes.

Respondi forçando um sorriso bobo e evitei olhar para a fonte enquanto entrava na casa.

Caleb me segurou com firmeza pelo cotovelo quando nos aproximamos da porta. Tive a nítida sensação de que ele pensou que eu fosse fugir correndo. E acertou.

Quando a porta se abriu, tive um vislumbre do que a mãe de Caleb pensava a respeito de me conhecer. Ela foi apanhada de surpresa, desprevenida; talvez tenhamos chegado um pouco mais cedo do que ela esperava. A mulher encarava o marido com uma expressão raivosa, como se tivessem acabado de discutir. Vi quando ele a fitou com desaprovação, e eu soube — tive o pressentimento de que brigaram por minha causa. Mas, em segundos, a atmosfera ruim se dissipou e ambos sorriram para nós, recebendo-me em sua casa. Fiquei de lado esperando enquanto Caleb abraçava sua mãe e beijava-lhe o rosto. Ela ficou me avaliando até quando acariciava o cabelo do filho e dizia em voz alta quão lindo ele era. Eu consegui perceber sua antipatia pelo modo como ela corria os olhos por meu cabelo e por meu rosto, enquanto esperava polidamente que seu amado filho nos apresentasse. Por fim, Caleb deu um tapa nas costas de seu padrasto e se voltou na minha direção.

— Esta é Olivia — ouvi Caleb dizer.

Eu sorri timidamente, saindo de detrás das costas largas dele.

A Querida Mamãe me olhou como se eu fosse uma carcaça podre e deu um passo à frente para me cumprimentar. Fiquei nervosa ao notar a antipatia imediata dela. Queria que ela me aprovasse. Queria isso tanto quanto queria Caleb.

— Caleb, você encontrou a garota mais bonita da Flórida — disse o seu padrasto, piscando para mim.

Eu me acalmei.

— É tão bom ver você, meu filho!

Vi Caleb olhar para mim e para a sua mãe e tive uma péssima sensação. Ele sabia. Olhei envergonhada para os meus sapatos baratos. Eu os havia comprado especialmente para essa ocasião. Desejei ser mais hábil em esconder as coisas dele. Desejei ter comprado um par de calçados mais caro.

— A refeição está quase pronta. Vamos para a sala de jantar? — Ela indicou que a seguíssemos com um leve movimento do pulso.

A caminhada até o outro cômodo foi torturante. Eu me senti como uma sem-teto seguindo no fim da fila. Mãe e filho andavam alegres na minha frente, com os braços entrelaçados, e ela ria de tudo o que o ele dizia. O padrasto de Caleb havia desaparecido logo depois que o jantar foi anunciado, para reaparecer quando já estávamos sentados à mesa. Eu me perguntei com tristeza se alguém daria por minha falta se eu sumisse dali.

Fiquei rígida sentada em minha cadeira enquanto o padrasto me fazia perguntas educadas sobre meus estudos e a mãe me examinava como se eu fosse um peru do Dia de Ação de Graças. Luca, como todos a chamavam, tinha cerca de um metro e sessenta, longos cabelos loiros e olhos azuis brilhantes. Ela parecia ser a irmã mais velha de Caleb, não sua mãe;

e eu suspeitava que isso era obra de alguma equipe de cirurgiões plásticos. Luca era uma linda, refinada e obstinada mulher. E ela acreditava que eu não era boa o suficiente para seu filho — disso eu tinha certeza.

— O que os seus pais fazem, Olivia? — ela me perguntou, levando um pedaço de carneiro à boca com delicadeza.

Eu nunca havia comido carneiro e estava tentando misturar pasta de menta a um pedaço da carne.

— Meus pais estão ambos mortos — respondi.

Em seguida veio a pergunta que eu sempre temia ter de responder:

— Oh, sinto muito que você tenha passado por isso. Posso perguntar como foi que eles faleceram?

Olhei para as pérolas dela, para o seu terninho creme, e tive vontade de responder "não, você não pode!" no mesmo tom arrogante que ela usava comigo.

Em vez de fazer isso, porém, eu me controlei. Por Caleb.

— Meu pai cometeu suicídio quando eu tinha treze anos e minha mãe morreu de câncer no pâncreas em meu último ano na escola secundária. Quando eles eram vivos, minha mãe era professora primária e meu pai simplesmente pulava de um emprego para outro.

A mãe de Caleb parecia tranquila, mas eu notei uma certa tensão em sua mão quando apanhou a taça de vinho. Eu não passava de ralé para ela, uma típica representante da alta sociedade. Luca ficaria desesperada se por acaso eu me tornasse sua nora.

— Como você lidou com a situação, Olivia? — ela indagou. Parecia sincera dessa vez, até mesmo carinhosa; e eu vi o que Caleb via: uma boa mãe.

— Você ficaria surpresa se soubesse o que algumas pessoas são capazes de fazer quando não têm escolha.

Caleb apertou minha mão sob a mesa.

— Deve ter sido difícil demais para você — ela disse.

— Sim, foi. — Fiz um grande esforço para não começar a chorar. Ela acenou com um pouquinho de mel e eu caí na conversa dela como uma abelhinha boba, agora ela havia conseguido me desarmar.

— Caleb, meu amor — ela disse no mesmo tom açucarado que usara comigo. — Você já tomou alguma decisão a respeito de Londres?

Londres? Olhei para o rosto dele. Seus olhos pareceram se escurecer.

— Não. Nós já discutimos isso.

— Bem, bem... Eu me apressaria se fosse você, porque uma oportunidade dessas não vai esperá-lo para sempre. A não ser que exista uma razão que o detenha. — Ela olhou diretamente para mim.

— Londres? — eu disse em voz baixa.

— Não é nada, Olivia. — Ele sorriu constrangido, e eu soube que aquilo estava longe de ser "nada".

— Caleb recebeu uma oferta de emprego em Londres — disse Luca, enlaçando as mãos sob o queixo. — Oferta de uma empresa de grande prestígio. Além do mais, claro, ele ainda considera Londres sua casa, já que tem muitos amigos lá, bem como o resto da família. Nós o estamos incentivando muito para que ele aceite.

Fiquei perplexa. Senti-me como se alguém tivesse despejado um balde de água fria em minha cabeça.

— Eu não quero ir! — Ele olhou para mim nesse momento. Apenas para mim. Fitei-o com atenção, tentando descobrir se ele estava sendo sincero. — Se você já estivesse formada, talvez pudesse ir comigo. Seria uma possibilidade. Mas já que você está aqui, então é aqui que quero ficar.

Que coisa. Ele havia acabado de contrariar a mãe na minha frente e mostrara que eu era a prioridade número um. Se existisse um altar para Caleb, eu rezaria nele com toda a satisfação.

— Filho, você *não pode* estar falando sério! — A face da mãe dele se contorceu quando sua educação esmerada entrou em conflito com sua indignação. — Você mal a conhece. Eu não imaginava que você chegaria ao ponto de tomar uma decisão com base em uma aventura amorosa.

— Já basta — Caleb disse, sem perder a calma, mas visivelmente desconcertado. Jogou o guardanapo em seu prato e empurrou sua cadeira para trás. — Acha mesmo que se Olivia fosse apenas uma aventura passageira eu a teria trazido a esta casa para conhecer você?

— Bem, com certeza esta não é a primeira garota que você traz para casa. Seu relacionamento com Jessica foi bem sério e...

— Luca! — disse em tom de advertência o padrasto de Caleb, que até agora apenas havia observado em silêncio toda a conversa. — Isso não é de nossa conta.

— Tudo o que envolve meu filho é da minha conta — ela retrucou de imediato. — Eu me recuso a vê-lo jogar sua vida no lixo por causa de uma aventureira...

— Vamos embora, Olivia. — Caleb agarrou minha mão e me puxou para fora da mesa.

Eu estava com a boca cheia de batata recheada. Engoli tudo de uma vez e olhei para meu namorado, confusa. Ele iria mesmo abandonar a mesa no meio do jantar, por *minha* causa? Será que eu devia fazer alguma coisa?

— Eu nunca fui ríspido com você antes, e não é hoje que vou começar — ele disse para sua mãe com calma, embora seus ombros rígidos e a firmeza com que segurava minha mão me mostrassem que sua tranquilidade era apenas aparente. A raiva fervilhava dentro de Caleb como lava e quando sobreveio a erupção não houve escapatória. — Se você não aceita Olivia, então não me aceita também. — E ele me levou para fora da sala tão rapidamente que eu mal pude entender o que estava acontecendo.

— Caleb? — eu disse quando estávamos na garagem.

Ele parou de andar de repente, e quase me fez cair, pois ainda segurava a minha mão. Antes que eu dissesse algo, ele me fez girar como se estivéssemos dançando e me puxou de encontro ao seu peito.

— Eu peço desculpas, duquesa — Caleb disse, beijando-me suavemente. Colocou ambas as mãos em meu rosto e seus olhos me fitaram com tanta intensidade que eu quis chorar.

— Desculpas por quê? — sussurrei, apoiando-me na ponta dos pés para beijá-lo novamente.

— Por isso. — Indicou a casa com um movimento de cabeça. — Eu até esperava que ela dificultasse as coisas para você, mas não a esse ponto! O comportamento dela foi imperdoável. Estou tão envergonhado que nem sei o que dizer.

— Você não precisa dizer nada. Ela é sua mãe, só deseja o melhor para você. Acho até que se estivesse no lugar dela eu também desconfiaria de mim.

— Você é minha família agora — ele disse com seriedade —, e se eles não quiserem aceitá-la, por mim, podem ir para o inferno!

Ele me deu um abraço forte e me levou para o carro. Eu o segui calada e trêmula. Ninguém jamais havia feito nada tão significativo para mostrar que me amava. Caleb amava sua família mais do que tudo no mundo, mas mesmo assim escolhera ficar do meu lado e desafiá-los.

Durante o percurso de volta para casa, tentei avaliar melhor as coisas.

Quando chegamos aos alojamentos, ele desceu do carro e foi abrir a porta do passageiro para mim. Caminhamos na direção do meu prédio, sem dizer uma palavra um ao outro; de repente, Caleb parou.

— Que tal dançar comigo? — ele disse, oferecendo-me a mão.

Minha primeira reação foi olhar a nossa volta para ver se nos observavam.

— Não, não faça isso — ele disse. — Não se preocupe. Apenas dessa vez.

Dei um passo vacilante na direção dele. Será que eu conseguiria fazer algo assim?

A mão dele estava quente, e encobriu a minha. Ele colocou a outra mão em minhas costas, próxima da cintura, e me puxou de encontro ao seu corpo. Eu podia ouvir vozes. Havia pessoas ao nosso redor, aproximando-se para nos ver. Respirei fundo e fechei os olhos.

— Coragem! — Caleb sorriu para mim. — Abra os olhos!

Eu abri. Seus pés começaram a se mover, e eu automaticamente o acompanhei. Ele era um bom dançarino.

— Mas não há música... — Pelo canto dos olhos, eu tentava ver quem nos observava.

Caleb começou a cantarolar. Fechei os olhos de novo, mas dessa vez de puro prazer. A voz dele ia baixando.

— Foi dançando que nos conhecemos pra valer, não foi? — ele disse, acariciando meu pescoço com o nariz. — Foi assim que todo o problema começou...

Ele estava brincando, mas para mim essas palavras soavam bem verdadeiras.

— Por que você fez aquilo? — perguntei, com os olhos ainda fechados. — Não devia ter feito.

— Porque eu te amo. Minha mãe vai reconsiderar, acredite. Eu a conheço.

— Você é um cara bom, Caleb Drake.

— Tenho que estar a sua altura, não é? Tento ser tão bom quanto você.

Eu hesitei. Isso não era verdade. Ele não podia se comparar a uma pessoa pérfida como eu.

— Sua mãe é tão linda — eu disse com a boca colada ao ombro dele.

Caleb riu e agarrou meu cabelo, puxando minha cabeça para trás e olhando-me bem nos olhos.

— Você vai acabar me destruindo, sabia disso?

Eu sabia.

Depois que nos despedimos, com um beijo de boa-noite, eu me arrastei de volta para o meu dormitório e desabei sobre o pufe de Cammie.

Tudo era bom demais para ser verdade. E nada que fosse bom durava para sempre. Nosso tempo estava se esgotando. Eu podia sentir isso. Não demoraria até que ele descobrisse quem eu era realmente e não quisesse mais nada comigo. Ele era luz e eu era escuridão.

— Olivia, o que há de errado? — Cammie perguntou, saindo do banheiro em uma nuvem de vapor.

— Eu vou perdê-lo, Cam — disse, escondendo o rosto com as mãos.

— Oh, não, não mesmo! — ela respondeu, e logo veio se ajoelhar ao meu lado. — Ele a ama muito. Todo mundo pode ver isso.

— Que se dane o amor! — eu disse, mais para mim mesma do que para minha colega de quarto. — O amor às vezes não sobrevive às coisas ruins.

— Que coisas ruins? Ei, você não está sendo dramática agora? — Ela puxou outro pufe e se sentou diante de mim. — O que você andou fazendo?

— Cammie... — comecei, olhando para a minha amiga com horror. — Coisas ruins, mas muito ruins mesmo! E o pior é que não sei se vou parar algum dia.

Ela olhou para mim com simpatia.

— Você não é essa pessoa ruim que pensa ser. Seja lá o que você tenha feito, Caleb não deixará de amá-la. Precisa deixar que ele a ame, Olivia. E o mais importante: tem que amá-lo também.

Seis meses mais tarde, eu saí do alojamento para ir morar em meu próprio apartamento. Faltava ainda um semestre para o término da faculdade e eu estava ansiosa para concluir essa etapa de minha vida. Quando me formei, Caleb e eu começamos a conversar sobre morarmos juntos em nosso próprio apartamento. Ele passara os últimos seis meses trabalhando para o seu padrasto e eu o via cada vez menos.

Nós decidimos fazer uma pequena viagem juntos. Ir para algum lugar que não ficasse longe, onde pudéssemos nos deitar ao sol e ficar sem fazer absolutamente nada. Resolvemos ir para Daytona Beach e combinamos que ele me apanharia depois de seu trabalho. Depois de minha última aula, eu estava pronta e com as malas feitas. Minha mochila estava aos meus pés e minhas mãos se entrelaçavam nervosamente em meu colo. Eu queria que o fim de semana fosse perfeito. Eu havia visitado uma loja da Victoria's Secret pela primeira vez e escolhido algumas coisas que achava que agradariam Caleb. Aquela noite seria a grande noite. Nós estávamos juntos fazia um ano e meio. Cammie quase chorou de alegria quando eu lhe contei.

— Até que enfim, sua grande bundona! — ela disse, entregando-me uma enorme embalagem de preservativos. — Você sabe como as coisas rolam? Porque posso lhe dar algumas dicas básicas.

— Se eu quisesse os conselhos de uma piranha, eu procuraria uma profissional em vez de perder tempo com uma amadora — respondi, pegando a embalagem das mãos dela enquanto ela caía na gargalhada.

Caleb, porém, não apareceu. Tentei ligar para o seu celular, mas as ligações caíam sempre no correio de voz. Ele jamais se atrasava; chegava pelo menos dez minutos antes da hora marcada a todo lugar que fosse. Tentei não pensar na possibilidade de ter acontecido um acidente. No fim das contas, porém, a preocupação falou mais alto. Telefonei para o hospital, mas me informaram que nenhuma pessoa com a descrição de Caleb dera entrada naquela noite. Pensei em ligar para os pais dele, mas perdi a coragem quando me lembrei de nosso último encontro.

Só me restava mais uma alternativa. Ele ainda estava no trabalho e havia perdido a noção do tempo. Isso vinha acontecendo ultimamente, de qualquer modo; o trabalho de Caleb exigia tanto que ele às vezes se esquecia de algum encontro que havíamos marcado. Ele até mesmo se esqueceu do nosso aniversário de um ano e meio de namoro. Eu não estava brava. Eu entendia isso. Eu só ia passar no escritório dele para lembrá-lo do compromisso. Sim. Apanhei as chaves e desci a escada correndo.

O prédio comercial que abrigava a Fossy Financial localizava-se na rica região de Fort Lauderdale, a duas quadras da Bonjour Bakery, onde Sylvester Stallone comprava seus croissants a sete dólares cada.

O edifício que sediava a Fossy também sediava empresas que ofereciam vários serviços que apenas os mais ricos podiam bancar; portanto, havia um sistema de segurança, é claro. Um guarda me examinou com olhos inchados, como se tivesse bebido na noite anterior, e resmungou.

— O prédio estará fechado essa noite — ele me informou com irritação na voz.

— Por que as portas estão abertas, então? — respondi com insolência, vendo algumas poucas pessoas se aglomerarem no saguão.

Todas trajavam lindos vestidos de seda e smokings feitos sob medida. Não havia a menor dúvida de que frequentavam o topo da pirâmide.

— Há uma festa no quinto andar. Uma *festa privada* — o guarda enfatizou. — As portas estão fechadas para todos os clientes.

O quinto andar era o de Caleb. Quando me dei conta disso, senti uma pontada no estômago. Ele nunca mencionou que haveria uma festa ali. Tudo bem, eu sabia que Caleb teria uma semana de trabalho movimentada... mas quem se esqueceria de uma coisa dessas?

— Bem, eu vim para a festa da Fossy — disse, do jeito mais arrogante possível.

— É mesmo? Não parece. — Ele olhou com reprovação para meu jeans e minha camiseta.

— Meu nome está na lista, amigo — eu disse sem pensar. Nem mesmo sabia se existia uma lista. — Ava Lillibet. Pode conferir, por favor?

Ava era colega de Caleb. Ele havia comentado sobre o horrível hálito de alho dela e sobre seus implantes de seio do tamanho de melões. Pelo sim, pelo não, eu estufei o peito. Meu palpite sobre a lista estava certo e alguns segundos depois o guarda com os olhos inchados localizou meu nome falso no papel diante dele.

— Tudo certo, senhora Lillibet. Pode entrar.

Não olhei para o homem quando passei para dentro do prédio e fui direto para os elevadores. Por sorte, a verdadeira senhora Hálito de Alho não apareceu tão cedo na festa e meu disfarce se manteve. Subir de elevador foi um processo torturante. Quando ouvi a campainha, saltei e quase tropecei em meus próprios pés. Então, a surpresa: não havia sinal de mesas, nem de máquinas de fax, nem de funcionários com cara de paisagem. O aspecto sério e sóbrio do andar inteiro havia sido apagado, substituído por mesas de jantar elegantemente postas com velas decorativas e taças de cristal polido. Todas as venezianas do escritório estavam abertas para que os convidados desfrutassem da impressionante vista do canal de Fort Lauderdale.

Pessoas lindas conversavam em meio a bandejas de caviar que viajavam pelo recinto, levadas por garçons que usavam luvas brancas. Eu me encostei à parede mais próxima e comecei a examinar o lugar, na tentativa de localizar Caleb. Porém, nem sinal dele. Não com o frívolo grupo de secretárias que sempre me fazia esperar por um longo tempo quando eu telefonava, e não com o seu padrasto, que nesse momento sorria para um grupo de investidores. Uma onda de ansiedade tomou conta de mim. E se ele já estiver me esperando no apartamento agora mesmo, enquanto eu estou aqui, espionando o seu escritório como uma paranoica?

A coisa mais sensata a fazer era ir logo embora, antes de fazer papel de idiota ainda mais. Deslizei rapidamente na direção do aviso de saída, esperando encontrar as escadas. Eu teria de passar por um corredor que parecia ser de escritórios; mas era pouco provável que estivessem ocupados, já que havia uma festa bombando. Então, passei correndo pelo lugar. Quando estava quase no fim do corredor, talvez a uns três passos das escadas, eu ouvi a voz dele. Achei estranho ter ouvido a voz de Caleb em meio à música de Chopin e aos ruídos de tantas conversações.

Parei e ergui a cabeça, não porque o ouvi falar, mas sim pela maneira como ele falava — intensa e intimamente. Inclinei-me na direção da porta fechada do escritório *dele* e escutei uma risada rouca de mulher. Meu coração começou a se acelerar.

— O que você gostaria de descobrir? — A voz dela não deixava dúvidas: era de flerte.

Ninguém se engana a respeito disso, nem mesmo ouvindo através de uma grossa porta almofadada.

Descobrir o quê? Segurei a respiração e pressionei meu ouvido contra a porta. Será que eu queria mesmo saber? "É melhor manter certas coisas dentro da geladeira", minha mãe costumava dizer.

Cheguei mais perto ainda, até que meu rosto ficasse achatado contra o estofamento. A conversa havia cessado. O que quer que estivesse acontecendo do outro lado, estava acontecendo em silêncio. Dei um passo para trás. Essa era a minha deixa — a namorada doida entra em cena.

Eu não vou gritar, disse a mim mesma. Vou resolver a situação com classe e decência. Agarrei a maçaneta, girei-a e empurrei. A porta se deslocou para o lado como uma cortina, revelando uma cena que ficaria em minha memória para sempre. E mudaria tudo, arruinaria tudo, deixaria tudo em pedaços.

CAPÍTULO 14

Presente

EU ESTOU PARTINDO. LEAH PODE TÊ-LO, MAS EU NÃO quero estar por perto para assistir a isso. Não tenho muita coisa para levar: só alguns poucos livros e um álbum de fotos que pertenceu a minha mãe. Tudo o mais foi destruído. Coloco minhas coisas no carro, junto com Pickles. Deixo minha caixa de lembranças em cima da mesa de café vandalizada, junto com o envelope de fotografias que Leah roubou. Ela também havia deixado cinco notas de cem dólares... que eu abandonei junto com o resto. Se vou mesmo fazer isso, então, tenho de fazer *direito*. Chega de aceitar esmolas que transformavam meu coração em um mero pedaço de carne.

Antes de sair pela porta da frente para sempre, seguro a moeda da máquina na palma de minha mão, com a face voltada para cima. Maldita moeda. Maldito Caleb. Fecho os dedos e aperto o mais forte que posso, até que meu punho fique branco e eu tenha certeza de que ficaram gravadas em minha pele as palavras "Vale um beijo. Em qualquer lugar, a qualquer hora." Depois, abro a mão e a deixo cair sobre o carpete. Passo um bilhete de adeus por debaixo da porta de Rosebud, no qual eu minto sobre um emprego na Califórnia, e prometo escrever-lhe assim que estiver estabelecida. Entrego minhas chaves na imobiliária, entro no carro e piso no acelerador. Sinto como se um peso fosse tirado de minhas costas quando me afasto da cidade e me sinto livre quando entro na Georgia. Mas meu alívio total só acontece quando Cammie me recebe de braços abertos.

— Bem-vinda ao Texas, amiga querida! — Ela sorriu, beijando-me no rosto. — Pronta para começar a sua nova vida?

PASSADO

SOBRE O PARA-BRISA TODO QUEBRADO ACUMULAVAM-SE flocos de neve rodopiantes que cobriam de branco a teia de aranha de vidro tingida de vermelho. Curvados nos bancos dianteiros, dois ocupantes do carro sangravam. Nenhum dos dois estava consciente e o motorista estava ensopado com o próprio sangue. Nenhuma ambulância havia sido chamada, mas o carro ainda podia ser identificado sob a tempestade de neve. O passageiro despertou, gemendo e segurando com força a própria cabeça. Quando ele olhou para suas mãos, havia sangue nelas.

Ele olhou de um lado para o outro dentro do carro às escuras e se perguntou onde estava e quem era o homem que sangrava inconsciente ao seu lado. Sentia-se estranho, como se todos os seus órgãos estivessem deformados dentro de seu corpo. Apalpando a porta, agarrou com força a tranca, mas ela não se moveu. Então o homem percebeu o óbvio, algo que sua mente turvada não registrara a princípio: esmagado, o veículo estava reduzido à metade de seu tamanho original. Ele soltou seu cinto de segurança e tateou os bolsos à procura de um celular; quando encontrou, digitou 911. Uma operadora atendeu, e ele falou, sem reconhecer a própria voz.

— Sofremos um acidente... Eu não sei onde estou. *Também não sei quem sou eu*, ele quis acrescentar, mas não o fez.

Depois de colocar o telefone num lugar ao seu alcance, pôs as mãos na cabeça. Um carro da polícia logo seria enviado. Ele esperou, trêmulo

— não sabia ao certo se tremia por causa do choque ou do frio. Tentou não olhar para o corpo ao lado dele. Seria um amigo? Seu pai? Seu irmão?

Ele soube que a ajuda havia chegado quando viu, pelo canto do olho, o reflexo de luzes giratórias dançando nas janelas. Vozes soaram, portas bateram. Logo havia pessoas alcançando-o e puxando-o para fora do carro.

— Temos que usar as ferramentas hidráulicas — ele ouviu um bombeiro dizer.

Uma pessoa apontava um feixe de luz direto em seus olhos; outra o envolvia em um agasalho de lã. Colocaram-no em uma maca quando a neve caiu em seu rosto. Uma voz que soava ao longe perguntou-lhe qual era o seu nome. Ele considerou a possibilidade de inventar um. Josh era um bom nome; ele poderia ter dito Josh, mas não fez isso. Quis saber se o homem ao lado dele estava vivo. Ouviu as sirenes de outra ambulância e o som de rodas derrapando no cascalho, e então foi levado. Deitado na maca, ele fez um grande esforço para tentar se lembrar... e conseguiu. Coisas boas e ruins voltaram a se infiltrar em seu cérebro, como água quente correndo sobre um bloco de gelo quebrado. Ele se irritou ao lembrar-se de coisas que preferia ter esquecido.

Um socorrista perguntou-lhe se ele estava bem. Ele indicou que sim com um aceno, embora, dentro dele, onde os ferimentos não podiam ser medicados e costurados, as coisas não estivessem nada bem. Ele esfregou a cabeça, pressionando as têmporas com as articulações dos dedos. Como seria fácil se sua mente tivesse sido simplesmente apagada! Nenhum vestígio de felicidade nem de tristeza, tudo seria um grande recomeço.

A ambulância parou suavemente e as portas do veículo foram abertas por mãos enluvadas. Ele foi examinado, teve as roupas rasgadas e recebeu injeções na sala de emergência, até que se viu em uma sala completamente branca. E ficou em silêncio, esperando.

Um médico entrou onde ele esperava por seus resultados. Tratava-se de um indiano com ar bondoso. No dedo anelar, usava uma aliança com três rubis incrustados em ouro. Seu nome estava na etiqueta de identificação: dr. Sunji Puni. Imaginou se o dr. Puni era feliz e se aquelas três pedras vermelhas representavam seus filhos. Quis perguntar isso ao médico, porém, mais uma vez, não disse nada.

— Você sofreu uma séria concussão — explicou o médico com seu sotaque acentuado. — Quero submetê-lo a mais alguns testes para ter certeza de que o seu cérebro não sofreu danos extensos. Os socorristas me informaram que você não soube dizer ao certo quem você é.

O paciente não disse nada, embora olhasse para o teto branco e liso como se fosse uma grande obra de arte.

— Pode me dizer qual é o seu nome?

Mas ele continuou calado, e seus olhos se moviam para a frente e para trás, para frente e para trás...

— Senhor? O senhor sabe quem é? — Agora havia preocupação na voz do médico.

Eu sei, eu sei!, gritava a sua mente. O paciente virou a cabeça e olhou bem nos olhos do dr. Puni.

E então ele tomou sua decisão. O que estava prestes a fazer lhe traria muitos problemas, mas isso não tinha importância. *Ela* era tudo o que importava.

— Não — Caleb Drake respondeu. — Eu não me lembro de absolutamente nada.

UM ANO SE PASSA...

DOIS ANOS SE PASSAM...

TRÊS ANOS...

QUATRO...

CAPÍTULO 15

Presente

QUATRO ANOS SE PASSAM. COM RELATIVA TRANQUILIDADE.
Eu estou diferente. Bastante diferente do que costumava ser.

Meu passado ficou para trás. Caramba, eu às vezes nem acredito em tudo o que aconteceu comigo. Minha realidade é que eu fiz pós-graduação em direito e consegui um emprego como advogada em uma grande empresa texana...

Quando concluí a pós, usei o restante do dinheiro do seguro de minha mãe e comprei uma casa com Cammie. Conseguir o emprego também foi ótimo, porque minha conta bancária estava quase a zero.

Nós bebemos bastante, comemos fora muitas vezes, e passamos todo o nosso tempo livre na academia, queimando as calorias ganhas com o álcool e com comida de restaurante. Cammie está trabalhando com decoração; trata-se de uma carreira praticamente extinta nos dias de hoje, mas, de algum modo, ela conseguiu um emprego em uma companhia que presta serviços de decoração para pessoas obscenamente ricas. Nós estamos nos dando bem. Eu ganho a maioria dos meus casos. Ainda tenho a capacidade de distorcer a verdade — algo bastante útil em meu trabalho.

Um mês atrás, recebi uma ligação de minha antiga chefe, Bernie. Ela quer que eu vá trabalhar em sua firma e me disse que se eu me saísse bem faria de mim sua sócia. Cammie e eu bebemos uma semana inteira para comemorar isso. Ela queria voltar para a Flórida fazia anos. Minha amiga diz que me faria bem enfrentar nossa antiga vida de novo e que havia chegado a minha hora. Diz-me que eu pertenço à Flórida. "O Texas é para pessoas amigáveis", ela me diz. Eu pertenço a um lugar mais dinâmico e rude. Decidimos vender nossa casa com terraço e fincar raízes em outro lugar.

Existe um cara na minha vida... — eu já o mencionei? Ele é maravilhoso. E promete que fará a sua parte para termos um relacionamento à distância que funcione, até que ele também possa ser transferido e se junte a mim. Eu acredito nele. Ele quer se casar comigo; diz isso o tempo todo. Acredito que seja sincero quanto a isso também.

Com a ajuda de Turner, que é o meu namorado, empacoto minhas coisas, que são colocadas num caminhão de mudanças. Nós atravessamos de carro três estados ouvindo as melhores músicas dos anos 1980. Cammie telefona a cada meia hora perguntando se estou bem. Ela seguirá para a Flórida dentro de alguns poucos meses, provavelmente com três caminhões de mudança.

Turner massageia meu pescoço enquanto dirijo. É um doce de pessoa. Quando chegamos ao meu novo condomínio, que eu não compartilharei com Cammie, os homens da empresa que contratei já estão esperando para carregar minhas coisas para meu novo apartamento.

Depois que os carregadores se vão, eu perambulo de quarto em quarto, admirando a vista impressionante. Pelas janelas do lado sul eu posso ver o oceano mesclar-se ao horizonte, pelas do lado oeste, eu vejo todos os telhados a um quilômetro de distância. O condomínio fica em Sunny Isles e paguei por ele mais do que minha mãe ganhou a vida inteira.

Eu sou uma boa advogada de defesa. E sou uma excelente mentirosa. A vida se tornou o que eu sempre quis que fosse. Exceto por... Bem, o fato é que eu adoro o meu apartamento.

Turner e eu vamos inaugurar o apartamento essa noite. Isso vai ser divertido! Ele é um homem bonito, certinho. É alto, tem a pele bronzeada, e é arrogante. Veste camisas de marca o tempo todo. Ele também é advogado, então, temos muita coisa em comum. Ainda assim...

Ah, e ele odeia basquete, assim como eu. Fantástico, não é mesmo?

Eu o conheci no fórum. Ele me perguntou se eu podia emprestar-lhe uma caneta. *Que tipo de idiota vem para o fórum sem uma caneta?*, pensei. Quando lhe entreguei uma, ele simplesmente se sentou e olhou para mim.

— Que foi? — eu disse, sem nem tentar disfarçar a minha impaciência.

— Preciso do seu número também. — Ele disse isso de um modo tão descontraído que fiz o que me pediu. A ousadia dele mereceu meu respeito.

Eu sou feliz.

Pedimos sushi, ou melhor, eu peço, porque Turner não come "peixe cru". Caminho por meu novo condomínio usando uma das camisetas dele, porque minhas coisas ainda estão empacotadas. Nós transamos. Na manhã seguinte, ele me leva a uma revenda da BMW e me compra um carro novo como presente pela inauguração da casa nova. Incrível, não é? Nesse dia, às seis da tarde, eu o levo até o aeroporto em meu novo carro esporte vermelho e nós nos beijamos antes que ele entre no avião.

— Isso vai dar certo — ele me diz.

— Como você sabe? — respondo, acariciando a gola de seu casaco.

— Porque nós vamos nos casar.

— Vamos? — comento com surpresa fingida. Ele sempre diz o mesmo e eu sempre respondo o mesmo.

— Sim, nós vamos — ele afirma, e, então, fica de joelhos e tira uma caixa do bolso.

Quando dirijo de volta para casa, estou noiva. Olho para o anel o tempo todo, como se ele fosse me morder. É um iceberg da Tiffany — grande e vistoso. Até me traz uma certa recordação, de uma época em que eu era uma pessoa muuuito diferente.

Três meses depois, começo meu novo trabalho como advogada de defesa na Spinner & Associates. A secretária se derrete toda por causa do meu anel. Ela me pergunta sobre Turner: "O que ele faz? Como ele é?" Seus dois dentes da frente são ligeiramente afastados um do outro, detalhe que percebo claramente quando ela pronuncia os nomes de seus dois cãezinhos: Melody e Harmony. Também me conta que os gnomos do jardim de sua avó foram roubados de seu quintal em plena luz do dia. "Em plena luz do dia! E nada mais, nada menos que em Boca Raton!" Eu me solidarizo com a situação dos gnomos e combino uma data para Melody, Harmony e Pickles se conhecerem e brincarem juntos.

Quando me acomodo atrás de minha mesa pela primeira vez, eu me sinto realizada. Minhas coisas já estão desempacotadas em casa, minha carteira de motorista voltou a ser da Flórida, minha despensa está cheia. E amanhã vou visitar o túmulo de minha mãe para lhe contar as novidades sobre meu noivado.

Essa é a minha nova vida, eu noto com pouca surpresa, e então encosto a cabeça na mesa e choro, porque se trata na verdade da minha antiga vida com progressos vazios. Telefono para Cammie e lhe digo isso, também digo a ela que cometi um grande erro voltando para a Flórida. Um erro grande mesmo. Enorme. Ela escuta os meus lamentos, e então me diz que sou estúpida e que chegará aqui em três semanas, também que preciso aguentar firme e me manter no controle, pois as coisas iriam melhorar.

— Certo — respondo, mas não acredito nisso. Nem por um segundo.

Mas as coisas melhoraram de fato. Para começar, eu consegui me ajustar bem a minha nova rotina. Quando fui para o Texas quatro anos atrás, cheguei praticamente com uma mão na frente e outra atrás. Agora, eu havia construído uma vida novinha em folha. Minha cozinha tem armários cheios dos melhores pratos e copos e meu corredor tem novos quadros com imagens de Thomas Barbèy. Não há nada que me faça lembrar de minhas antigas aventuras na Flórida. Agora, quando ando por minha nova casa, acendo as mesmas luminárias e faço chá com a mesma chaleira que fazia parte de minha vida no Texas. É confuso. Porém, como acontece com todas as coisas novas, existe o estágio de comemoração desconfortável.

Após algumas semanas, Sunny Isles se torna minha casa, a Spinner & Associates torna-se meu trabalho, e a Publix, na 42ª com a Eisenhower, torna-se o meu supermercado. Cammie chega com Pickles uma semana depois, conforme o combinado. Ela fica comigo durante um mês antes de se mudar para a sua própria casa, que se localiza a trinta minutos de carro da minha. Cammie não gosta de Turner. Eu já havia mencionado isso? Minha amiga costuma dizer que ele é mais previsível que menstruação de virgem. Claro que ela não chega a odiá-lo. Mesmo porque tudo que Turner provoca nela é tédio, como ela mesma me diz, sempre que pode... Eu gosto de Turner. Sim, eu realmente gosto, gosto sim.

Ele me visita a cada duas semanas, ou com mais frequência quando sua agenda permite. Turner sempre traz um par de suas meias velhas para Pickles, que ela retalha em menos de duas horas. Essas meias que ele traz de presente para minha cachorrinha me incomodam um pouco, principalmente quando eu começo a encontrar restos de lã com baba presos nas almofadas do sofá. Seria melhor se ele comprasse brinquedos feitos de couro cru. Faço essa sugestão a ele, certa noite, quando estamos a caminho de um novo restaurante na região sul. O clima está menos úmido e é frio o vento que entra com força pela janela aberta do carro. Isso me lembra um certo inverno, vários anos atrás.

— São ossos mastigáveis — explico a ele, sem deixar de notar que minha voz soa entediada e distante. — Pickles gosta deles.

— Certo, benzinho. — Turner coloca a mão em meu joelho e começa a balançar a cabeça ao som da música que toca no rádio.

Como são chatas as músicas de que ele gosta! Chatas, chatas. Olho pela janela. Meu corpo se paralisa quase instantaneamente. Turner olha para mim com preocupação.

— Tem alguma coisa errada, benzinho? — ele indaga, diminuindo a velocidade do carro. *Benzinho!*

— Não, não é nada. — Sorrio para disfarçar a lágrima em meu olho. — Só uma pequena cãibra na perna, só isso. — Finjo que estou massageando o local.

Na verdade, meu problema é outro. Enquanto eu olhava pela janela, um brilho de luzes coloridas chamou a minha atenção. Quando pus os olhos nessas luzes, meu estômago se contraiu dolorosamente.

Era o salão da Jaxson's Ice Cream...

Foi como abrir uma porta para que as lembranças que eu havia afastado entrassem todas de uma vez. Moedas, e beijos, e piscinas, e todas as coisas que eu havia condenado à danação eterna! A última coisa que quero esta noite é ter que lidar com um coração magoado.

— O que acha de jantarmos ali? — digo com voz afetada e alegre, apontando na direção da sorveteria.

Turner olha para mim como se eu fosse a mulher maluca que de fato sou.

— Ali, Olivia? — A repugnância na voz dele é tão óbvia que me incomoda.

— Claro! Você nunca se cansa de ir aos restaurantes de sempre, cheios de frescuras? Vamos fazer alguma coisa diferente. Vamos lá...

— Eu projeto um pouco meu lábio inferior para a frente, porque isso geralmente me abre portas.

Ele bufa e faz a curva na direção do estabelecimento. Eu me pergunto o que diabos estou fazendo e por que tenho tanta necessidade de me punir. Quero provar a mim mesma que este é apenas mais um lugar em que se pode conseguir uma refeição. Não há magia, nem coração partido; tudo que desejo é ser capaz de permanecer em um ambiente que guarda velhas recordações sem sofrer um colapso mental.

Estou aqui, Jaxson's!

Sete anos depois, o lugar continua exatamente como era. A única coisa que falta na Jaxson's é Harlow. Eu vejo sua foto emoldurada na parede e sob o retrato as datas *10 de Agosto de 1937 a 17 de Março de 2006*. Sorrio com tristeza para ele quando somos levados para a nossa mesa por uma adolescente que masca ruidosamente um chiclete. *Que falta de classe!*, penso, desgostosa.

— Belo lugar esse...

O sarcasmo de Turner não me passa despercebido, embora a minha atenção esteja sobre a mesa do azar.

— Cale essa boca. Pare de se comportar como um esnobe.

Ele imediatamente muda de atitude.

— Desculpe, coração — ele diz, pegando minhas mãos. — Eu vou relaxar e curtir, certo?

Coração! Respondo com um aceno de cabeça rude e me volto para examinar o menu.

Por enquanto, tudo bem. Pelo menos não estou tremendo nem chorando, nem nada do tipo. Talvez eu esteja bem de verdade. Nós jantamos e pedimos a sobremesa. Tento não pensar nas conversas que se desenrolaram sob esse teto anos atrás, mas de vez em quando vêm a minha mente frases como "Porque conhecer você era mais importante para mim do que ganhar mais um jogo". Apago isso da cabeça rapidamente e olho para o meu maravilhoso noivo, que abriu mão de seus padrões tão elevados para jantar comigo aqui nesse lugar. Uma bênção. Sou muito, muito abençoada.

Quando vamos embora, paro diante da máquina de cunhar moedas e meu coração se acelera. *Talvez Turner note a máquina*, penso. Talvez ele faça algo fofo e romântico com uma das mensagens. Mas Turner segue direto para a saída e eu caminho atrás dele, desapontada. Um certo sujeito vai ficar sem sexo esta noite.

Uma semana depois, estou em meu escritório quando ouço alguém bater à porta.

— Senhorita Kaspen? — diz a secretária. — A senhora Spinner gostaria de vê-la em seu escritório.

Droga! Bernie sempre parece adivinhar quando não estou bem. Eu me preparo, passando a mão na frente da minha saia Dior. Eu gosto de comprar coisas caras. Quando visto algo que me custou o salário de um mês, eu sinto que a minha carcaça podre pelo menos tem uma cobertura estilosa.

Sigo direto para o escritório de minha chefe, praticando meu sorriso "a vida é linda". Bato na porta, e, aos gritos, ela me pede que entre.

— Tenho boas e más notícias para você — ela avisa, assim que eu entro.

A velha e querida Bernie... Sempre direto ao ponto! Ela faz um sinal para que eu me sente em uma de suas belas cadeiras; então me sento e cruzo as pernas.

— Que notícia você gostaria de ouvir antes? — ela pergunta. Minha chefe agora tem tons prateados no cabelo e uma companheira chamada Felecia.

— A boa — respondo. As notícias ruins de Bernie podiam ser qualquer coisa desde "Vou largar a firma para me dedicar à criação de lagartas" até "perdi o número da minha delicatéssen favorita". Sinto a necessidade de me preparar mentalmente.

— A boa notícia — ela começa — é que vou dar a você o seu primeiro grande caso. E é um caso enorme, Olivia.

— Que marav... hã, obrigada — respondo, sentindo um arrepio de excitação. Tenho vontade de sair pulando feito louca! — Qual é o caso? — digo, calmamente, esforçando-me para controlar a euforia.

— Já ouviu falar sobre uma pequena companhia farmacêutica chamada OPI-Gem? — ela pergunta.

Faço um sinal negativo com a cabeça.

— É uma empresa que surgiu faz pouco tempo. Seis meses atrás, eles lançaram no mercado um novo medicamento, chamado Prenavene. Três meses depois do lançamento, vinte e sete hospitais relataram que

Prenavene foi encontrado no organismo de pessoas que sofreram ataque cardíaco. Um detalhe: duas delas tinham menos de trinta anos de idade e nenhum problema cardíaco prévio. Houve uma investigação formal contra esse pessoal e as autoridades descobriram um monte de merda.

— Que tipo de... merda? — pergunto.

— Durante o período de testes, houve coagulação sanguínea em trinta e três por cento de suas cobaias humanas. Trinta e três por cento, Olivia! Faz ideia do tamanho desse problema? Se fosse um pau seria o maior do mundo, minha filha.

Eu arregalo os olhos. Para uma lésbica, ela faz muitos comentários sobre a genitália masculina...

— Tão grande que o Governo barrou o produto seis meses antes de a OPI ter a chance de vendê-lo. — Bernie joga sobre a mesa um arquivo colossal e o empurra na minha direção. Eu o pego.

— Mas como eles conseguiram lançar o produto no mercado sem a aprovação? — pergunto.

— Acontece que eles tinham essa aprovação. Eles falsificaram dados quando solicitaram ao Governo autorização para vender o Prenavene, que é um medicamento genérico. Eles apresentaram sua versão original para realizar os testes.

Ahhh... o velho truque sujo.

— Mas por que a OPI se arriscaria depois dos resultados mostrados por seus testes independentes? Eles deviam saber que no fim das contas a coisa toda explodiria bem debaixo deles — eu comento.

— As fraudes na área médica, em sua maioria, dificilmente são detectadas. Na maior parte dos casos que chegam ao conhecimento do público, isso só acontece pela incrível falta de cuidado do perito criminal.

— Hummm...

— Eles não são assunto nosso — ela diz, tirando o arquivo de minhas mãos e passando-me um outro. — O presidente e cofundador da companhia teve um ataque cardíaco fulminante e morreu há cerca de duas semanas. Todas as atenções, então, se voltaram para a filha dele, uma fedelha mimada de vinte e tantos anos, com formação impecável e poder de decisão.

— Qual é o cargo dela? — indago.

— Vice-presidente de Assuntos Internos. As autoridades não estão dando trégua. Estão construindo sua acusação contra ela, conforme conversamos.

— O que eles têm contra a cliente? — Folheio o arquivo, passando os olhos pelo cansativo jargão do direito.

— A assinatura dela estava nos formulários de liberação entregues ao Governo, o que significa que ela inspecionou todo o projeto. Ela sabia que o produto testado não era Prenavene.

Assobio baixinho em resposta a essa informação. A acusação já tem uma bela vantagem nesse caso. Coloco o arquivo sobre a mesa de Bernie.

— Você descobriu a má notícia sozinha — ela diz, sombriamente. — A mulher é culpada da cabeça aos pés. Já nos confessou a coisa toda.

Eu apanho o arquivo de volta.

— Resolvemos seguir adiante e assumir os riscos, Olivia. Esse caso vai ter vasta repercussão na mídia e trará uma grande projeção à firma.

— Beeeem... Vamos à pergunta que não quer calar. Por que está entregando um caso dessa importância a uma principiante?

— Por duas razões, querida filha pródiga. Em primeiro lugar, porque gosto de você. Em segundo, porque quem nos contratou insistiu que você fosse a encarregada.

— O quê? Como assim? — Eu havia conduzido muitos processos antes, mas nada que tenha chamado atenção sobre mim. Eu sou uma profissional relativamente desconhecida.

— A cliente exigiu você nesse caso.

— Qual é o nome dela? — pergunto, sem entender bem o que tudo isso significa.

— Smith, Johanna Smith.

— Nunca ouvi falar na minha vida.

— Eles podem ter lido sobre suas ações no Texas ou um antigo cliente pode tê-la recomendado. De qualquer modo, criança, você foi a escolhida. Não pise na bola.

Caminho um pouco zonza até meu escritório, segurando contra o peito o arquivo do processo. Será que estou pronta para isso? É um bom caso — melhor dizendo, um caso impossível... Porém, *se* conseguir ganhá-lo, existe a possibilidade de me tornar sócia na empresa!

Eu fico em meu escritório pelo resto da tarde, lendo e relendo o arquivo, de novo e de novo, até que as palavras se tornem um borrão e eu ganhe uma enorme dor de cabeça. A secretária já havia ido embora, assim como quase todo mundo. Com um aceno de cabeça eu me despeço da faxineira no caminho para o carro e planejo mentalmente a conversa que terei com Johanna Smith pela manhã. *Diabos!* O caso era grande demais para mim.

Em meu caminho para casa, ligo para Turner e lhe conto as novidades, inteirando-o do processo. Ela não reage com muita empolgação.

— Eu não sei, Olivia. O promotor público vai caçar essa garota sem dó. Está preparada para perder seu primeiro grande caso?

— Ei, obrigada pelo voto de confiança! — retruquei com irritação.

— Não me entenda mal. Eu acredito em você, confio na sua capacidade, mas esse caso é difícil demais. Eles têm evidências incontestáveis ligando sua cliente à fraude; têm também duas testemunhas dispostas a declarar que ela estava envolvida. Se você perder, pode dar adeus ao sonho de se tornar sócia da empresa.

Mas que saco! Digo a ele que minha chefe está na outra linha. Quando desligo o telefone, meus olhos estão cheios de lágrimas.

— Ei! Olhe por onde anda! — grito para o carro a minha frente. — Quer causar um acidente?

Às sete da manhã, chego ao escritório e encontro um maravilhoso Jaguar cor carvão estacionado em minha vaga. Acho um lugar para parar meu carro um pouco adiante e entro no prédio exasperada, perguntando-me quem tivera a audácia de estacionar numa vaga claramente reservada. A secretária me recebe com um copo de café e então bloqueia a passagem para o meu escritório com seu corpo.

— Preciso lhe dizer uma coisa antes que você entre aí — ela avisa.

Eu tomo um gole da bebida.

— Você envenenou meu café? — pergunto, olhando-a por cima dos óculos.

— Não, mas...

— Ufa, que bom. Então venha me contar enquanto ligo meu computador. — Eu passo por ela e giro a maçaneta da minha porta.

Há um homem em meu escritório. Está de costas para mim, observando as várias placas e fotografias que tenho em minha parede. Olho para a secretária, que me sussurra "É o marido de Johanna Smith" e então se retira discretamente. Há batom em seus dentes.

— Senhor Smith — digo com segurança, embora eu esteja confusa com a surpresa. Minha reunião com eles só aconteceria dentro de duas horas.

Ele se volta para mim, devagar, com as mãos entrelaçadas atrás das costas. Eu vejo seu terno cinza, a camisa de colarinho branco desabotoada na parte de cima, a pele bronzeada... e engasgo com o café.

— Na verdade, o nome é Drake — ele diz, com voz descontraída.

Fico totalmente pasma, e recuo até encostar na parede.

— Surpresa! — Ele ri de minha reação.

Saio de perto da parede, porque pareço uma vítima de assalto, e tento andar com naturalidade até a minha mesa. Desabo em uma cadeira e o fito com olhos vidrados.

— O que está acontecendo aqui? — eu digo.

Exceto pelo corte de cabelo diferente e por algumas rugas a mais ao redor dos olhos, Caleb parece não ter mudado nada.

— Eu procurei por você, Olivia.

— Para ser sua advogada?

— Eu a procurei por um ano depois que você partiu...

— Você não deve ter procurado com muito empenho — ironizei, mesmo sabendo que não era verdade.

Um ano depois que deixei a Flórida, Bernie me telefonara para contar que um homem não parava de ligar para o escritório a fim de perguntar sobre o meu atual paradeiro. E o homem tinha sotaque britânico.

— Estou casado com ela, Olivia.

— Com quem?

— Com Leah.

— Então você não é o marido de Johanna Smith? — Minha cabeça não para de dar voltas.

— Leah é o seu nome do meio, mas sempre foi chamada por esse nome; e ela manteve seu sobrenome. Johanna Leah Smith.

A palavra "casado" ecoa em minha mente sem parar e a feiura dela me faz esfregar as têmporas. Caleb está casado. Comprometido. Um homem de família...

— Caleb... — Engasgo ao pronunciar seu nome. — O que você faz aqui? Não, na verdade, nem precisa me responder... Apenas dê o fora daqui já! — Levanto a voz e me coloco de pé.

— Quis ver você, falar com você antes que me visse pela primeira vez diante de todos.

Eu me sento de novo.

— Você é a pessoa que me procurou? Estava tentando me encontrar para me oferecer o caso de Leah?

Ele confirma com a cabeça.

— Não — eu digo. — De jeito nenhum. Nunca. Impossível.

Talvez ela não tenha contado a Caleb o que eu fiz. Ele simplesmente pensa que eu arrumei as malas e fui embora. Ele ainda não recuperou a memória!

— Sim, Olivia, você vai fazer isso! Ela é culpada e você é a melhor mentirosa que conheço.

Bem, talvez Leah tenha contado tudo a ele, afinal.

Bufando de irritação, eu desvio o olhar.

— Não tenho motivos para ganhar esse caso para você. — Inclino-me em minha cadeira e forço um sorriso.

— Você me deve isso, querida. Eu sei que consciência não é o seu forte, mas acho que depois do que você me fez passar, *duas vezes*, talvez você devesse concordar em ficar com o caso.

— No fim das contas, eu teria contado a verdade a você — murmuro. Isso se a rainha das fraudes farmacêuticas não tivesse me chantageado...

— Você me contaria mesmo, Olivia? Ou esperava que eu descobrisse por minha própria conta quando minha memória voltasse?

Miro o teto, fechando a cara.

— Olhe, eu não vim até aqui apenas para lhe dizer o quanto você é mentirosa, manipuladora e insensível.

Auch...

— O que eu lhe peço é um favor pessoal. Eu sei como você se sente a respeito dela. Sei o que ela fez, mas preciso que você evite que ela vá para a prisão.

— Eu quero que ela seja presa!

De um jeito estranho, Caleb olha para o meu rosto, e depois para as minhas mãos.

— Pois eu não quero. Eu me casei com ela. Eu só peço a você que leve meus sentimentos em consideração, ao menos uma vez!

Isso me machuca ainda mais do que ouvi-lo dizer "eu me casei com ela". Sei que não devia me sentir assim, mas não posso evitar.

— Você não pode me constranger a defender essa víbora! Além do mais, Leah nunca concordaria com isso — retruco energicamente. — Caso você ainda não saiba, nós nos odiamos!

— Leah fará o que eu lhe disser que faça. Preciso que você garanta que fará tudo o que estiver ao seu alcance para ajudá-la.

Uma descarga de adrenalina toma conta de meu corpo. Eu poderia aceitar o caso e perdê-lo de propósito! Sim! Mas eu sei que jamais seria capaz de fazer isso. Eu nunca mais iria brincar com a vida de uma pessoa novamente. NUNCA MAIS.

— Não posso. — Enfio as pontas dos dedos nas pernas para não gritar.

— Sim, você pode! — ele insiste, colocando as duas mãos em minha mesa e inclinando-se na minha direção. — Você é obcecada por sucesso! Sempre foi. Então, agarre a sua chance... Ganhe o caso, Olivia. Você se tornará rica e famosa. E eu poderei até considerar a possibilidade de perdoá-la.

Perdão para mim? Eu até posso me imaginar jantando na casa deles; apenas Leah, Caleb, seus filhos e eu... Devo rir alto de satisfação?

Eu o encaro. Ele continua sendo o homem mais bonito que já vi na vida.

— Eu o verei às nove horas na sala da diretoria e lhe comunicarei minha decisão — digo, encerrando a conversa.

Caleb me olha de um modo indecifrável e se prepara para sair.

— Tome a decisão certa, duquesa — ele diz, antes de se retirar do escritório.

— Blá-blá-blá, *duqueeesa* — imito com voz distorcida, e jogo um punhado de post-its na porta depois que ele a fecha.

Levo exatamente uma hora e quarenta e cinco minutos para me recompor. O indescritível choque de vê-lo depois de tantos anos me deixa prostrada em minha cadeira como uma boneca de pano. Fico olhando para o lugar onde ele estava em minha sala durante um bom tempo.

Faço alguns exercícios respiratórios. Eu tento me acalmar pensando em arco-íris e sorvete, mas então o arco-íris colorido se torna negro e o sorvete derrete até virar uma deplorável poça. Quando, enfim, conquisto um resquício de tranquilidade apunhalando repetidamente o arquivo do processo de Leah com uma faca de cortar papel, eu me dirijo à sala da diretoria.

— Ele é tão gostoso! — a secretária sussurra para mim quando passo por sua mesa. Eu fecho os olhos por um instante.

— Ora, fique quieta.

Quando entro na sala, a primeira pessoa que vejo é Leah. Não é de se admirar. Ela ainda está cercada por uma auréola de cabelo ruivo. Parece mais resplandecente do que quatro anos atrás, mais vibrante. Se eu tivesse escutado o estuprador Dobson naquele dia chuvoso, se tivesse ido para casa, nada disso estaria acontecendo.

Caleb se levanta quando eu entro. *Encantador!* Leah desvia o olhar. *Indigesta!*

— Olá, Olivia — Bernie me diz, com um sorriso luminoso. — Gostaria de lhe apresentar Leah Smith e seu marido Caleb Drake.

Todos trocamos apertos de mão e nos sentamos uns diante dos outros. Caleb, cujo braço está recostado no espaldar da cadeira de sua esposa, sorri para mim como se fôssemos velhos camaradas, e então dá uma piscadela.

Tão injusto...

Leah mal olha para mim, nem mesmo tenta sorrir.

— Eu examinei o seu caso, senhora Drake...

— Smith — ela me corrige.

— Pois bem. Falar com toda a franqueza aos meus clientes é o meu lema. Preciso lhe dizer de antemão que a acusação tem um caso incontestável. — Caleb pigarreia ligeiramente quando menciono a minha franqueza. Eu continuo, apesar dos olhares cortantes que Bernie me lança. Ela teme que eu os amedronte e arruíne as chances da firma com o caso.

— Eles têm pessoas dispostas a testemunhar que você está envolvida com a adulteração dos testes com o medicamento Prenavene.

Entrelaço minhas mãos sob o queixo e observo Caleb se contorcer ao lado de sua mulher corrupta e desagradável.

— A atual promotoria tem o maior número de vitórias do estado da Flórida. Vão cair sobre você sem a menor piedade. Você compreende isso? Tudo o que você é, e o que o seu pai era — tudo será revelado na corte. E depois que eles terminarem, não restará mais nenhuma mentira para ser exposta.

Leah me fita com olhos vazios. Sei que a assustei muito mais do que o necessário. Lágrimas nadam ao redor de seus olhos. E eu resolvo desferir o golpe fatal.

— Pelo visto você não consegue ganhar sempre — digo, olhando diretamente nos olhos dela.

Ela readquire a sua expressão insolente. A sala está em silêncio. Ou perceberam que há alguma coisa no ar ou estão dormindo. Eu não tiro os olhos de Leah.

— Você pode me ajudar? — ela diz, enfim, e eu percebo que há desespero em sua voz.

Reclino-me em minha cadeira. Eis uma situação rara — minha inimiga pedindo-me ajuda. Eu sabia que o castigo viria para nós duas, mas por Deus... o dela é o pior possível! Ela está em minhas mãos; eu, agora, controlo a sua vida. Olho para Caleb. Eu tenho o controle da vida dele também. Não tenho pressa para responder a pergunta de Leah. Levanto-me e caminho um pouco, com as mãos unidas atrás das costas.

— Sim, eu posso.

Ela fica visivelmente aliviada ao ouvir isso.

— O que você está disposta a fazer para ser inocentada nesse caso?

Ela faz silêncio por um momento, enquanto me observa, do mesmo modo que eu a observo. Então, ela se inclina para a frente em sua cadeira, pousando as unhas vermelhas sobre a mesa de conferências como se estivesse tocando piano.

— Qualquer coisa. Eu farei qualquer coisa.

E quando volto a me sentar, em um momento tão friamente tenso, sinto calafrios. Eu acredito nela. Nós somos iguais. Nós duas estamos dispostas a vender a alma para garantir nossa felicidade. Amamos o mesmo homem. Disputamos um feroz cabo de guerra pelo direito de possuí-lo. E ambas temos culpas a serem pagas.

Acabo aceitando o caso. Eu terei de desacreditar testemunhas, demonizar o pai dela e retratar Leah como uma boa pessoa, algo que ela está longe de ser. Não vou fazer isso para alavancar minha carreira, como Caleb acredita. Eu o farei porque certa vez ele estacionou o carro na estrada e se recusou a continuar dirigindo até que eu parasse de fugir. Por todos os beijos apaixonados que trocamos. Porque ele ainda me chama de duquesa.

Trata-se do mesmo joguinho que eu vinha jogando desde o início para tê-lo por perto, independentemente das circunstâncias ou do custo disso.

Caleb, Caleb, Caleb.

Nós encerramos nossa reunião com planos para a próxima e, por fim, nos apertamos as mãos com vivacidade. Depois disso, eu corro para o banheiro e lavo as mãos vigorosamente com água quente, até que fiquem vermelhas. Odeio a ideia de ter de tocar nessa mulher. Bernie está esperando por mim em meu escritório.

— O que foi aquilo? — ela pergunta em tom de repreensão, o que não é nada típico dela.

— Não é da sua conta. Eu tenho um caso e vou vencê-lo, então é bom não ficar em meu caminho.

— Essa é a minha garota! — E Bernie se manda de meu escritório sem me perguntar mais nada.

CAPÍTULO 16

APÓS NOVE MESES DE PREPARAÇÃO, O CASO VAI A julgamento. A primeira testemunha da acusação é um homem. Quando é interrogado por mim, fica furioso porque o acuso de ter inveja de Leah — por causa da promoção que ela havia recebido —, e a chama de vadia mimada. A segunda testemunha foi demitida pelo pai de Leah poucos meses depois do início dos testes com o Prenavene.

Eu mostro ao júri cinco cartas que a testemunha escreveu para o ex-patrão; no início, ela implorou para ter de volta seu emprego, depois, ameaçou destruí-lo. A terceira testemunha não estava trabalhando no dia em que alegou ter visto Leah alterando os resultados do teste no computador. Para provar isso, tenho uma multa que ela recebeu por excesso de velocidade e um vídeo de sua audição para o *American Idol*.

Eu sou a rainha das aparências. Quando a advogada Olivia adentra o tribunal, ela é circunspecta e serena, um exemplo da força da mulher. Eu sou tão boa fingidora que às vezes esqueço quem sou de fato. Nos fins de tarde, depois do trabalho, eu solto os cabelos, corro os dedos por eles e caminho pela praia para chorar (sim, eu continuo melodramática). Sinto tanta saudade de minha mãe...

Caleb vai ao tribunal todo santo dia. Sou forçada a vê-lo, a sentir seu perfume, a interagir com ele... a estar onde ele está. Ele ainda tem o hábito de girar seu anel no dedo. Percebo que ele faz isso quase sempre quando eu estou falando. Sei que ele receia que eu faça algo irracional. Mas eu estou no controle e tenho um trabalho a realizar. Já não se trata mais apenas de ganhar a causa em prol de minha carreira; não. Trata-se de Caleb e da expiação da minha culpa.

Minhas testemunhas depõem uma a uma e meu caso vai ganhando musculatura. Eu as selecionei pessoalmente. Escolhi pessoas desesperadas — as que têm muito a perder se minha cliente perder, as aposentadas que ficarão sem pensão, os jovens químicos que mal começaram suas carreiras.

Leah me observa com seus olhos semicerrados de cobra enquanto eu corto as cordas que a prendem ao crime de que é acusada. Posso jurar que às vezes vejo admiração no olhar dela também.

Chego mais cedo ao tribunal porque há algumas coisas que quero revisar antes do início do julgamento. Caleb está sentado em seu lugar de sempre, sem Leah.

— Feliz aniversário — ele diz no momento em que abro minha pasta de documentos.

— Estou surpresa que você tenha se lembrado — eu respondo, sem olhar para ele.

— Por quê?

— Bem, porque você se esqueceu de muita coisa que aconteceu nesses últimos anos.

— Jamais esqueci você — Caleb diz. E faz menção de dizer algo mais, só que então o promotor público entra no recinto e ele se cala.

Na nona semana de julgamento, eu havia chamado sete testemunhas para serem interrogadas. Dos trinta empregados que trabalhavam sob as ordens de minha cliente na formulação do Prenavene, apenas sete estão dispostos a vir ao tribunal a fim de testemunhar a favor de Leah. Desses sete, há três totalmente fiéis a ela. E quatro que eu posso controlar durante o interrogatório.

Faço tudo o que está ao meu alcance para tirar o máximo proveito dessas testemunhas. Quando o promotor chama as dele, eu as derrubo.

Uma das testemunhas de acusação é uma mulher cujo marido sofreu um ataque cardíaco atribuído ao medicamento Prenavene. Eu provo que o esposo falecido tinha um problema cardíaco preexistente e uma alimentação prejudicial à saúde. Um veterano de guerra precisou gastar centenas de milhares de dólares em transplante e tratamentos médicos depois que o Prenavene acabou com seu fígado. Eu exibo provas de que o homem é alcoólatra e de que o álcool destruiu seu fígado muito antes que o Prenavene pudesse fazê-lo.

Nós colocamos toda a culpa sobre os ombros do pai de Leah, que já não podia mais receber punição, pois havia falecido. Fazer isso a entristece, mas eu argumento que se ele estivesse vivo, sem dúvida, passaria por toda essa provação no lugar de sua menina, e com alegria.

A última pessoa a ser interrogada é a acusada. A princípio, não queríamos que isso acontecesse, mas decidimos que o júri deveria ouvir sua voz doce e ver o terror em seus olhos. Ela desempenha bem o papel de garota frágil.

— Senhora Smith, quando assinou os formulários de liberação, tinha consciência de que não estava entregando Prenavene para o FDA, mas sim a versão não genérica do medicamento? — Eu me posto ligeiramente à esquerda dela, alertando-a com meu olhar para que ela se lembre da maneira adequada de responder às perguntas, que nós havíamos ensaiado dezenas de vezes.

— Não, eu não tinha consciência disso. — Ela encosta um lenço de papel em suas narinas inflamadas e assoa com delicadeza.

Olho para os membros do júri com o canto dos olhos. Eles estão observando Leah com cuidado, provavelmente, se perguntando se ela seria capaz de tamanha fraude — uma garota tão delicada em seu vestido cor de alfazema. Eu me recordo da ocasião em que ela me chantageou depois de ter me roubado, tudo isso com uma maquiagem impecável. *Ela é capaz*, digo ao júri em minha mente, *é capaz disso e de muito mais...*

— O que o seu pai, o falecido senhor Smith — prossigo, olhando para o júri — lhe disse que você estava assinando?

— Liberações — ela admite, em voz baixa.

— E você chegou a ler essas liberações antes de colocar a sua assinatura nelas? Observou você mesma os resultados no laboratório?

— Não. — Ela abaixa um pouco a cabeça e funga. — Confiei em meu pai. Quando ele precisava, eu assinava sem pensar duas vezes.

— Você acredita que seu pai sabia dos resultados inexatos dos testes feitos com o medicamento Prenavene que estavam nos documentos?

Bem, chegamos à parte difícil. Vejo Leah lutando consigo mesma, tentando forçar as palavras a saírem de seus lábios. E sua hesitação em falar contra o seu pai tornou a coisa toda ainda mais confiável para o júri.

— Sim, eu acho que ele sabia — ela diz, olhando diretamente para mim.

Os olhos dela se encheram de lágrimas. *Isso mesmo, mostre o seu sofrimento!*, eu torço em silêncio, *deixe que vejam quão destruída você está por causa disso!* As lágrimas escorrem por seu rosto e eu a vejo de novo de pé em minha porta, na noite em que Caleb foi jantar em meu apartamento. Lágrimas de pura manipulação.

— Senhora Smith — eu digo, depois de dar a ela alguns segundos para se recompor. — Tem algo a dizer às famílias das vítimas desse medicamento — famílias que perderam seus entes queridos devido ao comportamento fraudulento e negligente da opi-Gem?

— Sim. — Nesse momento ela desabou, cobriu o rosto com as mãos, chorou e gemeu, e suas lágrimas, saídas sabe-se lá de onde, passaram a escorrer ainda mais até cair em seu colo. — Eu sinto tanto, tanto! Estou enojada, com muito remorso e profundamente envergonhada pelo fato de ter ajudado a causar essas mortes. Faria qualquer coisa para mudar o que aconteceu. Quero que saibam que eu reconheço a inutilidade do meu pedido de desculpas, que jamais trará de volta as preciosas vidas das pessoas amadas que se foram! Mas saibam também que eu verei os rostos deles todos os dias, até a hora de minha morte. Tentem me perdoar! — No final do discurso, suas mãos tremiam levemente diante do corpo.

Bravo! Eu respiro aliviada. Ela conseguiu!

— Obrigada, senhora Smith. Isso é tudo, Excelência.

O promotor interroga Leah em seguida. Ela se mantém firme. A garota se faz de idiota como ninguém! Eu vibro em silêncio com a expressão de terror em seus olhos.

Quando enfim o interrogatório termina e ela volta para o seu lugar, nossos olhares se encontram num reconhecimento mútuo, que transcende a relação normal entre cliente e advogado.

Eu menti bem?, seus cílios me perguntam. *Fui doce o suficiente para convencer o júri?*, diz-me o seu falso sorriso triste.

Você é uma atriz nata, penso com uma ligeira piscada. *E eu a odeio.*

Eu me viro em meu assento a fim de olhar para Caleb. Ele está olhando para mim, não para a sua mulher. Ele reconhece o êxito cerrando os lábios e movendo afirmativamente a cabeça.

No primeiro dia de setembro, houve uma pausa no julgamento. Pela manhã, o veredito de Leah seria lido. Eu estou um caco. Ando de um lado para outro em meu apartamento. Lá fora está escuro, e posso ver algumas poucas luzes de barcos deslocando-se lentamente na superfície do mar. Eu não lavo o meu cabelo desde ontem e estou vestindo roupa de malha e uma velha camiseta quando a campainha da porta toca. Que engraçado. Quando tenho um convidado, a recepção costuma avisar antes de permitir a entrada.

Caminho preguiçosamente até a porta, de meias, e a abro sem olhar pelo olho mágico — um hábito nada bom que tenho. Caleb está de pé em minha porta, vestindo um terno amarrotado, com uma garrafa de vinho em uma mão e uma embalagem com comida na outra. Sem uma palavra, eu o deixo entrar. Não estou surpresa. Também não estou mortificada. Eu sou Olivia e ele é Caleb.

Ele me segue até a cozinha, olha para mim de alto a baixo e deixa escapar um assobio baixo. Eu sorrio com malícia e lhe atiro um saca-rolhas para o vinho. Ele abre a garrafa, enquanto eu pego duas taças no armário. Começo a levar tudo para a mesa, mas ele aponta para a minha sacada. Tem vista para o mar e a única maneira de chegar até ela é passando por meu quarto de dormir.

Levamos tudo para lá e nos sentamos à mesa de ferro fundido que nunca havia sido usada. Ele trouxera sushi. Comemos em silêncio, observando as ondas lamberem a areia. Há um peso entre nós… mas esse peso não havia existido desde sempre? Depois de amanhã, não haverá mais desculpas para nos vermos; e embora não tenhamos dito muito em um nível pessoal, nós trocamos olhares, palavras breves…

Estou tão cansada dessa constante luta para respirar o mesmo ar que ele. De súbito, eu me dou conta de que ele está me observando.

— Que foi?

— Não se case com Turner.

— Pffffff... Por que você o odeia tanto?

Caleb dá de ombros e desvia o olhar.

— Ele não é o seu tipo.

— Ah, realmente — respondo em tom de zombaria. — E que tal se falássemos de você? Seu gosto é perfeito, basta ver com quem se casou.

Nós ficamos sentados em silêncio por mais alguns minutos, até que ele volta a falar.

— Talvez você nuca tenha confiado em mim antes, mas eu peço que confie em mim a respeito disso.

Eu suspiro e mudo de assunto.

— Ei, lembra-se da nossa árvore?

— Sim, eu me lembro — ele diz, brandamente.

— Ela foi cortada.

Ele me fita com indignação, arregalando os olhos.

— Estou só brincando! — digo, rindo.

Ele sorri e balança a cabeça.

— Bem, que diferença faz? Todo o nosso relacionamento foi cortado — ele comenta tentando gracejar, mas há amargura em sua voz.

— Esmagado — enfatizo.

— Reduzido a pó — ele acrescenta.

Horas depois que ele se foi, eu ainda podia sentir seu cheiro nos corredores de minha casa. Meu apartamento parece frio e vazio sem Caleb. Eu daria tudo que tenho — o dinheiro, o emprego cobiçado, o apartamento... *Eu poderia viver na pobreza com ele e ser feliz!* Por que não percebi isso antes? Antes que eu estragasse tudo! Não consigo dormir, então, me sento na cama e contemplo o oceano. Quando o sol nasce, ainda estou sentada no mesmo lugar. Eu me apronto para ir à corte, faço café e, então, saio de casa. Hoje é o último dia.

Nós ganhamos o caso.

Leah é inocentada da acusação de falsificar documentos e da acusação de fraude em testes clínicos e é considerada culpada por conduta antiética. Ela paga uma multa de um milhão de dólares e é sentenciada a duzentas horas de serviço comunitário.

Não tenho vontade de festejar. Eu poderia ter colocado essa vadia na cadeia e roubado o marido dela.

O jantar da vitória é realizado em um restaurante elegante em South Beach. Eu estou escapando de um punhado de admiradores quando noto Leah no recinto. Ela acaba de passar bem perto de mim. Olho com aversão o seu vestido preto sexy. Ela está tão reluzente e impecável que poderia posar para a capa de uma revista. Eu estou usando um vestido justo creme. Hoje ela é o demônio, e eu, o anjo.

— Olivia! — ela chama com sua voz mais doce, flanando satisfeita, com uma taça de vinho na mão. — Um brinde a nossa vitória! Tudo correu de maneira perfeita. — Ela bate levemente a sua taça na minha.

— É, eu me superei dessa vez.

— Acho que jamais vou entender por que você fez isso. Você me salvou. Imagino que tenha sido porque *ele* lhe pediu isso.

Como se tivéssemos combinado, ambas olhamos para Caleb, que está rindo e conversando com um grupo de amigos.

— Deve ter sido muito difícil para você ficar perto dele — ela comenta enquanto o observa possessivamente.

Fico impressionada ao perceber quanta saudade sinto da risada dele. Corta-me o coração o fato de que ele faz parte da vida de Leah e não da minha.

— Ele não é o tipo de homem que uma mulher consegue esquecer com facilidade — ela continua delicadamente, e se eu não conhecesse o jogo dela teria acreditado em sua sinceridade.

— Não, não é mesmo — admito.

— Você não tirou os olhos dele. Eu percebi, Olivia.

Olho para ela com expressão de tédio. Leah está fazendo joguinhos com alguém que sabe jogar melhor que ela.

— E será que ele olha para você do mesmo jeito que eu olho para ele? — pergunto, casualmente.

E aí está, enfim: a raiva mal disfarçada. Pela expressão no rosto dela, eu sei que atingi um nervo. Ela abre a boca para dizer algo, mas eu levanto a mão.

— Leah, vá ficar com o seu marido — digo. — Antes que ele perceba que ainda me ama.

Nesse mesmo instante, Caleb se volta para olhar para mim; não para a sua esposa — para mim. Nossos olhos se encontram e assim permanecem por alguns segundos, o dele e o meu. Leah testemunha essa situação e, embora mantenha o decoro e a classe, eu percebo que a região em torno de seus lábios se embranquece. Seu ódio é endereçado a mim, mas a energia que Caleb me envia afasta essa sombra. Ele sente a minha falta, assim como eu sinto a falta dele.

Eu reúno o que me resta de autocontrole e digo a mim mesma a verdade: *Não é meu. Não será nunca mais.*

Coloco meu vinho sobre a mesa mais próxima e silenciosamente me retiro de suas vidas. As coisas estão bem do jeito que estão; é melhor deixá-las assim.

Na manhã seguinte, assim que ligo a TV eu me deparo com uma fotografia familiar. Dou uma boa olhada na imagem e grito quando ouço o nome.

— Dobson Scott Orchard foi detido pela polícia no aeroporto de Miami na última noite, tentando tomar um avião para Toronto. O suspeito por sequestro e estupro está preso, e a polícia o está interrogando. Entre suas vítimas estão sete mulheres cujas idades variam de dezessete a trinta anos. Cinco delas o identificaram como o homem que as sequestrou e cometeu abuso sexual contra elas. A outras pessoas que possam ter sido atacadas pelo criminoso, a polícia faz um apelo para que se apresentem o quanto antes...

Então surge na tela uma imagem de Laura Hilberson, considerada a primeira vítima de Dobson. Dou de ombros e desligo a televisão. A vida se resume a escolhas, eu reflito — as boas, as más e as egoístas. Mas, sem dúvida, a escolha mais certeira da minha vida foi não ter aceitado o convite para caminhar sob o guarda-chuva de Dobson, no dia em que reencontrei Caleb.

CAPÍTULO 17

TURNER DECIDIU SE MUDAR PARA A FLÓRIDA DEPOIS que ganhei o caso. Ele vendeu a casa em Grapevine e renovou todo o seu guarda-roupa. Também se desfez de seu Lexus e comprou um reluzente Corvette amarelo.

Eu me sinto invadida quando chego em casa um belo dia e vejo minha sala de estar tomada por suas caixas primorosamente etiquetadas. *Armário do Andar Inferior, Sala de Jogos, Escritório*, anunciam as etiquetas escritas à mão, provavelmente pela mãe dele. Perambulo pelo labirinto de pertences de Turner e torço para que ele não pretenda esvaziar as caixas ali mesmo. Não tenho espaço para tabuleiros de dardos e fotos autografadas de Diego Maradona.

Nós discutimos sobre isso durante uma semana até ele, finalmente, concordar em colocar suas coisas em um depósito. Livre do amontoado de caixas, tento me acostumar com o novo "morador" do meu apartamento, que perambula pelos corredores cantarolando com sotaque texano. Minha geladeira está cheia de cerveja e de salsa e, por algum motivo maluco, isso me irrita mais do que as pilhas de roupas sujas que eu encontro por toda a casa.

Certa manhã, eu acordo e encontro a frase "Você é Muito Gostosa" rabiscada com batom no espelho do meu banheiro. Furiosa, eu jogo fora o meu tubo de Wine Gum de cinquenta dólares destruído e passo dez minutos esfregando os rabiscos com vinagre. Quando isso acontece uma segunda vez, eu escondo meu batom.

Entre os meses de março e maio, encontro dezessete manchas curiosas em meu sofá marfim, doze marcas de sapato em minhas paredes e trinta e sete garrafas de cerveja largadas pela casa. Turner me leva para jantar fora em nosso aniversário e usa uma camisa azul-petróleo sobre uma calça branca e sapatos brancos. Isso me faz lembrar da elegância de Caleb com relação a roupas e me sinto embaraçada pelo exibicionismo de Turner. *Isso não é um jogo de comparações*, digo a mim mesma. Ele afirma que me ama demais e sempre que me diz isso eu me sinto mais desanimada.

Ora, o que é que você sabe sobre o amor?, eu me queixo em silêncio.

Meu belo Turner, que me adora e me trata como se eu fosse um acessório caro... Se eu também o amasse, minha vida seria tão fácil.

Caleb acabou estragando tudo, maldito seja! Eu estava feliz... Em um tipo de felicidade enganosa, mas estava feliz com Turner. E agora, tudo que vejo nele é seu sorriso idiota e o modo como enxerga tudo, como se o mundo existisse tão somente para o seu entretenimento.

Eu analiso mais a fundo o meu relacionamento com Turner, mas não chego a uma conclusão definitiva. Então, convoco Cammie para discutirmos a situação.

Nós escolhemos um pequeno café francês situado na avenida Las Olas, e tomamos café feito em uma prensa francesa.

— Ele é um enchimento — minha amiga decreta, com a convicção de um homem-bomba.

— O que significa isso? — Eu pergunto enquanto examino o menu, interessada no croissant com amêndoas.

— Sabe como é... Você enche o seu coração rapidamente com uma porcaria qualquer para fechar o buraco que há nele. Para fazê-lo parar de sangrar... enfim.

— Por exemplo, namorar Turner para não pensar mais em Caleb?

Cammie faz que sim com a cabeça.

— E por que você não disse isso logo?

— Porque as pessoas parecem ser mais espertas quando falam de modo figurado — ela responde.

Eu a encaro e pisco várias vezes antes de deixar o menu de lado.

— E o que você espera que eu faça, sabichona? Graças a mim a esposa dele já foi inocentada por seus crimes!

— Ei, calma! — diz Cam. — Eu nem mesmo estou falando de Caleb aqui. Só estou tentando lhe mostrar que Turner é errado, totalmente errado para você.

Eu suspiro. Por que todo mundo me diz isso?

Duas semanas mais tarde, eu chego ao meu limite absoluto. Não suporto mais "fingir". Turner não sai do meu pé e estou cansada de driblá-lo e dar-lhe desculpas. Decido tirar um dia de folga, só para mim. Eu me despeço do meu insatisfeito noivo na porta da frente, dando-lhe um rápido beijo nos lábios. Ele me chama e pergunta quando voltarei para casa, mas eu o ignoro e continuo andando.

Quando as portas do elevador se fecham, eu escorrego até o chão e coloco a cabeça entre as pernas. Sinto-me como se pudesse respirar de novo. A ideia de fazer compras me parece deliciosa. Ou fazer uma boa massagem, talvez. Conheço uma garota que pode me encaixar em sua agenda. Mas meus pensamentos me traem e se concentram no homem que eu ainda amo; e eu me dou conta de que vou apenas passar mais um dia sem ele, esteja onde estiver. Então eu penso em uma alternativa, algo que não faço há um bom tempo. Pego o celular em minha bolsa cara e aperto o número 1 da discagem rápida.

— Cammie, sou eu — sussurro ao telefone, embora eu esteja obviamente sozinha e ninguém possa me ouvir. Sinto-me culpada pelo que estou prestes a dizer. — Você se lembra dos velhos tempos da brincadeira do detetive?

Há uma longa pausa, tão longa que eu verifico a tela para ter certeza de que a ligação não caiu

— Você perdeu o juízo de vez — ela responde enfim. Depois de nova pausa, continua: — Quem vamos espionar?

— Quem você acha? — pergunto, brincando com a alça da bolsa.

Mais uma pausa.

— NÃO! Absolutamente, definitivamente NÃO! Nem posso acreditar... Onde diabos você está?

— Vamos lá, Cam! Se eu tivesse outra amiga a quem pedir, eu pediria...

— Duvido que você tivesse *coragem* de pedir a algum outro amigo que fizesse uma coisa tão psicótica. *Além do mais*, se você pedisse isso a outra pessoa eu ficaria profundamente ofendida.

— Estou a caminho de sua casa — digo, dando marcha a ré no carro e tirando-o da minha vaga — ao estilo diva.

— Certo. Eu estarei pronta e esperando. E não se esqueça de trazer o café.

Trinta minutos depois eu chego à elegante casa de Cammie, que fica em uma rua sem saída, e estaciono meu carro em sua garagem. Ela tem vasos de flores nas janelas e gnomos de jardim com peônias, uma linda casinha para uma verdadeira bruxinha viver. Ela abre a porta antes que eu toque a campainha, agarra o cós de minha calça e me puxa para dentro.

— Qual carro nós vamos usar? — ela diz, toda séria.

— Eu não acho que você queira fazer isso.

Ela arranca o café da minha mão e me olha de lado.

— Claro que eu quero. É que eu pareceria uma má pessoa se aceitasse sem fazer nenhuma objeção.

Eu dou de ombros. Parei de tentar tranquilizar a minha consciência anos atrás. Mas cada pessoa tem sua própria maneira de pensar.

— Vamos no seu carro. Ele nunca o viu, então, serão menores as chances de sermos descobertas.

Cammie concorda com um movimento de cabeça e pega uma bolsa de pano sobre a cama.

— Sabe onde mora esse palhaço?

— Dããã... claro que sei — respondo, imitando o tom de voz dela, e a sigo na direção da garagem. — Sou a advogada dele.

— Ah, é? E em que posição eles gostam mais de f...

Ela então diz algo realmente pesado. Eu hesito. Tenho problema com palavrões. A gentil e delicada Cammie começou a usá-los depois de conhecer Steven, que a traiu duas vezes e roubou mil e setecentos dólares da gaveta de sua penteadeira. Desde aquela tarde fatal em que flagrou

Steven fazendo sexo com sua secretária, minha amiga desenvolveu uma obsessão por falar palavrão e por chamar mulheres de vadias.

— Provavelmente a mesma posição em que Steven e Tina estavam quando você os apanhou fazendo safadeza — respondo.

— *Touché*! — ela diz. — Mas me diga, vamos espionar a vadia também ou só o senhor Maravilhoso?

— Apenas Caleb — digo, com determinação. — Quero espionar Caleb.

Cammie faz que sim com a cabeça e coloca o seu SUV preto na estrada.

— Telefone para o escritório dele.

— Por quê? — pergunto, examinando os suprimentos para ver se não falta nada.

— Para sabermos onde ele está e o que está fazendo, gênio!

— Não posso — respondo, com meu dedo pousado sobre os botões do celular.

Ela toma o aparelho de minha mão e faz a ligação.

— Fracote —resmunga, e então alguém atende ao telefonema. — Alô! Bom dia! Eu sou da Sunrise Dental e estou tentando localizar o senhor Caleb Drake. Ele esqueceu a sua consulta essa manhã e… Ah, é mesmo? Bem, isso é perfeitamente compreensível… Tudo bem… Eu volto a telefonar para remarcarmos, ok? — Ela desliga o aparelho e sorri triunfantemente. — Eles estão fora da cidade!

— Ah, sei. — Confusa, eu balanço a cabeça. — Ei, por que está tão feliz?

— Porque agora poderemos entrar na casa deles! — Cammie declara, fitando-me com uma expressão verdadeiramente demoníaca.

— Você enlouqueceu — digo, e me viro para a janela. — E eu acho que estou com vontade de vomitar…

— Você vai adorar isso, acredite. Eu invadi a casa de Steven, depois que ele transou com aquela vadia, e encontrei todo tipo de coisa interessante… Descobri que ele tinha uma queda por asiáticos… Isso mesmo, homens asiáticos!

— Você invadiu o apartamento de seu ex? E nem me contou nada sobre essas aventuras? Quando é que pretendia me contar, hein?

— Você estava ocupada demais. Lucy e Ethel não invadiram para espionar! Ethel só queria encontrar os brincos de sua avó, que ela havia deixado lá.

— Muito bem. Em primeiro lugar, pare de se referir a si mesma na terceira pessoa, Ethel... E em segundo lugar, eu não vou invadir a casa dele!

— Desde quando você ingressou na polícia moral? — ela toma um grande gole de café.

— Eu sou advogada.

— E é adulta — ela responde com ar contrariado, e toma mais café.

— E já causei a Caleb problemas suficientes para uma vida inteira.

Essa minha última afirmação parece enraivecê-la, porque ela começa a esbravejar de verdade. E usando todo o poder de seu sotaque texano.

— E ele causa problemas a *você!* — Cammie aponta um dedo para mim e então dá um tapa no volante. — Ele continua voltando! Que droga, Olivia, ele continua a procurá-la e você tem o direito de saber por quê! Ele já bagunçou a sua vida pelo menos umas quatro vezes, e... AH, EU ODEIO QUANDO AS PESSOAS NÃO DÃO SETA! — Ela mostra o dedo médio para um Mercedes quando o ultrapassamos. — Além do mais, não dá pra esquecer que a própria Leah já arrombou e invadiu a sua casa, e fez em seu apartamento uma cena digna de *Atração Fatal...*

Nisso a minha amiga está coberta de razão.

— Conheço o código do alarme da casa deles — eu digo, em voz baixa.

— Hein? — Ela arregala os olhos de admiração.

— Certa vez, quando eu, Caleb e Leah estávamos reunidos para planejar nossa estratégia, aconteceu alguma coisa e a empresa de alarmes telefonou para o celular de Caleb. Queriam verificar o código antes de desativá-lo.

— Demais! Agora só precisamos de uma chave.

— Eles mantêm uma cópia em um comedouro para pássaros no quintal.

— Como você sabe *disso?*

— Eu o ouvi dizer isso à empregada pelo telefone, quando ela ficou do lado de fora com a porta trancada.

Ela diz tantos palavrões que chega a me assustar.
— Mas que grande vadia você é, Olivia!

E aqui estamos nós duas, no saguão da imensa casa de Caleb e Leah. Meu nervosismo é evidente. Já Cammie passeia despreocupada pelo lugar, mexendo nas coisas dos dois. Eu a observo e me pergunto quem venceria se ela e Leah entrassem em uma disputa...

— Veja só isto! — ela diz, erguendo um ovo ornamental que estava em uma mesa trabalhada em ouro. — Vale no mínimo cem bolsas Cartier!

— Coloque de volta! — ordeno a ela.

A casa deles é um museu e Leah é a atração principal. A casa está repleta de pinturas e fotografias da besta ruiva; em algumas poucas ela até permitiu que Caleb fosse incluído.

— Bem... já entramos, então, é melhor não perder tempo e fazer o melhor que pudermos — ela me aconselha, quase cantando de alegria.

Eu a sigo até a cozinha. Ela abre a geladeira deles. Está recheada com todo tipo de alimento, desde caviar até pudim de chocolate. Cammie apanha uma uva do cacho e a morde.

— Hmmm, sem semente — ela murmura. O suco da fruta espirra de seus lábios e atinge a porta da geladeira. Eu limpo a sujeira com um papel-toalha e o atiro no lixo.

Nós subimos um lance de escadas em espiral. Nossos saltos produziam um ruído seco ao bater no mármore cor de manteiga.

Cammie se detém diante do que parece ser a suíte principal.

— Ah, não, eu não vou entrar aí — aviso, retrocedendo alguns passos. Eu preferiria cortar fora uma mão do que ver de perto o lugar onde *os dois* dormiam.

— Bem, eu vou. Já estou entrando. — Empurra a porta e desaparece dentro do quarto.

Eu sigo na direção oposta. Caminho por um longo corredor repleto de grandes fotografias em branco e preto. Caleb e Leah cortando seu bolo de casamento, Caleb e Leah na praia, Leah fumando um cigarro diante da

Torre Eiffel... Desvio o olhar e me afasto do corredor. Não quero mais ficar nesse ambiente. Trata-se do lugar deles, onde eles riem, comem, fazem amor... Eu me recuso a acreditar que as coisas tenham mudado tanto. Tenho a sensação de que fui abandonada; como se tivesse acordado de um coma e descoberto que o mundo seguiu adiante sem mim. Por que eu ainda sinto o mesmo quando todo mundo é diferente?

Desço as escadas para esperar por Cammie. E então eu a vejo — uma porta, uma porta oval. Caleb sempre me dissera que um dia, quando construísse uma casa, a porta de seu escritório seria como uma dessas coisas medievais pesadas que vemos nos filmes. Avanço devagar na direção dela e estendo o braço para erguer a maçaneta circular, que tem quase o tamanho de minha cabeça. A porta se abre e a visão de uma nova casa e o cheiro de colônia me atingem na mesma hora.

Nem mesmo o perfume é mais o mesmo. Nos últimos quatro anos ele havia mudado de colônia. Aquela sensação de coma me atinge novamente.

Estantes de nogueira recobrem todas as paredes e estão repletas de livros. Há também algumas quinquilharias. Vou até a mesa e me sento na enorme cadeira giratória. Tomo impulso e faço a cadeira girar. Este é o lugar favorito dele. Posso afirmar isso. Tudo o que Caleb ama, gosta e odeia na vida está aqui. Bolas de basquete autografadas em uma estante na parede. Eu quase posso vê-lo retirando uma das bolas da prateleira e jogando-a no ar algumas vezes antes de colocá-la carinhosamente de volta no lugar. Há vários CDs empilhados perto do monitor de seu computador.

Percebo com alegria que o CD da loja de música está entre os demais. Vejo também a escultura de cavalo de Troia que seu pai lhe dera quando perdeu seu aniversário de vinte e um anos. É feita de bronze sólido e — desnecessário dizer — é muito pesada. Caleb odiava o objeto, mas sempre o mantinha à vista, porque dizia que a escultura não o deixava esquecer a importância de se cumprir a palavra dada. Pego o objeto e o viro ao contrário, deixando a barriga do cavalo voltada para cima. Há um pequeno alçapão ali e ninguém sabe disso. Caleb me disse uma vez que guardava lembranças dentro dele — lembranças que não queria que ninguém mais visse. Mordo o lábio antes de abrir o esconderijo. Afinal, que diferença faria cometer mais um crime, não é?

Meus dedos tocam em alguma coisa fina que se assemelha a papel. Eu a puxo com cuidado e desenrolo um tipo de pergaminho. É um esboço feito provavelmente com lápis carvão. Na parte de baixo da página, o artista assinou seu nome: C. Price Carrol, em letras grandes e harmoniosas. O trabalho representa um rosto de mulher. Ela está sorrindo e há uma covinha em sua bochecha. Eu olho para o rosto e o reconheço, mas não consigo identificá-lo de imediato; não porque o trabalho seja ruim, mas porque faz muito tempo que não a vejo.

— Jessica Alexander! — eu digo em voz alta, observando seus olhos grandes. — Outra pessoa que confiou em mim e se deu mal.

Volto a enrolar o papel e o coloco de volta no lugar. Será que Caleb pensa nela com muita frequência? Será que pensa como teria sido sua vida ao lado dela? E será que pensa como teria sido ao *meu* lado? Enfio mais um vez meus dedos dentro da abertura, e dessa vez retiro algo redondo e de metal. É o anel de polegar de Caleb: aquele com a estrela e o diamante, que dei a ele de aniversário. Eu suspiro quando o levo aos lábios. Então, ele ainda o conserva? Pelo menos isso, não é? Talvez algumas noites, quando está sozinho e ouvindo nosso CD, ele tire o anel do esconderijo e pense em mim. Uma garota pode sonhar. Retiro em seguida uma miniatura de ampulheta, cujos finos grãos de areia são prateados. Depois apanho um pequeno livreto, cujas páginas nas cores preta, vermelha, branca, dourado e verde não têm palavras. Não sei que lembranças essas bugigangas trazem... Lembranças sobre mim, talvez. Coloco o cavalo em cima da mesa novamente e escuto algo tilintar.

Onde eu já escutei esse som antes? Meus olhos percorrem a mesa e, então, o chão ao redor, em busca do culpado. Onde... Onde? Ali! Minhas mãos enfim recolhem o objeto procurado e um grito de espanto escapa de minha garganta. Não sei se estou surpresa ou se sabia que Caleb encontraria isso em algum momento; mas sinto minha boca secar quando viro o objeto na palma de minha mão. Era a moeda — a *nossa* moeda. Nosso tostão! Será então que ele foi ao meu apartamento depois que parti, para me encontrar? Será que a encontrou sobre minha mesa de café vandalizada?

Meus olhos se enchem de lágrimas quando imagino quão confuso ele deve ter se sentido. Como ele sabia que eu havia partido? Se levou consigo o tostão, que simbolizava o começo de nosso romance, então ele sabia.

Leah deve ter dito a ele, compreendi com amargura. Apesar da promessa que fez a mim, ela deve ter revelado a verdade a ele nos mínimos detalhes, com uma satisfação doentia. Fez isso para mantê-lo longe de mim, porque ela provavelmente tinha consciência de que Caleb tentaria me encontrar.

Estou aborrecida, sem energia e enjoada quando ouço meu nome ser chamado. Ele soa através da enorme casa como se estivesse sendo cantado pelo vocal de apoio de alguma banda.

— Olivia! — Cammie entra toda esbaforida no escritório de Caleb, tirando-me do meu atordoamento. Ela está agitando algo nas mãos e sua excitação é tão grande que faz seu cabelo saltar de um lado para outro descontroladamente.

— Olivia — ela repete, arregalando os olhos. — Você precisa ver isso já!

Ela então joga sobre a mesa, na minha direção, um envelope de papel manilha.

— Onde você achou isto? — digo, sem pegar o envelope.

— Apenas cale a boca e abra essa coisa — Cammie insiste, muito nervosa, e então eu noto que ela parece bastante angustiada.

Apanho o envelope e separo com cuidado a extremidade aberta, deixando que seu conteúdo caia sobre a mesa. Cartas, fotografias... Eu os examino por alguns instantes. De súbito, calafrios começam a percorrer meu corpo de uma ponta a outra.

— Meu Deus, Cammie!

Eu me sinto completamente confusa.

— Eu avisei, querida — ela diz.

Sobre a mesa há fotos minhas... junto com Turner! A fotografia do noivado, que mandamos tirar depois que ele me pediu em casamento, e uma outra no zoológico, em nosso primeiro ano de namoro.

— Eu não entendo, Cam...

E minha amiga, minha querida amiga detetive, aponta para a pilha de cartas.

— Isso é bem ruim, não é? — pergunto, ansiosa.

— Pode apostar que sim.

Pego a primeira carta e a abro. Está escrita à mão em uma folha de papel branca.

Olá, Jo!

Sei que você odeia que a chamem assim, mas não consegui resistir. O pedido que você me fez é mesmo estranho; devo admitir que atiçou minha curiosidade. Não sei em que tipo de problemas você está metida agora, mas desde que não sejam como aqueles da escola... Pode contar comigo, estou dentro!

Piadinhas à parte, eu realmente devo uma a você. As entradas para o Super Bowl são tudo para o meu filho. Então, se você quer que eu chame uma bela garota para sair... Bem, não vou reclamar. De qualquer modo, linda, vou mantê-la informada sobre os acontecimentos.

Turner

A manifestação da minha ira começa com um gemido e vai subindo aos poucos, até ficar igual a sirene de um carro de bombeiros. Cammie me encara com preocupação e eu resolvo me acalmar e parar.

— Próxima carta. — Estendo a mão para a minha amiga e ela coloca outra folha de papel entre meus dedos.

Jo-Jo,

Não dá pra acreditar que isso esteja acontecendo! Que loucura!

Nós vamos nos casar! Aposto que gostou de saber disso, não é? Eu finalmente segui o seu conselho e a pedi em casamento. Uau! Eu acho que devia lhe agradecer por isso, então... Obrigado!

Mês que vem estarei na Flórida, visitando-a. Talvez nós possamos almoçar juntos. Eu, Olivia, você e o seu marido. Você não vai morrer se falar com ela! Sei que há alguma coisa sórdida do passado entre vocês duas... Mas seja lá o que for, ela irá superar. No fim das contas, você é a força que nos mantêm juntos.

Nós nos falaremos em breve.

Turner, o noivo

— Porra! Que desgraçados malditos, Cammie!

— Isso não passa de elogio para eles. — ela anda até a impressora de Caleb e a abre.

— Ela armou para mim! De algum modo soube que eu iria para o Texas e mandou um de seus amigos dar em cima de mim... apenas para me manter longe de Caleb! — Minha voz fica cada vez mais alta e minha amiga me dá alguns tapinhas no ombro a fim de me consolar.

— Turner é amigo de Leah. Ela o usou e ele nem mesmo sabe disso.

— Bem, Leah deu ao sujeito entradas para o Super Bowl — Cammie comenta. — Sabe, não é muito fácil conseguir isso... — Ela pressiona o botão de ligar e um zumbido enche o recinto.

— Eu estou noiva do brinquedinho dela!

Sinto vontade de chorar até arrebentar. Ao mesmo tempo, quero partir em pedaços o ovo ornamental daquela louca. Como eu pude ser tão estúpida? Não, não fui estúpida. Eu não poderia adivinhar que Turner e Leah se conhecem. Mas eu devia ter desconfiado de que aquela víbora não acreditaria quando garanti que me manteria longe de Caleb e de que ela tomaria precauções adicionais. E eu planejava *me casar* com a precaução dela!

— Vamos lá, vamos acabar com essa casa! — digo, levantando-me.

— Não, de jeito nenhum! Essa é a casa de Caleb também. Não é justo puni-lo por uma coisa que ela fez. — Cammie me detém.

— Eu... eu acabei de salvá-la de uma sentença de vinte anos de cadeia! Defendi essa maldita vaca, traiçoeira, repulsiva...

— Sem dúvida. Antes você não fosse uma advogada tão incrível, não é? De qualquer modo, as más notícias ainda não terminaram...

— Tem mais? Como pode haver ainda mais?

Ela puxa um bastão do bolso de trás da calça e o coloca em minha mão.

— O que é isso? — Eu engasgo, e pisco para conter as lágrimas.

— É um medidor de fertilidade.

— Hein?

— É um dispositivo usado para monitorar níveis de hormônio presentes na urina... Assim se pode constatar se há possibilidade de gravidez...

De repente, eu me dou conta do que está havendo.

— Eles estão tentando ter um bebê? — Minha respiração fica ainda mais ofegante.

Mas por que ele não me contou isso?

— *Ela* está tentando ter um bebê. Eu descobri que essa mulherzinha esconde uma caixa de sapatos "secreta" com essas cartas — ela move a cabeça na direção da correspondência de Turner — e um gráfico da fertilidade. Se estivessem ambos tentando ter um bebê, não acha que essa coisa toda do bebê estaria no armário do banheiro?

Eu a encaro estupefata.

— Ah, Olivia! Ela está tentando engravidar porque você está de volta. Leah tem medo de perdê-lo. Caleb não sabe! Você tem de deter isso antes que ele fique para sempre aprisionado na armadilha dela.

— Por quê? Eu não posso... eu... — Escorrego miseravelmente na cadeira. — Um gráfico de fertilidade? — repito, e não tenho a menor ideia do que seja isso.

— Isso mesmo, uma tabela que lhe indica os dias em que há mais chances de engravidar. Em que século você vive?

— O gráfico indicou esse fim de semana? — De repente começo a suar frio.

Cammie confirma com a cabeça.

— Aqui, pegue. — Ela me entrega as cópias das cartas de Turner. — Escute, Olivia, é hora de agir pra valer. E não me refiro a sua rotina de trapacear e agir às escondidas. Dessa vez, você precisa lhe contar a verdade e abrir o jogo a respeito de tudo.

— Ah, sim, perfeito. O que resta para ser revelado que ele já não saiba?

— O que resta? Por exemplo, contar a ele o que Leah fez quando você deixou a Flórida ou que ela tentou suborná-la com dinheiro... Que tal? Acha pouco?

— Isso não fará diferença. Caleb já sabe que ela não vale nada. Ele tem uma estranha queda por garotas imorais.

— Convide-o para uma conversa séria sobre os sentimentos que ele tem por você! Ele voltou a procurá-la, mesmo depois de saber o que você fez quando ele teve amnésia. Esse homem ainda a ama, Olivia! Você só precisa convencê-lo disso.

Penso na noite em que ele apareceu em meu apartamento, na véspera do pronunciamento da sentença de Leah. Ele estava sempre aparecendo, não é? Apareceu na loja de música, apareceu no supermercado, apareceu em meu escritório... Que droga. Cammie tinha razão, havia algo de estranho nisso.

— Está bem — eu digo.

— Certo — ela concorda. — Agora, ligue o computador. Temos que descobrir para onde eles foram.

Duas horas depois, abro a porta do meu apartamento e entro. As janelas estão abertas e o ar marítimo atinge meu rosto. Eu o recebo de bom grado, sentindo-me revigorada. E vou à procura do meu noivo traidor. Repito para mim que manterei a calma e agirei com classe; mas quando o vejo tomando banho de sol em minha linda sacada, começo a xingá-lo aos gritos. Ele se volta tão rapidamente que quase derruba seu copo de água.

— Pegue isso. — Arranco o anel do dedo e o atiro em sua direção. A joia rola pelo piso, e então para junto aos pés dele. — Vou viajar. Quando voltar, NÃO QUERO VÊ-LO MAIS AQUI!

Ele se levanta com rapidez, confuso. Olha para a esquerda e para a direita, como se a explicação para o meu comportamento maluco pudesse ser encontrada em algum lugar.

— Mas o que...?

Vejo seus óculos de sol da Gucci, sua sunga salmão, seu jeito idiota de se movimentar, parecido com o de um robô, e me lamento intimamente. O que eu tinha na cabeça quando cometi um engano tão grande?

Nada, ora! Eu não tinha nada na cabeça. Estava só tapando o vazio do meu coração com enchimentos. Cammie tinha razão!

— Você conhece aquela... Leah! Todos esses meses defendi essa mulher no tribunal e você nunca disse uma palavra!

Turner empalidece, apesar de seu ridículo bronzeado. Fica girando as mãos de um lado para o outro, sem saber ao certo o que fazer com elas.

— Você me convidou pra sair em troca de entradas para o Super Bowl! — eu grito de raiva.

— Sim, mas...

— Cale a boca! Cale já essa boca!

Desabo sobre uma cadeira de jardim e levo as mãos à cabeça. Sinto-me como se tivesse noventa anos.

— Turner. Nós não vamos dar certo juntos, não fomos feitos um para o outro. Me desculpe, mas eu não quero me casar com você.

— Puxa... — Ele bufou. — Pelo menos posso dizer algo a respeito?

Ainda com as mãos no rosto, olho para ele por entre meus dedos.

— Não, na verdade você não pode. — Suspiro e me levanto. — Agora vou fazer as malas. — E vou para o meu quarto.

— Por quê? — ele ainda tenta argumentar quando estou saindo. — Por que não podemos dar certo juntos?

Eu paro e olho para ele de lado.

— Não há o que dar certo. Eu não posso dar a você algo que eu não tenho.

CAPÍTULO 18

OITO HORAS MAIS TARDE, ESTOU SENTADA NA CLASSE executiva de um avião, bebendo uma coca-cola e batendo as pontas dos dedos impacientemente na bandeja diante de mim.

Caleb e sua mulher maligna estão em Roma. Sim, foi isso mesmo que eu disse: *Roma*. Uma viagem às Bahamas não era boa o suficiente para ela, ou mesmo uma viagem às Ilhas Marcus — dois dos locais mais indicados para casais que querem engravidar, segundo uma pesquisa que Leah realizou em seu computador. Em vez disso, ela optou pelo hotel Intercontinental De La Ville, onde Susan Sarandon, sua atriz favorita, também engravidou. Como consegui descobrir um detalhe tão pessoal? Porque além de invadir a casa de Leah com minha melhor amiga maníaca, eu também invadi a conta de seu e-mail e li as mensagens que ela havia trocado com sua mãe...

— É a primeira vez que vai a Roma?

Olhei na direção da voz e vi um par de olhos muito verdes fitando-me do assento ao meu lado.

— Hum... sim. — Respondo de modo bem desinteressado, para parecer o mais rude possível, e volto o olhar para a janela.

Que saco. Lá vem conversinha mole. Não tenho a menor vontade de bater papo. Estou envolvida na missão mais importante da minha vida.

— Você vai amar Roma. É o melhor lugar do mundo.

— Sim, para fazer bebês — murmuro.

— Perdão, o que disse?

— Ah, nada — respondo. — Vou para lá a negócios, então, só vou trabalhar, não será divertido para mim. — Sorrio meio sem graça e finjo vasculhar minha bolsa à procura de algo.

— Que pena. Você devia pelo menos tentar encontrar tempo para visitar o Coliseu. É absolutamente fascinante!

Pensando bem... ele tem razão, essa ideia realmente não é má. Caramba! Eu vou para Roma! Agora estou animada de verdade. Com toda a correria para reservar passagem aérea, enfiar as coisas numa mala e terminar tudo com Turner, eu me esqueci completamente que meu destino seria nada mais, nada menos que Roma!

— Talvez eu faça isso — respondo, sorrindo para ele.

O cara com quem estou falando não é de se jogar fora. Tem uma beleza maliciosa, com seu cabelo bem escuro, pele levemente bronzeada e queixo marcante. E seu nariz indica que provavelmente é judeu.

— Sou Noah Stein. — Ele me estende a mão e eu a aperto.

— Olivia Kaspen.

— Olivia Kaspen — ele repete. — É um nome bastante poético.

— Bem, já disseram coisas mais estranhas a respeito do meu nome... — Faço uma careta, e ele sorri.

— O que você faz da vida? — pergunto, tentando parecer agradável. *Oh, meu Deus... Acabei de romper com Turner!*

— Tenho o meu próprio negócio. E você?

— Sou advogada. — Olho para baixo e vejo que minhas mãos estão tremendo. — Com licença, sim? Preciso ir ao banheiro.

Ele faz um aceno de cabeça e passa para o corredor, a fim de me dar passagem. Quase derrubo uma comissária de bordo e uma garotinha enquanto vou tropeçando na direção dos banheiros.

Uma vez dentro do reservado, eu caio diante do vaso sanitário e vomito.

Merda, merda, merda, merda!

A minha vida inteira mudou nas últimas horas e só agora eu me dou conta disso. Turner... Pobre Turner! Ah, que nada! Ele me convidou para sair em troca de entradas para um jogo! Mas ele me amava, não é? E será que eu o amava? Não. Era a coisa certa a fazer, terminar com ele. Era a única coisa a fazer. Lavo a boca na pia e me encosto na parede. Isso é loucura! Correr para a Itália em perseguição ao meu ex-namorado, com uma ideia absurda na cabeça... O que minha mãe diria disso? Reprimo um soluço. Sozinha em Roma, e eu nem mesmo falo italiano! Isso é ruim. Não é nada, nada bom.

Volto para o meu assento, e Noah, gentilmente, me dá passagem, sem dizer uma palavra sobre o meu rosto inchado. Depois de tomar alguns generosos goles de minha bebida sem gosto, passo os dedos sobre meus olhos para retirar resquícios de rímel e me volto para Noah, com expressão séria.

— Não vou para Roma a negócios — digo, e ele não parece surpreso.

E por que deveria estar? Ele não sabe que sou uma mentirosa incorrigível.

— Ah. — Ele ergue as sobrancelhas. — Tudo bem.

Eu respiro fundo. Como é bom contar a verdade.

— Eu vou procurar um homem, Caleb Drake, e quando encontrá-lo terei de dizer a ele a verdade sobre tudo. Estou com muito medo.

Noah olha para mim com interesse renovado. Antes eu era apenas uma garota bonita, agora, passo a ser uma mulher com um segredo.

— De que tipo de verdade se trata?

— De uma bem cheia de sujeira. Trabalho para litros de desinfetante. — Eu suspiro.

— Sou todo ouvidos — ele responde, fitando-me com seus olhos muito penetrantes.

— É uma longa história.

— Bem... — Ele ergue as mãos e olha ao redor. — Vai ser um longo voo.

— Certo. Conto tudo a você, mas com uma condição — eu digo, puxando minhas pernas contra o peito e mantendo-as assim. Noah olha para os meus joelhos e então para o meu rosto, como se não conseguisse entender direito por que uma mulher adulta está sentada como uma menininha. — Você tem que me contar qual foi a pior coisa que já fez na vida.

— A pior coisa que já fiz? — Ele leva a mão ao queixo, parece se concentrar, em busca de alguma lembrança distante. — No sexto ano da escola, havia uma menina em minha classe que nós chamávamos de Felicity Gordona. Uma vez, por brincadeira, eu entrei no quintal da casa dela e roubei duas de suas... hã... grandes calcinhas. Depois eu as pendurei na porta da frente da escola com a frase: "Felicity Gordona Usa As Suas Calcinhas Como Paraquedas". Quando viu isso ela caiu no choro, tentou correr e tropeçou em sua pasta escolar. Foi um tombo feio. Ela foi levada às pressas para o hospital e acabou levando cinco pontos no queixo. Eu me senti horrível; na verdade, sinto-me horrível até hoje.

— Isso foi cruel, sem dúvida — eu comento.

— Sim. Hoje em dia ela é uma gata, linda mesmo. Eu a vi em uma reunião de antigos colegas de classe e a convidei para sair. Ela riu na minha cara. Disse que eu já havia visto suas calcinhas uma vez e que jamais veria de novo...

Eu caio na risada; rio tanto que meu corpo todo se balança. Noah me diverte. Ainda estou rindo quando percebo que tenho outro escoteiro nas mãos.

— Então... Felicity? Essa é a pior coisa que tem para contar?

— Uma vez, roubei um ímã de uma loja.

— Não sei, não, cara — eu digo. — Não tenho certeza se você está pronto para a minha história...

— Tente e você vai ver.

Olho para o rosto dele e me lembro de algo que Caleb me disse um dia: que é possível julgar a personalidade de uma pessoa por sua aparência. Se isso é verdade, chego à conclusão de que posso confiar em Noah, porque ele tem os olhos mais amáveis que já vi na vida.

— Eu me apaixonei debaixo de uma árvore — começo.

Doze horas mais tarde

ESTÁ CHOVENDO MUITO EM ROMA E EU ME ENCONTRO do lado de fora do hotel Intercontinental De La Ville, escondida sob um estúpido poncho amarelo que mal me protege da chuva torrencial. Não sei por que estou aqui neste exato momento; parecer um rato molhado não tem utilidade nenhuma para mim. Mas eu preciso ver a janela dele, ver o cenário que os olhos dele apreciaram a manhã inteira. O hotel é pequeno mas opulento, e se situa majestosamente no topo das escadarias da Piazza de Spagna. Imagino que eles possam ver a cidade inteira de sua pequena sacada. Que romântico. Eu suspiro e continuo observando. Alguém se movimenta atrás das cortinas e, então, uma ruiva que não me é estranha aparece e se posiciona sob o toldo, com um cigarro aceso na mão. Será que ela não sabe que nicotina prejudica a fertilidade?

— Isso mesmo, continue fumando — sussurro, estreitando os olhos.

Instantes depois a porta se abre de novo, e Caleb — como um Deus romano — aparece para se juntar a Leah. Ele está sem camisa e seu cabelo está úmido, provavelmente porque acabou de sair do chuveiro. Finjo que não estou sentindo nenhum aperto no coração e com o dedo tento tirar o rímel que se acumula sob os meus olhos.

Não toque nele! Não faça isso! Ela estende o braço e passa a mão de modo sedutor no peito dele. Caleb a segura na altura do cós de sua calça, e ri.

Eu desvio o olhar quando ele a puxa para perto e a envolve nos braços. Meu coração começa a doer. Bato o pé no chão com força, irritada, e um lamento animal escapa de minha boca. Estou tão louca de amor por ele!

— Certo, Olivia, eles estão prestes a testar a coisa da fertilidade. Não posso deixar que Leah procrie! — digo a mim mesma com veemência enquanto saco do bolso o meu celular.

A chamada vai me custar uma fortuna... Mas quem se importa? Não se coloca preço no amor.

Digitando o número do telefone do De La Ville, eu me enfio debaixo da cobertura de uma loja de perfumes e espero impaciente, até ouvir o toque breve do telefone chamando.

— Buona sera, De La Ville Intercontinental. Non ci sono titoli che contengano la parola? — diz uma funcionária do hotel.

— Hum... Olá... Eu não falo italiano, então será que...

— Então podemos falar em sua língua. Em que posso ajudá-la?

— Estou tentando entrar em contato com um hóspede de seu hotel. O nome dele é senhor Caleb Drake. É urgente e eu gostaria de saber se você poderia avisá-lo imediatamente para que responda à ligação.

Ouço a atendente digitar alguma coisa no computador.

— Qual é seu nome, por favor?

Oh, não! Qual é mesmo o nome da secretária dele? Rimava com Pina Colada...

— Rena Vovada — respondo. — Estou ligando do escritório dele. Por favor, diga-lhe que é importante que ele me ligue com urgência. Muito obrigada! — E desligo o telefone, antes que ela tenha a chance de me fazer mais perguntas.

Depois de cumprir minha missão, corro sob a chuva até o local de onde eu posso avistar a sacada dos dois. Eles ainda estão ali. Leah está apagando o cigarro com uma mão, enquanto deixa que Caleb a puxe pela outra para dentro do quarto. Vejo a cabeça dele se virar de repente e então suas mãos se soltam e ele desaparece porta adentro. Imagino que ele deva ter ouvido o toque distante do telefone.

Muito bom. Isso o deixaria ocupado por pelo menos meia hora. Com sorte, tempo suficiente para estragar o clima. Satisfeita, volto para o

Montecito Rio, hotel onde estava hospedada. Não é deslumbrante como o De La Ville, mas é charmoso, e eu não ligo a mínima para Susan Sarandon.

Meus sapatos estão ensopados e borrifando água quando eu passo pelo saguão. A garota atrás do balcão olha para mim e apanha o interfone para chamar a manutenção.

— Você é a senhora Kaspen, não é? — ela me aborda quando caminho na direção dos elevadores.

Eu hesito antes de me voltar e responder.

— Sim, sou eu.

— Tenho uma mensagem aqui para a senhora. — Ela estende um pedaço de papel e eu o apanho com cautela, encaixando-o entre dois de meus dedos mais secos.

— De quem? — pergunto um tanto receosa, mas quando ela responde "Noah Stein", minha ansiedade se dissipa de imediato.

Noah, o completo estranho que ouviu todo o meu desabafo! Fico contente que tenha entrado em contato comigo. Isso me transmite a sensação de que estar em Roma não é nenhum grande problema. Eu tenho amigos aqui.

Levo o meu recado e meu poncho gotejante até o meu quarto e vou para debaixo do chuveiro sem me dar ao trabalho de ler a mensagem. Tudo, inclusive o meu novo amigo Noah, fica em segundo plano até que eu esteja aquecida e seca.

Quando eu termino de me arrumar, acomodo-me na minúscula cama e abro o papel molhado.

Jantar às oito
Tavernetta
Você tem que comer...

Eu sorrio. Sim, eu preciso comer; e seria ótimo fazer isso na companhia de alguém de quem realmente gosto. Apanho o telefone e digito o número de celular que Noah me dera no aeroporto antes de nos separarmos.

— Ei, é apenas para emergências — ele diz. — Não abuse do meu número de celular secreto.

Hesito por um breve instante antes de entender a brincadeira. Eu estou sozinha em Roma e posso precisar dele.

— Noah, é Olivia...

— Eu me recuso a falar com você, a menos que me diga que virá.

— Eu vou! — respondo, rindo.

— Isso é bom. O restaurante é um pouco elegante. Você tem tudo o que precisa?

— Vejamos... Viajei para cá com a intenção de convencer o amor da minha vida de que ele precisa voltar para mim... Tenho quatro vestidos do tipo "me pegue e faça amor comigo". Só tenho que escolher a cor mais adequada.

— O preto...

— Certo! — respondo, suspirando. — Eu o verei às oito.

Desligo sentindo-me deliciosamente entusiasmada. Agora sim, estou retomando o controle de minha vida. Hoje à noite vou jantar e relaxar. Amanhã, vou encontrar Caleb e contar tudo a ele. Aquela víbora não faz ideia do que a espera. O furacão Olivia está prestes a arrasar Roma!

Quando termino de me aprontar para o jantar, penso no episódio que estragou nosso relacionamento. Meu coração batia tão forte quando fiquei plantada do lado de fora do escritório de Caleb, sabendo que aquele que eu amava mais que tudo na vida estava me traindo naquele exato momento! Pensei em ir embora, fingindo que a pessoa dentro daquele escritório não era meu namorado. Então, pensei em meu pai, que com toda a sua desonestidade havia ferido minha mãe mais do que o próprio câncer que a matara. Eu tinha de ver o que estava acontecendo ali. Precisava confrontá-lo, mas também queria ver a mulher. Quem era a garota que tinha o poder de nos separar?

PASSADO

ISSO IA SER MUITO RUIM. PERTURBADOR. ALGO QUE mudaria nossas vidas. A porta se abriu sem ruído, tão silenciosamente que nem Caleb nem sua companhia perceberam que foi aberta e que havia plateia para o espetáculo que protagonizavam.

— Caleb... — eu disse com voz débil, porque a essa altura a vida já havia sido sugada de mim.

Suas cabeças se afastaram com rapidez e ele deu um passo desajeitado para trás. Enjoada, vi que o vestido dela estava levantado até as coxas. Sim, era mesmo real — ele, ela, e minha vida se desintegrando. Não havia explicação para os dois estarem em semelhante situação. E se Caleb tentasse me dar alguma desculpa eu jamais acreditaria nele.

Olhei para o rosto dele. E ele estava muito pálido.

— Ah, Caleb... — repeti.

Ele parecia tão surpreso! Eu deveria pedir desculpas por tê-lo flagrado? Sua boca se abriu e se fechou, mas nenhum som saiu dela. A garota parecia orgulhosa. Eu quis gritar: *Ela? Por que ela?*

— Eu amava você — eu disse, e era a primeira vez que lhe dizia isso.

Ele sentiu o golpe; a tristeza tomou conta de seu rosto. Era seu desejo me ouvir dizer que o amava... Deve ter sido muito doloroso para ele ouvir isso justamente num momento de infidelidade. Foi uma retaliação cruel de minha parte, mas Caleb é que havia começado a guerra. A piranha em cima da mesa parecia estar se divertindo com a situação.

— Você deve ser Olivia — ela disse, pulando para o chão.

O fato de ela saber meu nome me revoltou. Será que estavam falando de mim? Minha foto ficava próxima de onde ela estava sentada. Meu rosto era testemunha da traição deles. Eu não olhei para ela. Não pude. Ela abandonou a sala sem se despedir, deixando duas pessoas arrasadas, uma olhando para a outra.

— Eu jamais quis que isso acontecesse — ele disse quando a porta do escritório se fechou.

— Ser pego no pulo? Ou ser uma decepção? — Tentei controlar o tremor em minha voz, mas era inútil.

— Olivia! — ele implorou, dando um passo em minha direção.

— Não ouse se aproximar de mim... entendeu? Como você pôde? Fez a pior coisa que poderia ter feito. Exatamente como o meu pai!

— Seu pai e eu não somos parecidos em nada! Durante muito tempo você usou os pecados dele como desculpa para não amar!

Eu não conseguia acreditar no que estava ouvindo. Eu amava as pessoas. Amava muitas pessoas! Eu apenas não dizia a elas.

— Você me dá nojo — eu disse. — Pelo menos poderia ter agido como um homem de verdade e ter me contado que não me queria mais!

— Eu sempre vou querer você, Olivia. Essa não é a questão, nunca foi. Trata-se de querer demais e não ser desejado por você na mesma medida!

Bati em meu rosto para afastar uma lágrima de raiva que deslizava por ele e sorri maldosamente.

— Então a questão toda se resume a sexo, não é?

Exasperado, Caleb sacudiu os braços na frente do corpo e olhou para mim com mais raiva do que eu jamais vira.

— Eu acho que já lhe mostrei mais de mil vezes que a questão não é sexo nem nunca foi! — ele disse com voz baixa e ameaçadora. — Eu a amei o suficiente para deixar de lado cada um dos meus sentimentos em benefício dos seus. E qual foi a minha recompensa? Frieza e distanciamento emocional. Você é egoísta e amarga, e não reconheceria uma coisa boa nem que ela caísse do céu em seu colo!

Eu sabia que ele dizia a verdade. Eu era de fato isso tudo e ainda mais. Mas ele poderia ter simplesmente me deixado; não precisava me fazer de idiota.

— Então, está bem. O seu processo de libertação começa a partir de agora. — Eu o deixei ali parado, de pé, na quase escuridão, e andei calmamente até a saída mais próxima.

Você não vai sofrer! Não sofra, não sofra, não sofra...

Eu sofri como nunca antes. A dor era tão violenta que eu mal conseguia descer as escadas; então, me sentei. Eu me sentei, tremendo, e fechei os olhos com força. Desejei ardentemente que um meteoro caísse sobre a Terra naquele exato instante e me atingisse bem ali onde eu estava sentada. Senti-me ferida e exposta, como se as minhas entranhas todas tivessem sido arrancadas e eu estivesse sangrando pelo chão sem parar. Como isso foi acontecer? Ele era tudo o que eu tinha!

Ouvi a porta de incêndio se abrir um andar acima de onde eu estava, permitindo por um breve momento que a música da festa passasse e descesse as escadas com o vento. Temendo que fosse Caleb a minha procura, pus-me de pé num salto e desci correndo os quatro lances que faltavam e não parei de correr até chegar ao meu carro.

Girei a chave na ignição com força, dando partida no carro.

Caleb que se dane. Eu era capaz de amar. Eu tinha muito amor para dar. Se me conhecia tão bem, por que ele não podia ver isso?

Eu não o amava? Então, por que sentia uma dor tão torturante agora? Nada dava a ele o direito de me trair! Nada!

Em vez de tomar a direção de casa, meus pneus ganharam vida própria e rumaram para a autoestrada. Quase bati numa minivan. Eu dei tudo a ele, tudo o que podia dar, e vejam o que ele fez. Eu confiava nele!

— Não, não, não, não! — As lágrimas começaram a correr por meu rosto sem parar. — Isso não pode estar acontecendo... — Parei o carro, com medo de acabar matando alguém por causa da minha direção perigosa. Minha mente estava enlouquecida e mergulhada em trevas.

— Caleb! Não... — Senti o gosto das lágrimas salgadas em minha boca. Eu me odiava, mais do que odiava aquele garoto, e mais até do que odiava o meu pai. Eu era uma criatura perdida, o tipo mais detestável de pessoa. Comecei a dirigir de novo. Não podia voltar para casa, ele me procuraria lá. O hotel onde nos hospedaríamos não ficava longe. Eu iria para lá.

Caleb tentou ligar para o meu celular. Acionei o correio de voz e aumentei o volume do rádio; qualquer coisa era melhor do que o som dos meus soluços.

O lugar onde ele havia feito reservas para nós passarmos o fim de semana era ótimo. Eu me lembro das fontes e dos afrescos no saguão, e do sorriso genuíno com que os funcionários recebiam os hóspedes. Naquela noite, porém, meus olhos estavam cegos para tudo, exceto para a traição de Caleb. Registrei-me na recepção e subi para o quarto com minha mala.

Ainda era cedo quando eu tomei banho. Separei o vestido que havia comprado especialmente para aquela ocasião. A cor dele era azul-aeroporto, com um cordãozinho preto na cintura — os dois detalhes favoritos dele. Eu o vesti e fiquei diante do espelho para me avaliar. Eu parecia linda. Porém, estava tão feia por dentro, então, de que adiantava? Eu não podia ficar ali naquele quarto sozinha, ia acabar enlouquecendo. Apanhei a bolsa e corri para a porta, tentando não ver a mão de Caleb na perna da outra mulher.

Eu sabia o que estava prestes a fazer. Sim, e eu ia feri-lo mais do que ele me ferira. Pois quando eu entrava numa briga, eu jogava sujo. Olho por olho...

Perambulei pelas ruas movimentadas de Daytona, olhando sem interesse as vitrines das lojas. Não demorei a encontrar exatamente o que procurava: Swig Martini Bar. Era sinistro e tedioso, assim como eu. Passei pela ampla porta de entrada e mostrei minha identidade para o segurança. Uma mistura de cigarro e perfume adocicado chegou até mim. O cheiro me fez recordar a noite em que fui à festa da fraternidade de Caleb com a missão de reconquistá-lo. Tão depressivo.

Abri caminho até o bar e pedi um uísque. O barman me olhou com curiosidade quando eu bebi tudo de um só gole e pedi outro. Eu o vi colocar uma dose extra no segundo copo — bendito seja! Levei meu segundo drinque para um pequeno pátio do lado de fora, onde consegui uma mesa de frente para o mar. O ambiente era propício. Misterioso, solitário. Afastado do rebanho. Não ia demorar para um homem se aproximar.

Dito e feito: ele apareceu. Alto, loiro, usando calça social e uma gravata em desalinho em volta do pescoço.

— Dia ruim? — ele perguntou, inclinando-se no parapeito e olhando na direção do mar.

— Sim. E você?

— Bem ruim.

Ele sorriu para mim, seus dentes amarelados me indicaram que era fumante.

— Posso lhe pagar uma bebida? — Ele apontou um dedo para o meu copo vazio, e eu concordei com um gesto de cabeça.

— Uma dose de qualquer coisa.

— Tudo bem.

Ele voltou com dois drinques. *Bom*, eu pensei. Minha viagem rumo ao inferno seguia como o esperado. Nós bebemos por mais de uma hora e eu o convidei para dançar. Ele era um dançarino medíocre, mas que importância tinha isso agora? Senti asco quando ele começou a se esfregar em mim por trás, mas ignorei isso e continuei dançando, concentrando-me no redemoinho em minha cabeça. As coisas ficaram quentes, com beijos rápidos e carinhos provocantes e, por volta da meia-noite, nós escapamos para o meu hotel.

— Espere um pouco — ele disse quando já nos encontrávamos no quarto, e ele estava em cima de mim. Lembro-me de tê-lo visto tirar uma camisinha de sua carteira e rapidamente rasgar a embalagem com os dentes. A minha sensação de nojo não tinha fim.

Depois, recordo-me de não ter sentido nada. Eu apenas fiquei ali deitada e ele não pareceu ligar a mínima. *Então, é assim que vou perder minha virgindade*, eu me lembro de ter pensado, *com um estranho, não com Caleb*.

Quando terminou, ele adormeceu. Eu fiquei acordada a noite inteira, com náuseas e com raiva da vida. Pela manhã, o homem logo foi embora. Eu jamais soube seu nome. Esperei ansiosa que a culpa me atingisse, mas tudo que senti foi entorpecimento. Eu sabia que se procurasse com empenho encontraria um enorme sentimento de repugnância; mas eu não estava pronta para odiar a mim mesma. Estava ocupada demais odiando Caleb.

Por volta de meio-dia, ouvi alguém mexendo na porta pelo lado de fora. Eu sabia que ele viria. Ele conseguiu uma chave do quarto na recepção. Quando a porta se abriu, eu estava sentada perto da janela, não havia tomado banho e o meu cabelo estava todo desgrenhado e grudado em meu rosto.

Caleb não disse nada quando me viu. Seus olhos vagaram pelo quarto em busca de sinais de minha dor. A bagunça, minhas roupas espalhadas por todo canto. E então ele viu a embalagem rasgada de camisinha, colocada sobre a mesa de cabeceira. A mão dele na perna de outra mulher, minha embalagem de camisinha... Duas imagens que nos perseguirão em nossas lembranças para sempre, um eterno obstáculo a futuros relacionamentos.

Quando Caleb enfim se deu conta do que significava aquela embalagem rasgada, suas emoções se refletiram de imediato em sua expressão. Sua dor veio na forma de um estremecimento e então a luz foi sumindo lentamente de seus olhos. Eu entendi essa reação como um recuo, porque, como já disse, eu luto sujo.

— Eu levei Jessica Alexander para fazer o aborto. Eu a aconselhei a fazer isso.

Dei a Caleb um minuto para digerir minhas palavras. Olhei para os carros que passavam lá fora. Imaginei-me colocando minhas emoções em um desses carros e depois observando enquanto o veículo as levava para bem longe. *Não sinto nada*, disse a mim mesma. *Eu não sinto nada, assim como ele não sentiu nada quando me traiu.*

— Eu quis tanto ter você pra mim — disse sem me virar para ele. — Para conseguir tê-lo, eu tramei e manipulei. Segui seus passos durante meses. Soube de todas as garotas que você namorou. Conheci todos os lugares onde você levou cada uma delas. Eu planejei tudo. — Ele continuava calado, mas mesmo de costas eu podia sentir sua raiva silenciosa, que crescia e o engolfava.

— Eu sempre o amei. Comecei a amá-lo na primeira vez em que você falou comigo.

Ainda calado.

— Fiz sexo com um estranho, apenas para ferir você.

Senti meus pulmões se comprimirem, como que esmagados pelo peso do que eu havia feito. *Oh, Deus, Deus, meu Deus!*

Escutei um baque e me voltei lentamente para ver Caleb de joelhos no chão, com a cabeça abaixada e as mãos cobrindo o rosto. Seu corpo inteiro tremia; se era porque chorava ou porque sentia raiva eu não sei afirmar. Ele não fez o menor ruído; só aquelas convulsões silenciosas das quais jamais me esquecerei. Meu corpo começou a tremer quando percebi o que estava acontecendo. Agora, tudo chegara ao fim — eu, ele... nós. Tudo mudara para sempre. Eu não queria mais viver.

Pensei em me atirar pela janela para não ter de enfrentar toda a agonia que me aguardava. Eu havia ferido a pessoa que mais amava no mundo, a única pessoa que eu tinha — e tudo para me vingar! No fim das contas, porém, eu destruíra a mim mesma. Minutos se passaram. Uma hora se foi. Eu quis falar com Caleb, implorar para que me perdoasse, dizer-lhe que me mataria se não conseguisse seu perdão... mas não pude. Eu já estava morta por dentro. Por que não enxerguei isso antes? Por que não vi que tipo de pessoa eu era na verdade — uma criatura vazia, incapaz de amar?

Quando ele se levantou, eu desviei o olhar.

— Perdão, Olivia, por magoá-la tanto — ele disse com voz rouca, e isso me atingiu como um soco no estômago. Por que a voz dele era tão gentil? Por que não gritava comigo? Eu é que o havia magoado, apenas eu. Era minha culpa. Meu pecado. Minha sujeira.

— Depois de hoje, você nunca mais me verá de novo. — Ele fez uma pequena pausa antes de dizer as palavras que me fulminariam, que me atingiriam tão profundamente que eu jamais me recuperaria do impacto delas. — Eu vou amar novamente, Olivia; já *você*, vai sempre causar dor. O que você fez é... Você não tem valor porque você mesma quis ser assim. E vai se lembrar de mim todos os dias até o fim da sua vida, porque fui seu único amor e mesmo assim você me descartou.

E então ele foi embora.

CAPÍTULO 19

NOAH ESTÁ ESPERANDO POR MIM DO LADO DE FORA DO local combinado quando meu táxi estaciona. Antes que eu tenha tempo de pegar dinheiro, ele tira uma nota de sua carteira e a entrega ao taxista, indicando-lhe que fique com o troco.

Era uma nota de cem euros.

— Você está encantadora! — ele diz, beijando meu rosto.

— Obrigada. — Noah me oferece o braço e nós deslizamos para o interior do restaurante mais fascinante que já vi em minha vida.

Eu estou na Itália...

— E então, o que você está achando de Roma, Olivia?

Durante a corrida até o restaurante, eu vejo uma cidade antiga e ao mesmo tempo moderna. Construções desgastadas se mantêm desafiadoramente no mesmo lugar em que estavam milhares de anos atrás, bem no meio de uma arquitetura nova em folha. É mágico ter por toda parte vislumbres de um passado eternizado, como se ele renascesse das cinzas e lembrasse a todos que ainda não havia se apagado.

E há as motocicletas e as lambretas e os carros minúsculos que oscilam e fazem desvios bruscos e buzinam com estardalhaço para tudo em seu caminho. As roupas que se movem no ar, alegremente, em quase todas as sacadas e as pessoas que caminham pelas ruas, enquanto o som de música flui por todos os lugares, parecem fornecer um típico dia italiano com uma contínua trilha sonora.

— Se pudesse, nunca mais iria embora daqui — reconheço. — Jamais vi nada parecido com Roma.

Noah sorri e espera que eu me sente antes de se acomodar em uma cadeira.

— Na primeira vez em que estive aqui, tudo me pareceu tosco e descuidado — diz ele. — Porém, bastaram alguns poucos dias para que eu me apaixonasse pelo lugar. Desde então, sempre que estou em casa, eu sinto saudade daqui. Faço tudo que posso para voltar sempre que possível.

Percebo que isso também está acontecendo comigo. Não é de se estranhar que Leah queira gerar seu bebê aqui. Ela deve ter visitado o lugar antes. Todas as garotas ricas vem em peregrinação a Roma em algum ponto de suas vidas opulentas, para fazer compras, claro.

Quando recebemos nossas taças de vinho e o garçom se vai, levando nosso pedido consigo, Noah se volta para mim com um olhar preocupado.

— Você já conseguiu vê-lo? O seu Caleb?

— De longe. — Eu rio, porque Caleb está tão longe de ser meu que chega a ser ridículo. — Cinco andares abaixo dele, para ser mais precisa, espionando-o na sacada de seu hotel.

— Já decidiu como irá agir?

Balanço a cabeça numa negativa.

— Não tenho a menor ideia, mas preciso fazer algo. Vou pensar em uma saída... Tenho umas duas horas para bolar alguma coisa.

— Alguma coisa honesta? — ele provoca, levantando a cabeça, e ao fazer isso seu cabelo desliza de modo cativante sobre seus olhos.

— Sim! — Eu sorrio. É tão bom sorrir.

— Sabe, Olivia, você está fazendo a coisa certa, o que tem de fazer.

— O quê? Sendo honesta? — Bebo um gole de vinho com um pouco de afobação nos movimentos. É bem desagradável para mim falar sobre a minha integridade. Ou sobre a falta dela.

— Não.

Olho para ele, confusa.

— Buscando o que você ama. Escute, Olivia, você fez algumas coisas realmente abomináveis. Vamos ser sinceros: foram coisas bem ruins. Porém, você fez tudo porque ama demais esse homem, ama-o tanto que não conseguiu evitar as atitudes que tomou. Há bastante honestidade nisso.

— Não, não é verdade. Não há honestidade em mim, eu lhe garanto.

— Você está errada.

Minha cabeça cética se ergue em desafio. Ninguém em seu juízo perfeito diria que eu sou honesta, principalmente se conhecesse a minha história.

— Nunca encontrei alguém que falasse de modo tão honesto sobre suas más ações e que descrevesse os próprios sentimentos com tanta sinceridade. Você é uma pessoa ruim, Olivia?

— Sim — respondo, sem pestanejar.

— Entendo. O seu comportamento é o problema. Você se deixa influenciar por seus sentimentos em vez de se dedicar a ser virtuosa.

— Virtude... — repito a estranha palavra, e faço um enorme esforço para me concentrar em seu significado.

— As vidas de vocês sempre se cruzam. Isso não é engraçado? — ele observa, mudando o rumo da conversação. — Quero dizer, quais são as chances de uma pessoa com amnésia dar de cara com você duas vezes em vinte e quatro horas?

Eu balanço os ombros, sem saber o que responder.

— E isso apenas para puxar conversa, nas duas vezes, e então convidá-la para um café? — ele continua.

— Eu sei... — Suspiro. — Uma boa dose de ironia me persegue desde o dia em que o conheci.

— Existe algo mais nessa história, alguma coisa que você não percebeu.

— O quê? Como essa coisa de destino? Eu odeio destino. Ele não passa de um moleque chato que não consegue deixar as pessoas se curarem em paz.

— Eu não penso assim.

— Mas *o que* você pensa, então?

O espaço entre suas sobrancelhas se enruga e seus olhos veem alguma coisa que eu daria a vida para poder espiar por um segundo.

— Bem, eu penso que depois da primeira vez que você entregou o seu coração, você nunca mais o teve de volta. E você passou o resto de sua vida fingindo que ainda tem um coração.

— Aaah, eu não acho que...

— Pelo menos pense nisso. — Ele faz uma pequena pausa para se ajeitar melhor na cadeira. — Caleb está vivendo, mas está arrasado.

— Como você sabe? — pergunto. — Caleb não parece arrasado para mim. Pelo contrário, ele parece ter seguido adiante com sua vida, completamente integrado a uma nova situação.

— Nós nos conhecemos há pouco mais de doze horas e eu não tenho a menor dúvida de que nunca a esquecerei, mesmo que jamais voltemos a trocar uma palavra de novo em nossas vidas. Você deixa uma impressão muito forte nas pessoas. Eu posso apenas imaginar como se sente esse pobre infeliz depois de passar tantos anos tendo a sua companhia.

— Puxa... Por essa eu não esperava! — Eu rio, mas estou tristemente séria.

Noah olha para mim pelo que parece uma eternidade e, então, volta a falar.

— Lute limpo. Seja honesta. É assim que você vai reconquistá-lo. Mas se constatar que ele está feliz de verdade, deixe que se vá.

— Não sei se sou capaz de fazer isso — respondo, com sinceridade. — Não sei se estou pronta para seguir em frente sem ele.

— Porque você não aprendeu a amar.

— Está me dizendo que eu não amo Caleb? — Fico surpresa e chocada. Depois de tudo que contei a Noah, pensei que meu amor estivesse evidente. Quem lutaria com tanto ardor sem amar?

— Eu quis dizer que você não o ama tanto quanto ama a si mesma.

Silêncio.

Levo alguns segundos para trabalhar a minha raiva.

— Por quê? Por que você acha isso?

— Ele está formando para si mesmo uma vida possível sem você. E você quer arrancar isso dele, tirar-lhe o chão uma vez mais. Já passou por sua cabeça que outras pessoas podem sair feridas nessa situação? Ele pertence a Leah agora. E quanto à criança que pode já ter sido concebida?

Eu hesito. Não havia levado o bebê em conta.

— Amar alguém de verdade é mais do que buscar a própria felicidade. Você tem de querer que o outro seja mais feliz do que você.
— Ele seria mais feliz comigo — digo, com segurança. — Nós fomos feitos um para o outro.
— Mas ele teria que arcar com a culpa por abandonar sua mulher, seu filho, por estar ausente da vida dessa criança durante anos. E a confiança? Como recuperá-la? Você acha que ele não se lembrará do que você fez?
— M-mas nós podemos consertar isso. Sim, claro que haverá cicatrizes... Mas também haverá amor suficiente para superá-las! — Eu estava implorando para que Noah ficasse do meu lado, para que visse o que eu via.
Caleb e eu devemos ficar juntos. Não importa o que façamos para nos separar, algo continua nos conduzindo um na direção do outro!
— Talvez sim, mas você está disposta a virar a vida dele de cabeça para baixo por um sonho que não deu certo?
Eu fungo.
— Olivia, ouça-me com atenção. — Ele pousa sua mão sobre a minha. — Você e Caleb tiveram seu momento. Você fez suas escolhas, agora, esse tempo é passado. Até então você provou que é capaz de fazer quase tudo por aquilo que quer. — A verdade dessas palavras calou fundo em mim. — Prove a si mesma que é capaz de algo desinteressado, isento de egoísmo.
Sinto o impulso de argumentar com ele, de implorar que compreenda que minha vida não terá sentido sem Caleb.
— Você é um homem muito sábio, Noah. — Eu sorrio, miseravelmente.

Após o jantar, nós dividimos um táxi para retornar aos nossos hotéis. Noah sai do veículo para se despedir de mim antes de prosseguir viagem até o seu destino.
Não sei por que, mas estou muito triste. Sinto as lágrimas queimarem meus olhos.
Então me dou conta de que se eu fosse uma pessoa íntegra, Noah e eu teríamos uma chance juntos. Ele é tão sábio e bom... Eu poderia me

apaixonar por ele e nós nos casaríamos e formaríamos uma família. Eu vejo tudo isso no intervalo de um segundo. Noah e eu. Talvez ele tenha visto isso também, porque se inclina e me beija nos lábios. É um beijo triste, cheio de frustração. Quando afastamos nossos lábios, minha cabeça parece girar sem parar.

— Boa sorte, Olivia. — Ele sorri. — Faça suas escolhas com sabedoria.

E ele entra no táxi, que o leva embora, com todos os meus pensamentos em seu encalço. Em pé na calçada, observo os pneus lançarem longe a água empoçada da chuva.

Está garoando aqui fora, mas eu não me importo. Gosto da chuva. Decido caminhar, e enquanto caminho reflito sobre o que fazer. Surpreendentemente, não tenho pensamentos de vingança. Só penso em minha própria decadência e no fato de ter sido sempre tão egoísta.

Concluo que em toda a minha vida eu só tomei cinco decisões boas. Ir ao primeiro encontro com Caleb, contar a ele a verdade sobre o que eu havia feito, tornar-me uma advogada, romper com Turner e vir a Roma e conhecer Noah. Cinco boas decisões — não parece nem de longe grande coisa. Mas o meu patético troféu representa uma pequena possibilidade. Noah viu algo em mim e se deu ao trabalho de cultivar isso. Agora, eu tenho de estampar a verdade em meu coração. Não vou pagar o mal com o mal. Leah o conquistou e merece continuar com ele.

Eu perambulo, molhada e trêmula, até Trinità dei Monti, a linda igreja construída a pedido de São Francisco de Paula, e ergo os olhos para o Obelisco Salustiano. É onde eu tomo minha decisão final, diante de um monumento que representa a bondade. *Melhor ir para casa antes que seja tarde demais.* Dessa vez o céu não está vermelho. Vou fugir do problema, dar um adeus final a ele. Eu me pergunto se fazer a coisa certa se tornará um hábito para mim e, então, sorrio, porque sei que terei uma longa jornada nesse sentido.

Quando me sinto pronta, tomo o caminho de volta ao De La Ville.

As ruas silenciosas indicam que já é bem tarde. Fico olhando para a janela deles uma vez mais, mas com a mente apaziguada dessa vez. Estou dizendo adeus. Penso em Caleb com um filho e me alegro intimamente. Ele se sairá muito bem como pai, assim como se saiu bem em tudo o que fez. Penso então em Jessica Alexander. Se não fosse por mim, ele já seria pai. Encho meus pulmões com o doce ar da Itália.

— De certa forma, eu estou tão longe, não sei o que dizer — começo.
— Amo tanto você e há tantas coisas que não pude lhe dizer. Seu amor me assustou tanto, Caleb!

Tiro com o dedo uma lágrima que cai de meu olho e continuo.

— Você mudou tudo em meu mundo. Eu tinha tanto pavor de perdê-lo que acabei fazendo tudo que estava ao meu alcance para afugentá-lo. Acreditei que se eu não fizesse isso, no final das contas, você mesmo perceberia que ficar comigo era perda de tempo e me deixaria. Eu sinto a sua falta. Não, eu não sinto sua falta apenas; meu coração dói todos os dias porque você não está por perto. Eu estou tão arrependida do que fiz... por tudo que fiz. Por favor, por favor... não me esqueça! A simples possibilidade de que isso aconteça é muito mais do que eu posso suportar!

— Eu jamais esqueci você.

Sinto um calafrio. Demoro um longo momento para começar a entender o que está havendo.

— Caleb — sussurro quando me volto e fico face a face com ele. Nem mesmo me sinto muito surpresa diante dessa ironia final do destino. Nossas vidas, a minha e a dele, parecem seguir uma espécie de roteiro. Nós continuamos nos cruzando — ou melhor, continuamos colidindo um com o outro. Caleb está de pé a poucos passos de mim, com uma sacola plástica de loja na mão. Posso ver a ponta de uma garrafa de vinho aparecendo.

— O que você faz aqui? — ele pergunta, balançando a cabeça de espanto.

— Eu vim procurá-lo — respondo. — Para lhe dizer que... — Olho para cima, na direção da janela dele.

— Você não ia me dizer pessoalmente?

— Não.

— Fez uma viagem longa dessas só para falar com minha janela de hotel?

— Eu não tinha o direito de vir — admito, constrangida. — Peço que me desculpe. Eu invadi a sua casa e descobri que você estava aqui.

Caleb fecha os olhos com força e tenho a impressão de que ele quer rir.
— Cammie a ajudou?
Confirmo com um aceno de cabeça.
— Fico feliz que tenha vindo — ele diz de maneira tranquila. — Eu estava justamente pensando em você.
Arregalo os olhos, muito surpresa.
— Mesmo?
Ele ri da minha cara de espanto.
— Claro. Penso em você o tempo todo.
Engulo em seco e faço um esforço enorme para não chorar. Estou tão confusa que não sei o que dizer.
— Vamos andar — ele diz. E começamos a caminhar lado a lado.
— Eu nunca a esqueci — ele repete.
— Bem, você esqueceu durante algum tempo sim...
— Não, você não entendeu. É isso que estou tentando dizer a você. Eu jamais tive amnésia. Eu fingi.
Eu paro de andar.
— Você fez o quê?
— Olivia, ouça bem. — Ele também para de caminhar e me fita direto nos olhos. — Eu fingi minha amnésia.
Tenho a sensação de que o mundo está girando ao meu redor. Caleb e eu estamos em Roma. Eu estou em Roma. Ele nunca teve amnésia. Ele pensa em mim o tempo todo. Ele nunca teve amnésia!
— Por que... o que... Por quê? — Quero agarrá-lo pelo colarinho da camisa e sacudi-lo até que me responda.
Em vez disso, fico parada, com as mãos na cintura.
— Depois de tudo o que aconteceu com a gente, eu tentei me recuperar. Eu sabia que precisava esquecer você e seguir em frente. Eu estava tão mal; todos os dias eram como uma sentença de morte. Foi um luto, como se você estivesse morta. Então eu conheci Leah. Nós participávamos de um encontro às cegas e eu me lembro de sentir esperança naquele dia. Após um ano, finalmente, eu voltei a ter esperança. Passamos algum tempo nos conhecendo e eu comprei um anel para dar a ela. E então eu senti a sua falta de novo, Olivia. Quero dizer, eu sempre senti saudade de você, mas dessa vez esse sentimento me atingiu com força. Todas as

noites eu via você em meus sonhos, todas mesmo. Eu comparava Leah a você o tempo todo. Era como se a velha ferida estivesse outra vez aberta, sangrando meus sentimentos por você.

Fecho os olhos ao ouvir essas palavras. Palavras que quero tanto ouvir, mas que estão fazendo meu coração doer de maneira que mal consigo respirar.

— Viajei a negócios para Scranton e estava contente porque ficaria alguns dias longe de Leah. Eu precisava pensar e colocar as coisas em ordem antes de dar o anel a ela. Então aconteceu o acidente. Acordei naquele carro com uma pessoa morta ao meu lado e não sabia quem eu era. Minha amnésia foi ocasionada por estresse intenso e uma concussão em minha cabeça. Quando cheguei à sala de emergência, lembrei-me de tudo. Deitado naquela cama no hospital, eu pensava: "Se pelo menos Olivia estivesse aqui! Eu ficaria feliz se Olivia estivesse aqui...!"

— E então o médico me perguntou se eu sabia quem eu era e eu disse não. Simplesmente disse não. Tomei essa decisão em uma fração de segundo, porque eu não sabia quem eu era sem você e sabia que precisava tentar encontrá-la. Menti para Leah, para a minha família, e nada disso teve importância para mim, porque graças a amnésia eu ganhei tempo e uma desculpa. Fui a todos os lugares aos quais sabia que você iria. No dia em que você me viu na loja de música, eu sabia que você estaria lá; tive essa sensação. Fiquei ali em pé, paralisado, não porque você apareceu, mas porque foi direto na minha direção e fingiu que não tinha me visto antes de entrar.

— Mas por que não me contou, Caleb? O que eu poderia dizer depois de tudo que fiz a *você*?

As imagens vão passando pela minha mente como um filme sem nexo. *Caleb sem querer me chamando de duquesa... Caleb me presenteando com minhas flores favoritas na noite em que Leah estragou o nosso jantar... Caleb dizendo "Eu nunca esqueci você" no tribunal no dia do meu aniversário.*

— Porque eu quis voltar para o início de tudo. Quis que recomeçássemos do zero. E então você foi embora.

— E então eu fui embora — repito.

Melhor não contar a ele sobre Leah, sobre praticamente ter sido expulsa da cidade por ela. Estava fora de questão agora e só serviria para magoá-lo.

— Mas por que você voltou a me procurar para ser sua advogada? O que deu em você para que tomasse essa atitude?

Ele ri.

— Eu queria torturar você, fazê-la pagar por ter me deixado uma segunda vez. Claro que no final das contas acabei torturando a mim mesmo...

— Isso me torturou bastante, pode acreditar. — Sorrio. — Lembre-se de que se eu deixasse que ela fosse para a cadeia, você seria todo meu!

Caleb olha para mim e sorri largamente.

— Então você ainda me ama? — ele provoca, estendendo a mão e enfiando meu cabelo atrás de minha orelha.

— Mais do que tudo nessa vida — digo. — Eu esperei por você. Esperei por anos! Eu não vivi. Apenas esperei que você voltasse para mim.

Vejo alívio e satisfação estampados no seu olhar. Sei que ele está pensando o que eu estou pensando. *E por que não?*

Ele me puxa para perto dele e nossos corpos se encontram.

— Eu também amo você, Olivia. Mais do que jamais amei alguém. Desde que a conheci, penso em você a cada hora, todos os dias...

Com o rosto em sua camisa, eu choro.

— Não chore... — ele diz, levantando meu rosto com gentileza para que eu o encare. — Você sempre será a primeira no meu coração, nada mudará isso.

— Mas de que adianta isso se não posso estar com você? — choramingo. — Não posso viver sem você.

— Olivia, você tem que viver. — Ele sorri, embora seja um sorriso triste. — Você tem e você quer.

Eu ganho coragem e concordo com um aceno de cabeça, porque ele tem razão. A vida prossegue, sempre continua, mesmo que você tenha de cair, levantar-se e cair outra vez.

— Nunca, nunca me esqueça!

Isso me faz rir. É tão impossível que chega a ser engraçado...

— Não nessa vida, Caleb.

Ele sorri e inclina a cabeça para me beijar.

É o último beijo verdadeiro de minha vida. Aquele que me acompanhará para sempre. Nesse beijo dizemos um ao outro "adeus", "sinto muito" e "amo você loucamente". Quando nossos lábios se separam, ele encosta a testa na minha uma última vez e, então, vai embora.

Eu estou em pedaços.

Epílogo

COMO CHEGUEI ATÉ AQUI? AONDE FORAM PARAR OS últimos dez anos da minha vida? Eu me sinto como um pedaço de papel, que o vento sopra em todas as direções. Seja como for, sou uma vencedora — uma sobrevivente. Porque combati o monstro que habitava dentro de mim e venci. Mas o que perdi nesse processo?

Eu não trapaceio — não mais. A verdade é importante para mim. É mesmo triste que algo de tamanha importância se torne uma prioridade quando já é tarde demais. Eu alterei o curso das coisas, porque tive medo. E ainda tenho medo. Caleb foi como um furacão que varreu a minha existência, provocando coisas em mim que eu não sabia que existiam. Ele é um desejo que eu jamais saciarei.

Aos trinta anos de idade, usando meu vestido de noiva, estou prestes a dar um novo rumo a minha vida. Não sei quem eu sou, porque a antiga Olivia era má, e a pessoa de agora tem contornos incertos. Eu perdi a mim mesma, embora nunca tenha me encontrado. Sinto uma grande tristeza por ter desperdiçado tanto tempo. Sei que não é tarde demais para compreender as coisas, para descobrir o que amo e o que sou. Mas, por outro lado, não estou certa de que quero saber. Eu tenho medo de sentir falta do passado. Sim, eu ainda o amo de todo o coração. Porém, eu lutei e lutei e fiz em pedaços o que eu deveria ter protegido e cultivado.

    A vida se equilibra em uma base precária; nós podemos estar seguros no alto ou escorregando na borda. Noah me diz isso o tempo todo. Noah, que tem me ensinado a ser boa, gentil, e me mostrou tantas verdades sobre mim mesma. Eu mudei por sua causa, porque não me atrevi a ferir outra pessoa que me dedicou seu amor. Eu terei uma vida boa ao lado dele. Eu o adoro. Mas meu coração não pertence a ele. Você pode entregar seu coração apenas uma vez; depois, todo o resto virá a reboque do seu primeiro amor.

    Eu aceitei que cada ação gera suas consequências. Eu as mereci, sem sombra de dúvida. Agora, porém, não posso mais me dar ao luxo de tomar más decisões. Cada passo é precioso. Cabe a mim estabelecer a definição de viver.

    Assim, penso nele mais uma vez antes de seguir em frente; porque, depois de hoje, eu terei de abrir mão dele para sempre. Ele está feliz e isso me satisfaz, porque, finalmente, estou aprendendo a amar alguém mais do que a mim mesma.

    Estou diante das portas fechadas da igreja. Ouço a valsa escolhida para minha entrada — é a deixa que eu esperava. Por um segundo, quando as portas se abrem, eu vejo Caleb. Ele espera por mim no altar. Eu pisco duas vezes e as coisas voltam aos seus devidos lugares. Noah abre um radiante sorriso para mim. Cammie está chorando.

    Dou meu primeiro passo, e o segundo, e antes que as portas se fechem, olho uma última vez lá fora. Caleb ainda está debaixo daquela árvore; ele pisca para mim, e eu sorrio.

EM BREVE, OS PRÓXIMOS LIVROS DA SÉRIE:

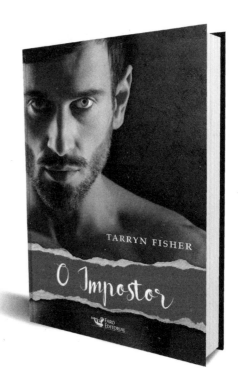

Conheça a história sob o ponto de vista de Leah Smith e Caleb Drake.

Reviravoltas, tramas encobertas e fatos surpreendentes...

Cada um tem a chance de apresentar a sua versão.

Conheça também a *Marked Series*:

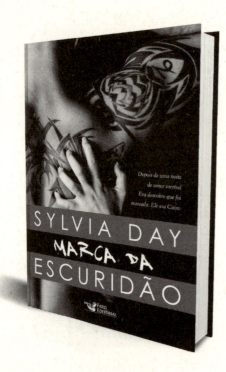

LIVRO 1

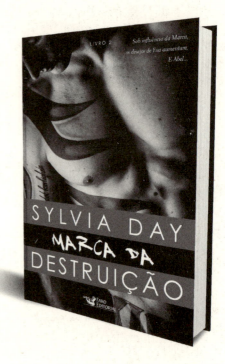

LIVRO 2

A série de suspense, ação e erotismo da autora *best-seller* em todo o mundo, Sylvia Day.

Amaldiçoada por Deus, caçada por demônios,

desejada por Caim e Abel...

Tudo isso em um dia normal de trabalho...

Anos atrás, Evangeline teve uma incrível noite de amor com um homem misterioso que ela nunca mais conseguiria esquecer. Mas aquele momento de prazer tornou-se um desastre de proporções bíblicas: ela recebera a Marca de Caim.

Empurrada para um mundo em que pecadores são marcados e transformados em assassinos de demônios, ela tem agora Caim como protetor e Abel como seu novo chefe, que também fica loucamente atraído por ela.

Eva torna-se então o novo e explosivo ponto de discórdia, no caso mais antigo de rivalidade entre irmãos...

ASSINE NOSSA NEWSLETTER E RECEBA INFORMAÇÕES DE TODOS OS LANÇAMENTOS

www.faroeditorial.com.br